L'hyper Justine

Simon Liberati

L'hyper Justine

roman

Flammarion

Du même auteur

Anthologie des apparitions, Flammarion, 2004 ; J'ai Lu, 2006.
Nada exist, Flammarion, 2007.

ISBN : 978-2-0812-1440-8

À toi, Amour,
cette couronne ornée par la Nuit et les enfants de la Nuit.

S. L.

Première partie

1

Le fils de la Sultane

Le mot de *déréliction* désigne un état de solitude morale, un abandon de Dieu. Pierre al-Hamdi avait beau ne plus croire en Dieu depuis une période de troubles qui avait suivi sa communion catholique, il trouvait que la déréliction lui allait comme un gant. L'image, un peu convenue, du gant lui vint alors qu'il regardait une vitrine au biais de la rue Saint-Honoré et de la rue Duphot. Pas de gants, mais des bracelets et des ornements de coiffure si jolis, si compliqués, qu'ils arrêtèrent le sanglot qui lui prenait la gorge. Les vêtements de femme, la parure, l'accessoire surtout, avaient sur lui une vertu apaisante.

Déréliction, le terme lui plaisait. Il aimait les mots savants. Ils appartiennent au registre élevé et il souffrait d'un besoin d'élévation. Ce besoin l'attirait depuis son retour à Paris vers les vitrines de la rue Saint-Honoré, celles de la rue Cambon et, en cas de pluie, les arcades Rivoli et Castiglione. Puis la station de métro Concorde se trouvait à quelques minutes de son hôtel de Pigalle par la ligne 12 et Pierre était sensible au confort de la situation. Mais il n'était pas homme à se contenter d'un confort ou d'une situation. Comme tous ceux qui vivent à la désespérade, il se montrait superstitieux et croyait aux destinées. Il n'était pas tombé là par hasard. Quelque chose ou quelqu'un l'y attendait.

Il recommençait à pleuvoir. Il pleura sur son sort et il était bien le seul. Si par extraordinaire on avait réussi à interroger les anciennes connaissances de Pierre al-Hamdi, et qu'on leur avait demandé de définir sa personnalité en lui attribuant des qualités dans la liste suivante :

Affectueux
Fidèle
Courageux
Opportuniste
Sensible
Curieux

Une grande partie aurait coché la case 4 (*opportuniste*). Un certain nombre aurait opté pour la case 6 (*curieux*) mais personne ne se serait arrêté sur les trois premières ou l'avant-dernière. Bien que Pierre soit *sensible* et puisse se montrer assez *affectueux* à l'usage, le sens de l'occasion et du moment dominait son caractère. Quand tout allait bien, il se disait que le premier critère de l'intelligence selon l'Office mondial de la santé réside dans la faculté d'adaptation. Pierre s'adaptait d'abord aux circonstances, même au préjudice de ses attachements. Partant du principe qu'il n'y a que les imbéciles qui ne changent pas d'amis, Pierre reconstituait à son gré des réseaux nouveaux, solides, d'habitudes et de relations. En trente ans de vie sociale, il avait renouvelé son cercle une bonne centaine de fois. Avec le temps les choses étaient devenues à la fois plus faciles et plus douloureuses, conséquence d'une grande souplesse d'esprit et de victoires répétées remportées sur l'attendrissement. Cette espèce de liberté qui est aussi une forme de solitude finit par devenir plus pénible qu'il n'y paraît, d'où des accès de mélancolie. Si au moins on pouvait changer aussi souvent d'être intime que de peau ! En six lustres il n'avait jamais pu.

Les lustres… Autour d'une fenêtre, au premier balcon d'un immeuble qui prolonge la façade clignotante de l'hôtel Intercontinental, il aperçut des silhouettes qui s'activaient, une sorte de pantomime de théâtre ou de mystère. On hissait un gros *lustre* justement, un lustre énorme, à un plafond. Sur le mur de l'appartement, énorme lui aussi et très éclairé, se figuraient des peintures, fresques ou tableaux du XIXe siècle, représentant des jeunes femmes en chignon dans des bosquets ou devant des ruines… À l'avant, sur le balcon, entre des buis de parade et des corbeilles de roses de Noël d'un blanc de nénuphar, s'agitait toute une frise d'autres jeunes filles, des vraies celles-là, pas des portraits, en chignon elles aussi, des Anglaises, lui sembla-t-il, très ornées, très coiffées, comme celles de la vitrine. Elles paraissaient nerveuses, inquiètes, terrorisées. La rue étouffait les voix, mais on entendait l'émotion.

Six *lustres*, trente ans, que Pierre al-Hamdi se trouvait seul au monde. Lecteur des dictionnaires dans ses moments de solitude, il n'était pas peu fier de connaître le sens antique du mot *lustre* ; un vernis d'érudition redonnait du *lustre* à son existence d'orphelin.

Remonté par une sorte d'extase religieuse, toutes larmes oubliées, il resta à admirer d'autres *lustres* de fantaisie, décorations de Noël qui procédaient en guirlandes jusqu'à la masse sombre des Tuileries. Il les compta, il y en avait neuf disposés en quinconce comme les pièces d'un échiquier.

Un cri lui fit tourner la tête. C'était une Anglaise au balcon qui riait et frappait des mains. Il se sentit soudain éperdument attiré par elle, elle semblait comme lui douée ou victime de ce genre de caractère qui fait passer du rire aux pleurs en quelques secondes. À l'intérieur une femme appela : Justine ! Elle disparut et les hautes fenêtres et les rideaux se refermèrent derrière elle. Pierre al-Hamdi s'arrêta pour envoyer un regard de ferveur à une plaque de métal émaillé. Elle portait en inscription un nom qui lui parut plein de promesses : Rue de Castiglione.

Il fallait repartir, au Louvre ou ailleurs. Il marchait maintenant dans un halo de lumière verte. Au sol une mosaïque ancienne dessinait le mot *Swann*.

Il leva la tête. Exception dans ces parages, la boutique n'avait pas changé d'enseigne depuis le pavage du sol. *Pharmacie Swann*. Une officine très en lumière, il s'étonna de ne l'avoir jamais remarquée jusque-là. En vitrine, tels des cadeaux féeriques, s'offraient des ciseaux, des rasoirs, des coupe-ongles, des miroirs à loupe, des objets luxueux, dorés ou chromés, qui se confinent dans les salles de bains surchauffées des riches. Un tel étalage d'intimité rendait la rue plus froide.

Il fallait repartir, il faut toujours repartir, et parfois mieux vaut se sauver avant. S'il la rencontrait – et Dieu sait que tout le monde est accessible –, si c'était elle que le destin lui désignait, qu'en serait-il de cette *Justine* aux rubans noirs, aussi prometteuse soit-elle, au bout de quelques jours ? *Justine*, il n'était déjà plus sûr du prénom. Celle-là, il sentait qu'il devait la préserver. Justine, cette petite Anglaise pleine de rires et de larmes, soudain, sans savoir pourquoi, il lui voulait du bien. Cela lui arrivait parfois. Avant, parce qu'après… la plupart de ses anciennes liaisons pensaient du mal de lui, ou elles faisaient leur possible pour chasser son souvenir de leurs souvenirs. Bien sûr, le passé est le passé, le monde est le monde et, quelque faute qu'on ait commise, les possibilités de se refaire restent innombrables. Ce qui n'empêche de vouloir épargner une petite *Justine*, de temps en temps. L'heure n'était pas d'ailleurs à une rencontre sincère, l'ordre du jour et des prochains lui imposait de retrouver un milieu, des repères, des habitudes, des lieux de chute, un terrain de chasse. Un *territoire*, selon le terme convenu en éthologie.

Il pleuvait à verse, les arcades Rivoli regorgeaient de monde. Sous ce prétexte il fit demi-tour, repassa devant la pharmacie Swann et sous le balcon désert. Les promenades dans ces arcades étaient l'axe principal de ses chasses du moment. Il fallait se poser. Des refuges appartenaient aussi au nouveau territoire : les chaises paillées de la chapelle polonaise, celles de l'église Saint-Roch, les fauteuils du bar de l'hôtel Costes ou du Régina, les banquettes du musée du Louvre, exclusivement celles des salles d'art musulman. En fin d'après-midi, sa préférence allait au faux rotin du *Casti*, un bar situé à l'angle de la rue Saint-Honoré et de la rue de Castiglione.

*

Pierre al-Hamdi s'était assis à la terrasse du Casti, à distance mesurée d'un champignon chauffant.

Affectueux
Fidèle
Courageux
Opportuniste
Sensible
Curieux

Il repoussa la colonne de mots qu'il venait de dresser au verso d'une carte postale. Il était coutumier de ce genre de questionnaires, il les avaient abondamment pratiqués, pour des bidonnages, autrefois, avant un long exil… En jargon de police, *bidonneur* définit un escroc au porte-à-porte, le genre d'homme qui s'attaque aux vieilles dames. Mais l'épithète n'était plus à l'ordre du jour et n'entrait pas dans la liste. Il gratta de l'ongle une autre qualité qu'il venait d'ajouter, puis d'effacer avec la gomme du porte-mine. Les sinuosités du mot *assassin,* disparurent prestement dans le cavain creusé par l'ongle. Le mot était hors paradigme, d'usage trop restreint, impropre à définir une personnalité commune. Il aurait été plus juste de se rapprocher du profil caractérologique de Pierre al-Hamdi par d'autres adjectifs comme *cruel*, *violent*, *cogneur*, ou à la limite *sanguinaire*, mot savant à la belle sonorité métallique, nom de plante ou d'animal selon qu'on y entend une couleur ou des mœurs, utilisé aujourd'hui en prison avec une nuance de mépris envers celui qu'il caractérise. Pierre retourna la carte postale, elle représentait *L'Étrangleur*, un tableau d'Alfred Courmes. Un voyou coiffé d'une casquette y serrait la gorge d'une femme mûre. Le peintre avait souligné avec des accents dramatiques l'effort à fournir pour tuer un être vivant à main d'homme. Pierre regarda ses ongles, toujours anxieux de les trouver sales. Un défaut de la vie d'hôtel. Lui qui avait l'habitude de se laver les mains une trentaine de fois par jour souffrait de passer son temps à braver les patrons de café pour se faufiler aux toilettes pendant ses journées de pérégrination.

Pierre crispa ses doigts en griffes sur la carte et, comme dans ces films d'avant-guerre qu'il regardait sur une chaîne de télévision syrienne à Beyrouth lorsqu'il était enfant, le tableau apparut en arrière-plan, puis en surimpression sur l'ombre chinoise formée par sa main, au fur et à mesure qu'il restait les yeux fixes, refusant de les laisser cligner. Sur le tableau, la femme étranglée pouvait avoir quarante ou cinquante ans, elle était habillée comme les dames d'autrefois de vêtements qui vieillissent : un petit tailleur en laine, un sac à main de mémère. Rien à voir avec la créature bronzée, tachetée de mélanine, qui avait occupé son attention, l'année dernière, durant son exil en Espagne, près de Gibraltar, puis à Tanger. Un long et lent exil qu'il avait pris pour une fin avant de découvrir qu'il ne s'agissait que d'une péripétie. Les femmes étaient donc condamnées à jouer les utilités ? Il allait s'en tirer, heureusement, avec un chèque de quelques dizaines de milliers d'euros. Des larmes lui vinrent qui coulèrent sur la tête crispée de l'étrangleur. Encore fallait-il que le notaire s'active. Pierre écrivit au revers de la carte : « Il faut que le notaire s'active. » Accolés, les deux mots « notaire » et « s'activer » n'étaient-ils pas contradictoires ? Il chercha un terme de logique ou de rhétorique qui désigne ce genre de figure impossible : l'envers du pléonasme. Il trouva deux exemples : « Je descends au ciel » ou « Je monte en enfer ». Le fait est que, d'où il se trouvait, l'enfer lui paraissait parfois bien haut et bien pénible à atteindre. En attendant, ce n'était pas la famine mais presque. En attendant, il fallait recruter.

Il écoutait la conversation des voisins, un couple ou plutôt un duo. Le jeune homme était manifestement homosexuel, quant à la fille, très blonde, très coiffée, élégante, on l'aurait dite tombée du balcon de tout à l'heure, mais tombée bien bas… Un oiseau sali. Vingt-cinq ans à tout casser, moins peut-être.

Pierre songea pour se guérir et se faire du mal que Justine, la fille du balcon, devait lui ressembler. Elles se ressemblent toutes. Vu de près, tout chez elles est toujours artificiel : les cheveux, les mots, les rires et les pleurs aussi. Les vêtements seuls tiennent la route. Du travail d'homme.

La blonde portait bien les siens et, de loin comme de près, ça compte. Voilà pourquoi elles dépensent autant. Celle-là en avait pour près de 50 000 euros sur elle, sans compter le contenu de son sac à main et de quatre shopping bags. Pierre connaissait la valeur des vêtements. L'habitude des femmes et des vitrines. Durant son exil, en dehors du dictionnaire et des jeux de mots fléchés, il avait eu des lectures : les journaux de mode américains ou anglais qui arrivaient jusqu'à son lit.

Le manteau couleur poussière était à la fois sobre et extravagant, plumé comme une houppelande gothique. La fille se rapprocha du champignon et sous la lueur rouge Pierre s'aperçut que le gibier n'était pas à plume mais à poil, du singe noir ou plutôt de la chèvre du Tibet. Pierre avait négocié des peaux dans une autre vie, il savait que le singe était interdit à la vente. Les pelletiers l'avaient remplacé par une race de chèvre cordée originaire de l'Himalaya.

Un nom revenait sans cesse dans leurs bouches, un prénom plutôt : *Thérèse*. L'épithète « cette salope » le précédait en général dans celle du jeune homme. Ceci dit sans méchanceté, sans bassesse non plus, avec une gaieté mondaine sans conséquence. Il était aussi souvent, très souvent, question d'argent, de shopping et d'une certaine *Sofia*. Pierre reconnut bientôt la cinéaste Sofia Coppola. Il avait lu dans la presse que la réalisatrice de *Marie-Antoinette* était de séjour à Paris pour un projet de film, une adaptation moderne d'un roman du marquis de Sade. Pierre connaissait Sofia Coppola, il lui avait servi de chauffeur et de garde du corps à Tanger l'été précédent, en revanche il n'avait jamais ouvert un livre du marquis de Sade, il méprisait la violence dans les livres autant qu'au cinéma.

Son humeur commençait à tourner dangereusement. En silence son avidité à l'égard des deux autres versait dans la férocité. Il ne lui avait fallu que quelques minutes pour identifier l'oiseau cendré à col noir comme une toxicomane et une fille à portefeuilles. Elle avait une voix d'actrice, éteinte, agréable au début, mais qui montait au criard à mesure qu'elle se sentait observée. « Comment veux-tu que je me trouve un mec, tout Paris sait que je suis la pute des Mordoret. Je suis incasable », répétait-elle. La riposte du garçon ne se faisait jamais attendre, toujours la même : « Personne n'est incasable. » En même temps, derrière le barrage d'un beau grand nez osseux, elle laissait traîner sournoisement sur Pierre al-Hamdi des yeux bleus, vides, couleur de lac artificiel. Un lac cerné d'une terre grise, malsaine, désolée. Cette fille avait une tête à shoot comme d'autres une tête à chapeau, un air limpide et faux, une pâleur à mal finir. Elle était allée trois fois aux lavabos en une demi-heure, il était temps qu'elle y reste. Cette manière de parler d'elle trop fort, de canailler en public, cette feinte dévalorisation donnaient envie de la battre. Pierre haïssait les droguées, les filles à portefeuilles et surtout celles qui usent du mot « pute » pour parler d'elles-mêmes.

Il était temps de lancer le recrutement, il se refroidissait ; les deux, à côté, lui tendaient les bras, il avait besoin d'adrénaline, et d'argent surtout. Sans relâcher son attention, il se résigna à quitter des yeux le sac de la blonde, un gros fourre-tout informe à 9 000 euros, et retourna le portrait de l'étrangleur pour inscrire au verso une seconde liste sous la première :

Philippe Pétain
Philippe de Dieuleveult
Philippe Labro
Philippe Junot
Philippe Candeloro

Pierre al-Hamdi réfléchissait entre chaque ligne, comme s'il s'agissait de mots fléchés ou d'un rébus. Le choix d'un alias dépendait de son humeur plus que de la cible. Pas besoin de chercher la vraisemblance. Plus c'était gros, plus c'était drôle. Une identité jetable, valable quelques minutes, le temps d'arracher un sac ou de voler un passeport, se travaillait en série, selon des thèmes variés. Le prénom en était un.

Il avait choisi *Philippe*, en grec « l'homme qui aime les chevaux », parce qu'il avait perdu de l'argent la veille aux courses ; *Philippe de Dieuleveult*, c'était pour son plaisir, un présentateur de télévision qu'il admirait enfant ; en général les touristes japonaises apprécient *Philippe Candeloro*, le célèbre patineur que Pierre al-Hamdi imitait à merveille lorsqu'il se décoiffait d'une certaine manière ; en regardant ces deux-là, il était tenté par l'option *Philippe Pétain*, la plus décadente ; chez Régine à Beyrouth il avait rencontré *Philippe Junot*, un « essayeur » de sa mère, un souvenir désagréable qui le crispa sur sa chaise ; quant à *Philippe Labro*, les pull-overs pastel noués à l'italienne correspondent bien à l'image que certaines très vieilles dames du seizième arrondissement se font d'un homme séduisant. Il chercha un autre Philippe, mais écarta *Philippe Bouvard*. L'émission de RTL *Les Grosses Têtes* lui rappelait une époque plombée où il faisait le faux taxi à Roissy. Lorsqu'il eut fini de tracer avec un soin d'écolier le dernier *o* de *Candeloro*, la queue de cerise en l'air, il ne put s'empêcher de sourire ; dans une irruption simiesque, le clown en patins avec sa voix de fausset et son goût du travesti avait fait fuir toute une magie trouble dans laquelle il se complaisait depuis l'apparition de la rue de Castiglione. Il avait retrouvé ses marques. La vérité c'était l'embrouille, la bagarre, le reste n'était que poésie, minauderie, faiblesse.

Il relut très lentement sa liste. Il pensait à son vrai public, celui qui suivait indirectement ses exploits depuis plusieurs jours. Il imaginait les jeunes policiers de la place du marché Saint-Honoré enregistrant une plainte pour un vol ou une agression avec pour suspect un de ces hauts personnages. Le seul qu'ils devaient connaître, c'était Candeloro. Aucun nom illustre n'avait jamais eu l'air de troubler ses victimes, même si les gens qu'il abordait n'étaient pas tous étrangers ou stupides. Face à son applomb, on doutait de soi, on rangeait ses scrupules, on l'excusait d'avoir un nom pareil. Premier rapport de force, première victoire : une fois accepté le plus gros, la victime se résigne à tout, par paresse, par lâcheté, par orgueil, pour éviter de se remettre en cause.

Lorsqu'il entendit ses voisins parler d'une certaine Katleya et qu'il reconnut un ancien mannequin recruté quelques jours plus tôt… il fut tenté de laisser tomber. Mais le danger l'émoustillait. Il plongea sur eux avec une vivacité délicate.

— Vous savez, j'ai été marié avec Katleya.

Ce n'était pas là une vérité légale, mais Pierre al-Hamdi se connaissait un lien avec l'égérie d'Yves Saint Laurent : la carte de crédit de cette dernière avait servi à payer ses chaussures. Une fois lancé cet appât, il ne pouvait plus reculer, il fallait broder, imaginer la suite, très vite, sans canevas. S'ils étaient intimes de la personne en question, il allait devoir vaincre leurs réticences, avec de l'aplomb pour seul argument…

Ses mots, susurrés à la manière arabe pour la fille, comme une proposition financière ou une insulte, rencontrèrent un écho immédiat. Elle ramassa sa besace, la rangea derrière elle, et lui fit rempart de son corps. Son visage s'effaça dans l'ombre derrière celui du garçon.

Sans raison sinon la peur qu'il vit dans les yeux de la blonde, Pierre al-Hamdi décida soudain de tisser des liens durables. C'était fichu pour elle, si elle s'obstinait à le stimuler ainsi en jouant les farouches. Il recula avant l'assaut, tel un coq de combat. Il ne pouvait plus forcer la blague sous un masque de patineur ou de maréchal. Il fallait une couverture sérieuse. Il passa à la menace en pointant le doigt vers la blonde comme un ergot.

— Alors, attention, ne dites pas de mal d'elle sinon je vous coupe la langue ! Je me présente : Peter Orlowsky.

L'ergot se transforma en une main douce qui viola la frontière de la table voisine pour venir chercher sa proie. *Peter Orlowsky*, cette identité lui avait toujours porté chance. C'était le même Peter Orlowsky sur qui Katleya avait eu le malheur de tomber (à tous les sens du terme) quelques jours plus tôt. Orlowsky, un marchand d'art disparu au Brésil en 2005, avait ressuscité dans la poche de Pierre al-Hamdi. Un vieux passeport graisseux en faisait foi. Bélial ou Lucifer lui avait octroyé un sursis de vie parisienne. Avec Peter, Pierre pouvait s'amuser encore un peu, le temps de tirer les fils d'or que la blonde avait au bout des pattes. Toute fille du genre de celle qu'il tenait maintenant prisonnière par la main est en liaison avec un ou deux portefeuilles. Remonter jusqu'à eux représentait pour Pierre un temps moyen estimé entre vingt-quatre heures et une semaine.

Parfois il pouvait se servir à la source ; souvent, faute de patience, il se contentait de dépouiller la fille. Aujourd'hui, jour de déréliction, veille de fêtes, Pierre avait envie de se donner une petite douzaine d'heures. Un très mauvais moment en perspective pour la blonde, qu'il se décida à relâcher avant de s'emparer du garçon ; un défi pour Peter Orlowsky, un record même. Pierre était prêt à consacrer sa hargne et son métier à l'affaire. Il allait devoir inventorier une fois de plus tout ce qu'une *pute* comme celle-là peut cacher dans son ventre et dans son sac à main. Tout, même la bile qu'elles finissaient toujours par cracher, au figuré d'abord, puis au propre. Il allait la dépouiller et, comme disait le doux Cazotte, gérant majoritaire du *Majestic*, un bar à bouchons de la rue Blanche : « Ne lui laissez même pas un billet de cinq euros comme cache-sexe. »

En quelques phrases, Pierre al-Hamdi répara le malaise que l'intrusion de Peter Orlowsky avait provoqué. Après la menace, il joua les gentils, il apprivoisa ses proies, il leur laissa imaginer combien Peter Orlowsky pouvait se montrer charmant. Expert auprès de la maison Sotheby's à New York, Orlowsky venait à Paris s'occuper d'une succession importante : une collection majeure d'art islamique. Les deux parasites découvraient avec stupéfaction qu'un simple carreau de faïence iznik tombé d'une mosquée pouvait dépasser 100 000 euros à la vente. La blonde en oubliait de couver ses sacs. À force d'errer dans les salles désertes et magnifiques que le sultan de Brunei avait offertes au Louvre, Pierre al-Hamdi s'était imprimé une quantité de termes précis et de détails destinés à rafraîchir sa mémoire et à étayer son statut d'expert.

Le personnage du spécialiste d'art oriental, Américain d'origine russe, allié à une puissante famille yéménite, riche, cultivée, campant au Plaza ou au Ritz, n'était pas une première, mais un de ses meilleurs rôles. Comme toute bonne affabulation, l'alias Orlowsky se fondait sur une base sensible, un choc émotionnel remontant à la petite enfance : la découverte du monde arabe après la mort de sa mère, au Yémen. L'émotion donnait à sa voix le grain du vrai, il n'avait qu'à ajouter les détails, les mots savants, les connaissances parcellaires qui brillaient aux yeux de ses auditeurs comme des ors et des pierres précieuses. De tous les recrutements, ceux qui reposaient sur l'éloquence de Peter Orlowsky étaient les plus inspirés.

Sans avoir vérifié sa touche, Pierre sentait la blonde s'ouvrir à lui. Il était bien placé pour savoir que les femmes sont accessibles à la poésie du désert. Depuis la nuit des temps, les filles à portefeuilles aiment le genre « émir ». Il pouvait voir se refléter en mirage dans ses grands yeux tristes des attraits inestimables, des pierreries, des étoffes, des parfums et autres surprises plus épicées que la voix doucereuse d'un enchanteur ou d'un djinn révèle comme un trésor sous un voile.

Le garçon, lui aussi, mordait à l'appât. Le recrutement s'annonçait de premier ordre ; Justine, la petite houri du balcon, lui portait chance. Pierre al-Hamdi admira le luxe de sympathie qu'exhalait le jeune homme. Il s'appelait Paul, comme une épave de sa connaissance qui lui avait présenté Katleya au bar de l'hôtel Costes, mais quelle autre qualité d'homme ! Rarement Pierre avait vu quelqu'un posséder à ce degré les vertus propres à vous faire aimer du monde. En trois mots, deux attitudes, on devinait une personnalité gaie, attentive, un esprit délié, rapide, chaleureux ; réservé, cassant à l'ouverture, mais prompt à se laisser séduire avec la bonne grâce des gens sûrs de leurs choix. Il n'avait pas vingt-cinq ans, mais

Pierre le trouvait plus aguerri que lui ; une meilleure assiette. Ce type vraiment charmant rendait la blonde presque attrayante ; on voulait faire confiance à son goût.

Égayé par cette rencontre, le petit Paul ne cherchait pas pour autant à se mettre en avant et poussait son amie dans la lumière en jouant à la poupée avec elle ; il lui touchait les cheveux ou la joue de temps en temps en riant, sans oublier de citer, l'air de rien, les noms qui la mettaient en valeur. Leurs copines actrices, les Parisiens, les Parisiennes, tout le quizz habituel de prénoms, et le jeu consistant à identifier qui est caché derrière. Pierre discerna très vite que les deux parasites n'appartenaient pas tout à fait à la même espèce. Lui, avec de grosses bottes solides de soldat perdu, une veste de créateur bouffie aux aisselles et sa gaieté sans bassesse, était un itinérant, un de ces chats de gouttière que le sens critique et un penchant à s'ennuyer préservent de l'embourgeoisement. Incapable de se faire entretenir, trop infidèle pour ça, on voyait bien qu'il était à l'aise partout mais ne se sentait chez lui nulle part. Elle, plus rentrée, était une fourmi, une gagneuse, une enfouisseuse que la drogue et le shopping, deux maux liés au parasitisme, dévoraient de l'intérieur. Elle n'avait pour garde-fou que le volume de ses portefeuilles : les Mordoret, la seconde dynastie bancaire après les Rothschild, sans oublier cette « salope de Thérèse », une vieille gouine richissime liée à l'art contemporain et au cinéma ; leur contact avec Sofia Coppola. Paul travaillait plus ou moins sur le casting, la blonde grenouillait dans les costumes. Un détail frappa Pierre, un signe du destin : le projet de film s'appelait quelque chose comme *La super Justine, La mega Justine* ou *L'hyper Justine*. Justine ! Ce genre de hasard insufflait à Pierre al-Hamdi une excitation proche de l'inspiration poétique. Il n'était jamais meilleur menteur que quand il reconnaissait la main du sort.

Comme souvent au premier contact, Pierre se laissait prendre au charme. La fille lui déplaisait toujours, peut-être un peu moins maintenant mais encore assez pour qu'il trouve la force de lui faire son affaire. Paul lui inspirait d'autres sentiments. Il se sentait si seul à Paris depuis son retour, il avait vraiment besoin d'un ami et il était prêt à payer le prix fort pour le garder quelques semaines à ses côtés. Il lui achèterait des vêtements, il en ferait son compagnon de fortune…

Il se rappela en un éclair qu'il s'apprêtait à rançonner la bonne copine de son futur complice. Difficile d'entretenir une amitié dans ces conditions, ou alors il fallait une solution de rechange. Tout en parlant, il commença à surveiller le distributeur du Crédit lyonnais, sur le trottoir d'en face. Un petit coup vite fait pourrait le dépanner pour la soirée. On irait chercher la Rolls au parking Vendôme, on les inviterait chez Kaspia ou chez Costes et on déciderait du sort de la blonde plus tard. Mais impossible, l'encombrement de la chaussée empêchait tout repérage.

La personnalité de Peter Orlowsky ne manquait pas d'attraits aux yeux d'un jeune homme, et le charme physique de Pierre jouait aussi en sa faveur.

Laid mais viril, il avait l'air d'un loup frisé, trop toiletté pour être honnête ; d'un joueur de pelote basque à la culotte bien remplie, mais très bien élevé ; d'un voyou sorti du Rosey ou des Roches. Il pouvait aussi bien passer pour un joueur de polo argentin, un Juif new yorkais ou un fils de famille saoudien en goguette : le sang oriental, les yeux noirs, la voix douce accentuaient une violence latente qui rassurait. Quand Pierre vous adoptait, on se sentait en sécurité et aussi un peu en prison, comme avec un grand frère ou un garde du corps.

Pierre sut tout de suite qu'avec Katleya il avait tapé juste. Avec cette pauvre vieille égérie couture tombée dans la chnouf, il suivait une des tendances en vogue : le *morbid chic*. Il avait vu l'expression dans un numéro de *Elle* feuilleté chez Safir, une des filles du *Majestic*. Rassurée sur le fait que Peter Orlowsky restait bien sûr indifférent au sort présent de son ex-femme (*morbid chic* oblige) et que la mise en garde de tout à l'heure était une plaisanterie, la blonde s'empressa de raconter une aventure récente. Comprenant que Paul avait envie de lui vendre sa copine, Pierre laissa Peter Orlowsky prendre un air peiné et ironique lorsqu'on lui détailla d'une voix maniérée un épisode qui avait pour cadre les cabinets de l'hôtel Costes.

— En rentrant aux chiottes, j'ai vu une femme noire à quatre pattes, les collants à mi-cuisses. Elle se plaignait d'une douleur à la jambe. Je lui ai dit « ça va aller ? », je l'ai aidée à remettre ses leggings. Et là je me suis dit « Oh, là, là, c'est Katleya. » Elle m'a raconté qu'un mec l'avait agressée la veille pour la dépouiller et qu'elle souffrait beaucoup. Je crois plutôt qu'elle venait de se shooter dans le nerf sciatique.

La blonde eut un rire amusé. Pierre était bien placé pour savoir que Katleya disait vrai : un ou deux shoots en effet, mais à coups de boots, et dans l'aine. Même Orlowsky ne parvint pas à sourire. Lorsque Pierre frappait une femme, ce qui lui arrivait souvent, il était pris d'une forme d'amnésie. La scène sortait de sa mémoire, elle devenait irréelle ; un cauchemar à demi effacé, une oppression qui s'atténuait jusqu'à l'oubli. Subsistait une simple atteinte sensible qui s'enflammait si on évoquait l'épisode. Pierre al-Hamdi tombait alors en état de crise, en rage. Un dégoût le prenait, non de soi-même mais de la victime et de celui qui la lui remémorait, une nausée, comme si on le forçait à réingurgiter un aliment qui l'aurait intoxiqué et dont l'odeur lui soulèverait le cœur. Une violence intacte se retournait contre ceux qui la réveillaient par accident. Le ton désinvolte dont la blonde leur racontait les séquelles de l'agression le rendit fou de colère, et aussi le fait que la victime ait eu assez de force vitale pour remonter en selle dès le lendemain. Toutes ces salopes étaient incassables. Du caoutchouc. En outre il se voyait privé de Costes, au moins pour quelque temps. Une seule consolation, ce n'était pas Katleya, ni le type qui les avait présentés, ni d'ailleurs personne de cette bande-là qui allait porter plainte. Ils étaient tous bien trop camés pour bouger. Comme à chaque fois qu'il s'emportait, le sang lui monta à la tête et il se sentit rougir en même temps qu'une exaltation forcenée gonflait entre ses jambes. Il avait vraiment envie de faire son affaire à la blonde, à tous les sens du terme.

Le petit Paul perçut l'assombrissement de Peter Orlowsky. À tort, il y décela une tristesse pudique devant la déchéance de son ex, le genre d'état d'âme qui tranche dans l'étalage de mauvais esprit ordinaire et écœurant d'un certain demi-monde. Il était ému de cette réaction, et plus secrètement d'une tension sexuelle devenue perceptible : Orlowsky oscillait sur son siège, soufflant et reniflant comme un taureau. Pour atténuer la crudité malsaine des propos de Janine, Paul sortit une histoire de rechange, plus soft, un Noël qu'il avait passé avec l'ex-top-modèle et un assortiment de gens « improbable ». Pierre écoutait à peine mais l'anecdote lui donna le temps de se reprendre. Ils passèrent ensuite à ce que Paul appelait le « Noël des sans-famille », ces fêtes de fin d'année sans joie, sans enfants, sans religion, à quoi se contraignent tous les paumés riches ou pauvres du petit matin. Avec l'art du compromis qui caractérise les vraies bêtes sociales. Il riait à la fois de la « glauquerie » d'avoir une famille et de celle de ne pas en avoir, et de la possibilité pour tout le monde de se retrouver, quels que soient sa situation et ses projets de réveillon.

— C'est normal que tu dises ça, Paulot, t'es orpheliiin !

Le temps que la blonde traîne du nez sur la dernière syllabe : *-iiin*, Pierre al-Hamdi imagina de lui couper la tête comme à une volaille pour mesurer la distance que le tronc allait parcourir sur le trottoir illuminé par les éclairages de Noël avant de tomber par terre. À Beyrouth, il s'agissait d'un jeu coutumier dans les milices phalangistes ; il se pratiquait plutôt avec des canards ou des poulets, mais une dinde ferait l'affaire.

Dès qu'elle crut deviner l'excitation sexuelle de Peter Orlowsky, la blonde bâilla, regarda l'heure sur son Blackberry et annonça qu'elle avait un rendez-vous. En dehors des prestations habituelles, le portefeuille Mordoret exigeait d'elle trois dîners par semaine. Euphorie cocaïnique, narcissisme, désir obscur de s'humilier ou plutôt, comme le pensa Pierre, grincement révélateur d'une prochaine fin de contrat, elle s'ouvrait avec une franchise impudique de son emploi du temps et des rituels qui la liaient à ses bienfaiteurs. Le message était clair : je suis une pute, tu peux m'avoir, mais il va falloir payer. Pierre en déduisit qu'elle commettait une erreur commune à beaucoup de femmes qu'il approchait. Le mépris dans lequel les filles à portefeuilles tiennent les pulsions masculines l'empêchait de discerner la dangereuse nuance qui existe entre un type comme lui et les hommes avec qui elle avait coutume de coucher. Ce regard fixe, les rougeurs qu'elle prenait pour les marques d'une convoitise si souvent détournée à ses fins, révélaient en réalité chez lui la haine des femmes. L'attention malveillante qui pouvait se lire dans les yeux de Pierre alertait les filles plus aguerries, moins protégées. Une entraîneuse du *Majestic* se serait méfiée, mais l'expérience du trottoir manquait à cette lectrice de Brett Easton Ellis. Seul bizarre à ses yeux : la douceur avec laquelle Peter Orlowsky regardait Paul. Elle devait se demander s'il n'était pas bisexuel ; avec inquiétude, en bonne conformiste qui veut se garder du sida.

Orphelin… Pierre al-Hamdi n'avait pas besoin de ça pour se rapprocher du petit, mais la nouvelle le troubla. Se découvrir une fraternité dans la déréliction purifiait son élan amical. Son regard naturellement brillant devint trop intense, ce qui créa un malaise, soit que le jeune homme prît cette attention pour de la pitié, soit qu'il voulût à son tour, comme son amie, faire monter les enchères. Le visage de Paul se ferma, le masque de sympathie disparut par enchantement. Il recula brusquement sur sa chaise et glissa un mot à la blonde que Pierre n'entendit pas mais qui les fit rire tous les deux.

Dérangé par l'émotion, comme à chaque fois qu'il se trouvait confronté au souvenir de la mort de sa mère, Pierre commit deux maladresses : il renversa par mégarde le verre de vin de Paul et, affolé par le silence distant qui s'installait, il lança la conversation sur la première chose qui lui vint à l'esprit : les combats de coqs.

— Les quoi ?

Paul et Janine s'évitaient des yeux, on voyait qu'ils étaient au bord du fou rire, Paul surtout. Il regardait Peter Orlowsky avec la tête de quelqu'un qui se serait assis sur la télécommande de la télévision et qui verrait le film changer inopinément. Au moins Pierre avait-il relancé l'attention. Pour combien de temps ? Il savait bien qu'il fallait éviter de parler des coqs pendant un recrutement. Les coqs faisaient peur, ils ennuyaient, ils lui donnaient un genre bizarre, pervers, même au Brésil ou à Moscou, alors rue Saint-Honoré… Quand Paul réalisa qu'il avait bien entendu, et que l'expert en art islamique avait bien l'intention de les entretenir d'un pareil sujet, il retint un bâillement. La majorité des homosexuels, aussi débauchés soient-ils, dénigrent ces pratiques barbares. Le seul gay que Pierre avait jamais rencontré dans le milieu des combats de coqs était un vieux vicieux qui s'intéressait aux petits garçons. Pas le genre de Paul.

Comment en était-il encore arrivé à penser aux coqs ? Les chevaux peut-être, un ticket des tribunes de Vincennes, mauvais souvenir de la veille sorti de sa poche en même temps qu'un Kleenex pour essuyer le pantalon de Paul… Avec lui les coqs pouvaient débouler par n'importe quelle entrée de la conversation, ils attendaient toujours en coulisses. Il suffisait qu'il se croie en confiance ou, à l'inverse, qu'il doute de lui, et c'était parti. Une idée fixe. L'effet de coq-à-l'âne rendait les choses encore plus lourdes. Les gens se demandaient à juste titre s'ils n'avaient pas affaire à un fou. Les coqs le perdraient adulte comme ils avaient failli le perdre enfant. Malgré la meilleure volonté, on avait du mal à le suivre. Pierre al-Hamdi vit le regard du petit Paul fuir le sien, sa main épaisse défoncer la poche de sa veste en douce pour y trouver une contenance, un dérivatif, un téléphone, des cigarettes, l'argent pour payer sa consommation et filer.

D'autorité, Pierre appela le serveur. Il lui fallait à tout prix tenir les deux à leurs sièges quelques minutes de plus. Il souffrait avec une intensité glaçante de la peur d'être abandonné, un motif d'angoisse qui risquait de le faire basculer trop vite dans la violence. Il lâcha la table qu'il avait tirée à lui quand il vit ses jointures blanchir et le plateau de marbre vibrer comme un poltergeist. Il avait soudain tellement besoin de leur compagnie, il aurait pu les tuer pour ça. Par lâcheté, sous couvert de ne pas rater une occasion de se laisser inviter, les deux acceptèrent le verre de l'amitié. Après cette première victoire, Pierre se sentit de nouveau maître de la situation. Les coqs maintenant… comment rattraper le coup ? À force, il avait remarqué que le malaise venait moins des coqs eux-mêmes que du plaisir qu'il prenait à en parler. En prison il avait vu un voleur créer le vide autour de lui à cause d'une passion fixe pour les autoradios. C'était plus fort que lui, le monomane ramenait toujours tout aux autoradios. Rien qu'à un vibrato dans sa voix, on savait qu'il s'excitait déjà en douce et que la question allait arriver sur le tapis. Il en étourdissait jour et nuit ses codétenus au point de se faire molester. À la différence de son ancien camarade de Fresnes, Pierre était un charmeur, il savait faire rire à ses dépens. Négligeant pour une fois une règle de santé mentale qui lui interdisait de mêler les histoires personnelles et les recrutements, Peter Orlowsky s'autorisa à raconter l'enfance de Pierre al-Hamdi ; des débuts dans la vie que des blasés parisiens allaient trouver bien dans la note *morbid chic*.

L'enfance de Pierre… Dès l'âge de huit ans, en pleine guerre du Liban, l'enfant avait dilapidé des fortunes dans les coqs. Il avait volé les économies d'une parente âgée pour organiser des combats dans les caves de Beyrouth ouest. À tel point que ses tuteurs libanais l'avaient conduit chez un psychiatre et qu'on l'avait exilé en Suisse, au Rosey, une école privée. Là, il avait recommencé, avec des chiens cette fois-ci. Il avait piqué plus de dix mille dollars au fils d'un milliardaire de la Silicon Valley, autre enfant perdu, exilé lui aussi à quinze ans dans la Confédération. À eux deux ils avaient organisé le premier réseau de combats clandestins du canton de Vaux. Puis Pierre avait retouché aux coqs, et ça l'avait coulé. Expulsé de Suisse à quinze ans et demi. Les coqs lui portaient la poisse.

Il était écrit pourtant que le jeudi 27 décembre 2007 était un jour de chance. Lorsque la blonde s'oublia et laissa échapper un sourire enfin naturel, Pierre s'étonna d'avoir mis la main sur la seule fille à portefeuilles qui « mouillait », selon ses propres termes, pour les combats de coqs.

Non seulement le sujet la passionnait mais elle voulait bien voir la photo d'*Azimut*, un des champions de l'écurie al-Hamdi, surnommé *AS-mouté* ou *Assle-pute* selon ses performances, mort au combat en Thaïlande en 91. Une photo que Pierre gardait dans sa poche, non loin de celle de sa mère, parmi les pauvres trésors que la vie lui avait laissés.

— Il est magnifique, regarde ses ergots d'acier, Paulot !

Janine, elle s'appelait *Janine* en l'honneur d'une fiancée de David Bowie, une copine de sa mère anglaise – avait-elle cru bon de préciser pour se garantir du côté suranné du prénom –, Janine était « une fondue » des combats de coqs. Une âme sœur ! Pierre s'émut. Il se demanda même un instant si la Janine en question n'était pas la Justine du balcon. La petite Anglaise sentait bon le vent, la pluie et l'air nocturne, elle était aérienne ; Janine, malgré l'orage électrique qui redonnait vie en ce moment à son cerveau, gardait des lourdeurs, des vulgarités... Elle manquait toujours de transparence.

Pris de soupçon, Pierre la regarda parler. Était-elle sincère ? Il avait du mal à croire une femme. Sa voix fausse ne plaidait pas en sa faveur. Les coqs ressemblaient à une trouvaille pour se donner du style, un truc de lectrice de mangas, un snobisme à la Tarentino poussé en avant pour le séduire. Elle pouvait bluffer les minets parisiens, pas lui. Pourtant il en vint à admettre que le lexique, les références sonnaient juste. Janine s'enlaidissait en parlant. Elle s'animait, rougissait, prenait des postures d'adolescente. Autant de preuves que ça venait du cœur. Elle avait abandonné le vernis qu'elle s'obstinait à polir tout à l'heure, quand elle donnait à ses yeux noyés de toxicomane une nuance de distance revêche.

Le petit Paul, qu'on essayait de convertir, observait le changement de sa protégée avec une mine d'imprésario perplexe. Inquiète de déplaire sans masque, Janine adopta avec une prestesse d'hystérique la tactique de Peter Orlowsky et se mit à raconter son enfance pour les attendrir.

Livrée à elle-même aux Philippines par un père attaché militaire, Janine avait traîné au même âge que Pierre dans le milieu des combats de coqs. En somme, c'était une sœur elle aussi, tous deux des enfants expatriés, perdus dans les déménagements et les changements incessants d'écoles, et qui avaient mal tourné. Pierre décida d'épargner Janine. Une sœur qui aimait les combats de coqs ne pouvait être traitée comme une vulgaire salope. Il remarqua du même coup qu'elle le stimulait moins sexuellement.

— Je suis dégoûtée… Sofia, qui a passé plein de temps aux Philippines quand elle était gamine, pendant le tournage d'*Apocalypse Now*, m'a dit qu'elle détestait le sabong. Elle a vu des coqs se battre sur le pitt du Coliseum de Manille et elle trouve ça horrible. Quand je lui en ai parlé elle m'a regardée comme une anormale, une *sanguinaire*. Elle a beau faire, Sofia reste très américaine.

Même s'il partageait plutôt le parti de l'Amérique sur la question, Paul approuva. Il jeta un coup d'œil appuyé à Pierre pour vérifier que ce dernier avait bien saisi qu'il s'agissait de Sofia Coppola. Pierre aussi pouvait se sentir flatté, les coqs avaient gagné l'agrément. Et Janine pouvait faire la folle autant qu'il lui chantait… Tout était rentré dans l'ordre grâce à la présence de Sofia.

— Je ne savais pas que tu avais vécu aux Philippines !

— Mais Paulot, voyons, c'est de là que je tiens mon goût pour les chaussures… Remarque, je n'arrive pas encore à la cheville d'Imelda Marcos, la maîtresse de mon père ; je n'en possède que huit cents paires.

Janine rajeunissait à mesure qu'elle parlait, elle en avait oublié ses manières et le rendez-vous Mordoret.

Les deux commandèrent à boire, une piscine pour elle et du vin blanc pour lui ; Pierre se laissa tenter par le champagne, lui qui s'interdisait tout alcool. De plus en plus incertain sur l'issue de la soirée, il s'intéressa de nouveau au trottoir d'en face. Un couple de bonnes sœurs manipulait l'automate du Crédit lyonnais avec une évidente maladresse. Dans quel but tiraient-elles de l'argent rue Saint-Honoré ? Shopping place Vendôme ? Il ignorait que les religieuses possédaient des cartes de crédit... De fausses bonnes sœurs peut-être ? Comme Chamisso, un ancien porte-flingue des Zemour retombé dans le *bidonnage,* qui venait de se faire arrêter dans le Val-d'Oise déguisé en sœur Emmanuelle ; l'avenir de Pierre, s'il s'obstinait à jouer les cœurs sensibles. Il hésita un instant à abandonner la table le temps de financer la soirée, mais se ravisa quand un policier à vélo vint lui piquer son rôle d'homme providentiel.

Grisée par le champagne, Janine pérorait d'une voix d'institutrice, assommant la tablée de précisions sur les coqs et les bas-fonds de Manille. Pierre se contentait de sobres relances ; ses pérégrinations ne l'avaient jamais conduit aux Philippines et il se voyait doublé sur son terrain. De toute façon, Janine n'avait besoin de personne, seulement d'yeux et d'oreilles ; une fois lancée, elle était pire que lui et l'homme aux autoradios réunis, une vraie scie. Tout en continuant de la trouver odieuse, Pierre s'était habitué à elle. Une petite sœur, sûrement pas très généreuse, chipie, harpie, voleuse, droguée, intéressée et bavarde... mais une petite sœur quand même et, à la famille, on pardonne tout, surtout quand on n'en a guère. Il but la piscine d'un trait. N'étaient-ce pas ses propres défauts qu'il voyait se reproduire ? Comme il n'avait rien avalé depuis la veille, le vin de Champagne frappé par les glaçons lui monta à la tête. Il se découvrit des idées mystiques. Entre Janine, Paul et lui, il y avait une communauté, une racine qu'on aurait pu voir pousser sous la table et s'étendre en rhizome sous le miroir noir de l'asphalte. Car cette similitude, c'était la partie apparente de l'immense vérité.

Il existait des racines communes à tous, une familiarité entre chaque être. Les différences humaines ne sont que des améliorations, des défauts singuliers, des possibles négligés ou taillés par la nature et les exigences de la survie. Au fond de lui, quand il regardait les mains fines de Janine, leur rose grisé et ses paumes longues semblables à celles des dessins anciens de Jacques Bellange et de Toussaint Dubreuil – Pierre n'oubliait jamais un nom propre – qu'il avait volés au musée de Besançon dix ans plus tôt, à la demande d'un collectionneur, il aurait aimé les partager avec elle, elles ressemblaient aux araignées étirées qu'on observe dans les baignoires, des araignées qu'une main sûre aurait baguées comme les doigts des favorites. À mesure que Janine s'enflammait elle en rajoutait dans les précisions et les éclats de voix pour essayer de réveiller une attention qu'elle voyait s'éteindre. Elle avança d'un grincement de chaise sous la lumière, forçant Paul à se mettre en recul. Pierre al-Hamdi la regarda comme les vitrines, les mannequins, les actrices ; comme il avait dû regarder sa mère.

Sans écouter les règles du combat de coqs originel, « tel qu'on le pratique encore au sud-est de l'île de Pok-Pok », Pierre al-Hamdi admira en professionnel les bijoux qu'elle faisait passer sous son nez, des bagues anciennes en rubis et perles et un camée noir magnifique. Il admira aussi, sans but précis, avec jalousie et ferveur, cette manière si garçonne et si peu masculine dont une épaule de Janine, osseuse mais douce et blanche comme un genou de nymphe, soutenait la houppelande, et, derrière, en réponse à une simple clavicule de danseuse macabre, dénudée par un ajout du tissu qu'ornait la courroie simple d'un dessous noir, le lacé mollissant d'une cagoule de lépreux en tricot marron d'Inde, qui pendait en berne sur sa nuque et servait d'appui à une vaguelette de cheveux blanc-gris, panache de vraie blonde retravaillé au pinceau, comme elle l'avait précisé tout à l'heure, par un coloriste célèbre de la place d'Iéna ; le tout choyé tout à l'entour par le pelage en ficelle du faux singe du Tibet.

Une poupée. Une poupée dont le petit Paul jouait de nouveau les caméristes. Il lui arrangeait ses mèches dans leur résille de tricot, en riant de ses enthousiasmes. Agacée qu'on ne la prenne pas au sérieux, Janine le repoussa, tout en gardant ses doigts de garçon dans les siens, telle une maman trop coquette qui veut se faire pardonner un geste d'énervement. Paul se dégagea brutalement avant de recommencer son travail de dame d'atours.

— C'est qui, ta cagoule ?

— Rick Owens… Tu m'énerves, tu ne m'écoutes pas. Je suis sûre que tu n'as rien retenu. Peter et moi on a des choses importantes à se dire. Un échange. On est un peu frère et sœur. Hein, je le vois dans vos yeux. Vous m'aimez bien, Peter. Hein… Tout à l'heure vous ne m'aimiez pas, vous aviez presque envie de me frapper, mais maintenant vous m'aimez bien. Parce que moi aussi je m'y connais en combats de coqs. Tu vois, Paulot, Peter me respecte plus que toi. Il s'intéresse à ce que je dis, lui. Il comprend des choses que tu ne comprendras jamais. Arrête, enfin… tu me tires les cheveux… Mais vous savez, je ne détestais pas non plus quand vous aviez envie de me frapper, Peter… *He hit me, but it felt like a kiss ! He hit me and then I knew he loved me…* Vous connaissez la chanson…

Elle se mit à fredonner d'une belle voix juste, aiguë.

— Excusez-la, elle est folle.

— Elle a raison.

— Ah ! tu vois, Peter est sensible à mon charme, Peter me comprend. Comment voulez-vous que je sois autrement que folle, avec la vie que je mène ? Si je travaillais, ça serait différent. Mais je fais semblant. D'ailleurs, je fais toujours semblant, c'est tout ce qu'on me demande, faire semblant. J'aimerais un jour arrêter de faire semblant… Vous appréciez vous aussi les *Crystals*, Peter ? Je vois que vous hochez la tête comme un chien à l'arrière d'une voiture ! Alors il faut que vous rencontriez Thérèse, et surtout Justine, sa fille adoptive… La plus grande imitatrice de Barbara Alston et de Lala Brooke au monde, elle sait faire toutes les voix des chœurs de *Da doo ron ron* à elle toute seule…

Da doo ron ron. Comment Jeanine aurait-elle pu savoir que c'était la chanson que sa mère lui chantait ? Et tout le reste... Il y avait quelque chose en elle d'une fée. Une éclatante perception inconsciente du fond humain de sa propre nature, de l'ordre de la vision, de l'hyper pouvoir. Une forme de parole inspirée qui exprimait au plus juste non seulement ce qui était en train de se passer mais ce qui se passerait encore et encore si rien n'arrivait, si aucune présence ne les visitait jamais. Dans sa vie violente Pierre avait été confronté à des phénomènes de ce genre, le tissu de mensonges qui se déchire, la voix du vice ou de la folie qui s'amuse à dire la vérité, mais rarement à un tel degré de proximité avec ses propres voies. À la lumière, il vit que les yeux bleu lagon étaient envahis par la nuit des pupilles. Une éclipse, un de ces prodiges qui annoncent les catastrophes. Le champagne avait dû réveiller un toxique, une drogue dont l'effet montait à retardement. Cet épanchement allait bien au-delà du feint dénigrement, c'était un cri d'appel, Pierre l'avait déjà entendu dans une vie antérieure. Quelqu'un, une femme, sa mère, dans la même situation que Janine, lui avait dit cela, juste avant de disparaître à jamais, alors qu'il était un tout petit enfant : « Ne me laisse pas partir, ne laisse pas passer l'occasion de ne pas me laisser partir... »

Pierre allait tenter l'impossible quand il se reprit. Il se tassa sur sa chaise comme un homme lâche qui a failli sauter et qui, au dernier moment, n'a pas pu franchir l'espace qui le séparait du vide. Parce qu'il était vraiment lâche ou parce que ce cri d'appel ne lui était pas destiné. Janine sentit son mouvement intérieur et le recul qui suivit, et cet élan brisé lui fit éprouver l'abîme qui s'ouvrait sous ses pieds, l'abîme qui les séparait et les unissait à la fois, l'abîme au fond duquel ils auraient été unis si l'homme en face d'elle n'était pas resté lâchement, jugea-t-elle, sur ses gardes, comme tout le monde ; alors elle se retira elle aussi, non pas en soi-même mais dans l'intimité froide qui lui servait d'écrin. Dès cet instant, tout fut fini entre eux.

— Paulot, tu ne crois pas qu'il faudrait présenter Justine à Peter ? Elle aussi, elle a besoin qu'on la sauve, qu'on la sorte de là, peut-être qu'elle lui conviendrait mieux que moi…

— Je ne sais pas si Justine a envie qu'on la sauve.

Pierre al-Hamdi avait bu trop vite et les glaçons qu'il suçait augmentaient son ivresse. Janine s'écarta du champignon pour éviter de rougir son teint et aussi de regarder Peter en face ; afin qu'il regrette son choix, elle se collait maintenant tout contre lui. Leurs épaules fraternisaient à travers les épaisseurs de tissu mais cette baisure ne devait plus guère avoir de sens pour elle, même si lui se sentait vaguement coupable. Par une bizarrerie propre à l'instinct, Pierre n'avait pas tout de suite rapproché la Justine au balcon et le prénom qui venait d'être prononcé à plusieurs reprises. Avec le titre du film, on comptait beaucoup de Justine en moins d'une heure. Il commença à se demander de qui il s'agissait, mais la conversation avait pris un autre tour. Au grand soulagement de Paul, on était reparti sur un sujet plus parisien que les coqs : un dîner qu'organisait ce soir-là pour les gens de *Vanity Fair* « cette salope de Thérèse ». L'ambassadeur des États-Unis était là, ainsi que les Sarkozy. Les Mordoret étaient invités. Il fut aussi question d'une séance photo pour le magazine américain dont Paul avait été exclu. Paul retournait la situation en posant sur un ton de lanceur de débat télévisé :

— Qu'est-ce que c'est, Annie Leibowitz ?... Une personne âgée qui fait des photos horribles.

Tout l'art tenait dans le silence mesuré qu'il réservait entre la question et la réponse. Ni trop long, ni trop court. Aucune amertume dans le ton, on aurait cru qu'il rapportait une opinion générale, un constat plein de modération que seule s'obstinait à ignorer la petite minorité retardataire enfermée sans lui sur le plateau. Chacun mesurait la part de rancune qui gauchissait son jugement, mais on lui savait gré de son ton suave et dénué d'acrimonie qui ne laissait rien transpirer des souffrances intimes. Janine n'avait pas supporté les mêmes vexations, l'hypersomnie dépressive la rendant incapable de travailler avant le début de l'après-midi. Elle considérait pour sa part qu'elle aurait été « welcome » sur la séance photo, à cause des liens qui unissaient sa protectrice, Natacha Mordoret, et la photographe en question. Elle ne chercha pas à contredire Paul tout en laissant deviner, à l'aide de « ah bon » un peu mous et d'une manière insistante de consulter son Blackberry en douce, que des opinions si tranchées n'engageaient que lui.

Pierre se sentait calme et heureux. Saoul après un verre de champagne. Il n'écoutait plus leurs bêtises...

Les voix lui sonnaient les oreilles mais même celle de Janine ne le gênait plus, comme les cris d'un enfant qui aurait été le sien. Avec une patience qu'il ne se connaissait pas, il supportait sa présence physique, il avait même envie de la prendre dans ses bras, et Paul aussi. Plus rien de sexuel là-dedans, juste l'effet de l'accoutumance et du besoin de chaleur humaine. Autant dire qu'il n'avait plus du tout l'intention de leur faire du mal. Un sentiment de force accompagnait cette faiblesse.

Le champagne n'était pas le seul responsable. À plusieurs reprises déjà, depuis son arrivée à Paris, il s'était senti mollir au moment de passer à l'action. Il peinait à recruter les gens, à les taper à tous les sens du terme. Il fallait qu'il se méfie. Il en avait pris conscience à l'église Saint-Roch. Il y était resté une partie de l'après-midi, assis sur une chaise dans l'odeur de bougie au lieu d'aller chercher la Rolls au parking Vendôme. La sensibilité qui remontait lui valait une douleur physique, comme la fin d'une anesthésie. Il souffrait, et en même temps c'était la vie qui revenait.

Le retour en France avait été dur. Plongé dans une insécurité qui l'avait réduit à s'endurcir au point de ne même plus sentir sa peau (il s'était découvert depuis quelques jours des zones insensibles sur les jambes et les bras, là où il avait frappé ou là où on l'avait frappé), il craignait de devenir un mort vivant, comme les vieux voyous qu'il avait retrouvés là, Cazotte et autres, qui portaient sur le monde un regard éteint, « en trou de bite », selon le parler local. La perte de la sensibilité avait toujours été un souci pour lui, il l'assimilait à un défaut d'intelligence, à une baisse d'acuité. En vieillissant, les hommes deviennent plus lourds, moins inquiets, de plus en plus bêtes. Il s'agit d'une prise de poids moral, bien plus destructrice que la graisse contre quoi il luttait en courant tous les matins.

Au début, il avait cru que le retour aux affaires après l'exil tangerois le raffermirait, comme un boxeur qui reprend l'entraînement après s'être laissé vivre, mais il s'était vite rendu compte qu'il n'avait plus vingt ans, ni même trente, et que la compagnie des siens le fatiguait. Une journée de recrutement valait mieux qu'une soirée avec eux. Ce n'était même plus l'argent ou une simple angoisse qui le poussaient dehors, mais le besoin de sortir de son milieu. Il ne supportait plus la compagnie des hommes comme lui. La décharge sexuelle avec les filles du cru, des Maghrébines ou des Slaves complètement pourries, le jeu, qu'il pratiquait dans des arrière-salles de café, à Barbès ou à Château-Rouge, lui pesaient. Il avait peur de s'enfoncer. Les types lui conseillaient d'arrêter la rue mais il savait que c'était dans la rue, dans un territoire hors de son milieu qu'il trouverait… autre chose.

Janine lui toucha la main et s'appuya sur son épaule en se levant pour aller aux toilettes. L'homme de Pigalle qui restait en lui se cabra. Fini l'Église, la rédemption, les bonnes manières. Il se raidit sous la caresse, l'alcool le chauffa soudain, lui insufflant la haine en souvenir de son passage. Pour qui se prenait cette pute, à se servir de lui comme d'un meuble ?

Salope. Tout juste si elle ne lui avait pas touché le visage, griffé la joue avec les bagues de l'autre micheton, Goldoret, Goldstein, Goldfinger… Tu te trompes de mec, ma fille. En riposte, il lui fouetta la croupe au passage, comme on fait à une radasse de bar ou une danseuse de bas niveau, avec une violence inattendue. Janine se retourna pour le remettre à sa place, mais en découvrant son expression, elle eut si peur qu'elle éclata de rire. Elle avait des fesses dures, chaudes, haut placées, bien fendues, un vrai corps de pute caché sous l'habit de mondaine. Elle avait peur, elle était mûre. Elle mouillerait de trouille. Elle allait sûrement s'inonder dans les toilettes en prisant la saloperie qu'elle traînait dans son sac. Il dut se raisonner pour ne pas descendre s'occuper d'elle tout de suite. Le petit était là, il ne voyait rien pour une fois, trop obsédé par ses histoires de *Vanity*, de vanité. Si Pierre remontait avec le sac sans la fille, même préoccupé par des choses plus importantes, l'autre finirait par avoir des soupçons.

Paul profita de l'absence de Janine pour se rapprocher. Pierre sentit des cheveux épais caresser sa joue, leur contact l'adoucit. Paul lui parlait de choses que Pierre ne comprenait pas. Le petit se montrait fier d'avoir subtilisé la *prémaquette* du *Vanity Fair* que la *direction artistique* avait e-mailé de New York. Les mots s'enchaînaient dans les oreilles de Pierre sans qu'il sache à quoi ils faisaient référence. Ce qu'il saisit c'était que le petit était content d'avoir piqué un truc et que ce truc était une vieille photocopie couleur qu'il exhibait sous son nez, mais là il ne le suivait plus. Combien cette saloperie pouvait-elle valoir ?

Pas grand-chose. Dix centimes d'euro, maximum. Sur la photo, on voyait une vieille peau déguisée qui ressemblait à la méchante des *Cent Un Dalmatiens* dans une vitrine avec des mannequins en cire. Pour lui faire plaisir, il lut le titre : *The Amazone's fairy queen meets Marquis de Sade in Sofia's nightmare.* Du blabla de crétin. Pas de quoi se réjouir. Le détail intéressant, notable, c'est que ce bout de papier avait été volé à Justine. Justine ?

La lubie de l'épargner, celle-là, était déjà oubliée, la rémission ne pouvait être que passagère, il n'avait pas les moyens de se permettre un tel luxe. Surtout maintenant qu'il était tombé plus bas que jamais, au fond du trou : un frappeur, un rançonneur de filles, il avait *repris les nageoires*, comme disait Cazotte. Tout ça parce qu'il s'était entêté à se ranger. À cause d'une autre pute. Plus que jamais, son exil lui apparut comme une perte de substance. Des années mortes. À quoi servait de fréquenter des gens normaux ? Ils profitaient de lui, et puis ils le laissaient en plan, comme une fille. Et les voyous pareil, Cazotte le logeait dans un de ses hôtels mais le tenait en dehors des affaires, une manière de le laisser crever.

Au point où il en était à quarante ans, s'il s'affaiblissait, tout allait s'effondrer. Il avait croisé des types qui avaient lâché la pression à son âge, cela n'était pas beau à voir. Des clochards. Avec son permis annulé, il ne pouvait même plus être chauffeur de taxi, à peine baron pour un des table-dancings miteux du boulevard de Clichy, du genre *Narcisse* ou *Nouveau Monde*. Il sentait de nouveau les larmes monter. Rien à voir avec de la sensibilité mais de la sensiblerie, de l'apitoiement sur soi, il virait à la loque comme le junkie sevré, connu autrefois, qui pleurait devant *Melrose place*.

Il tira sur sa paille et les glaçons firent un bruit incongru, comme un gargouillis d'estomac. C'était bon en même temps de se laisser attendrir. Il était de plus en plus divisé. Un ange et un démon, comme Milou le chien dans une bande dessinée que lui lisait sa mère. Une histoire d'enfant disparu dans la montagne ou dans le désert, il ne savait plus. Il l'avait perdue à Beyrouth mais certaines images lui restaient en tête. Le chien diable et le chien ange, et surtout un petit garçon brun, seul dans la caverne avec le yéti, un monstre plein de poils, comme les chèvres de l'Himalaya. Quand il se sentait ange avec des plumes plus légères que les poils du manteau de Janine, une exaltation étrange, beaucoup plus jeune que ses doutes, ne le lâchait plus. Une vertu cardinale telle que la charité, si l'on n'a pas pris la précaution de la pratiquer de temps en temps, peut monter à la tête comme un alcool, la chaleur du désert ou l'air trop pur des hauteurs. Le fait d'avoir décidé d'épargner une fille, puis deux, lui donnait une impression ambiguë, à la fois euphorique et inquiétante. Il titubait dans ses certitudes. Cette trêve inattendue dans le combat hargneux qui l'opposait aux femmes le replongea dans un état proche de l'ivresse. Les lumières de la rue, les vitrines luxueuses ou vulgaires lui parurent toutes scintiller d'un éclat d'enfance. Les cheveux du garçon qui lui caressaient les joues étaient doux, les passants n'avaient plus la même indifférence, ils étaient de bons parents, ils veillaient sur lui avec bienveillance et discrétion, et même la pluie d'hiver qui distillait un vernis brillant, un voile de moire sur l'asphalte et les capots des voitures, embellissait sa vision du monde comme des larmes de joie. Il repensa à la petite du balcon, aux lustres de la rue de Castiglione, juste au coin, et se dit de nouveau que ces deux-là lui étaient envoyés par le destin, qu'il devait les épargner car ils le conduiraient forcément quelque part. Il pensa même, et pour la première fois, à la voix de sa mère. *Da dou ron ron…*

En rejoignant sa chaise, Janine passa devant Pierre, elle se tenait cambrée, histoire de montrer qu'elle n'avait pas peur de l'effleurer. Pierre jeta la tête en arrière pour se garder du vent parfumé que soulevaient sa croupe et ses habits. Les longs poils du parement caressèrent la table, répandant un peu partout les pages de *Vanity Fair.*

Pierre détestait salir les objets, même sans valeur, il rattrapa un feuillet au vol avant qu'il ne touche le trottoir, qu'il imaginait bourré de germes et de traces d'excrément. Avec dégoût, il regarda Paul ramasser le reste des papiers souillés et les rempiler, l'air de rien, près des cacahuètes que le petit piocha ensuite dans la coupelle d'un geste qui lui fit détourner les yeux. Comme il lui arrivait parfois dans les moments de tension nerveuse où réalité et perception se rejoignent sur certains points de contact direct avec un trouble intérieur, son regard de tigre tomba sur des mots disséminés dans le texte anglais, dont l'assemblage fit surgir une certitude d'ordre hallucinatoire. Ces mots étaient : *Le Brummel, rue François-Ier, traite des blanches, Yémen, islamic revolution, mutilated* et *La Sultane.* En dépit de la petite taille des caractères et de l'alignement très serré des pavés de texte qui dessinaient un seul bloc compact sur la feuille, une compression de pattes de mouches, d'œils-de-serpents et de queues de cerises, il sut que le paquet de texte qui avait failli tomber dans la merde et que les doigts des autres salissaient d'auréoles grasses épousait sa souffrance la plus intime.

Il releva la tête vers Paul et Janine qu'il ne reconnut pas, ou à peine. Leurs traits s'étaient désimprimés de sa mémoire, ils n'avaient pas eu le temps de laisser des traces, ils étaient trop frais, trop en avance, trop vite passés dans sa vie. Paris non plus ne lui disait plus rien, il aurait pu aussi bien être encore à Madrid, à Bruxelles ou à San Paolo, les vitrines, la circulation, les passants, les alentours n'existaient plus. Seul survivait dans le flou de ses pensées et de sa vision le papier qu'il tenait posé sur une de ses cuisses, comme une arme chaude qu'on nettoie après l'entraînement, ou plutôt une de ces feuilles d'instructions destinées au remontage des armes nouvelles, un chiffon graisseux qui, minutieusement replié, servira et resservira encore après chaque intervention. Il voulut revoir le texte, les mots avaient disparu, ils s'étaient noyés dans la masse comme des visages connus dans une foule. D'autres noms remontaient : *Madame Tussaud, Damien Hirst, Simon de Pury* étaient sûrement cachés derrière, il suffirait de retrouver le bon regard. En réessayant plusieurs fois il y arriverait. Ils remontaient toujours. Ces mots se dérobaient à l'oubli depuis plus de trente ans.

Peter Orlowsky – était-ce encore vraiment lui ? Il pouvait aussi bien s'appeler Peter Lawford, Peter Ustinov, Peter Bogdanovich ou Peter Sellers, ou même Peter Pan, peu importait –, Peter Orlowsky racontait maintenant à deux inconnus à la terrasse d'un café une histoire embrouillée qu'il n'arriverait jamais à rendre simple, car sitôt qu'il voulait en simplifier les formes elle devenait vulgaire, elle n'était plus à lui. Pour les précisions, il gardait depuis longtemps dans sa poche un autre article de journal, un vieux chiffon plié, plus précieux que celui de Paul, et beaucoup plus ancien.

Il raconta comment *la Sultane*, – le surnom de sa mère, il l'avait appris plus tard d'il ne savait qui – était décédée lors du putsch islamique de 1977 au Yémen. L'affaire avait fait beaucoup de bruit, d'ailleurs il avait l'article dans sa poche pour le démontrer, mais il le sortirait plus tard, même s'il sentait déjà dans ses doigts son contact mou, jauni et toujours plus frangé, plus abîmé… au point qu'il craignait un jour de n'en tirer qu'un fragment et que le visage de sa mère, un photomaton reproduit par *Le Nouvel Observateur*, se déchire par malheur au niveau des yeux. L'affaire avait fait du bruit donc, non que la Sultane eût été célèbre avant sa mort, d'ailleurs les journalistes en parlaient d'un ton méprisant, ils les qualifiaient de mannequins entre guillemets, elle et sa copine Véronique, d'anonymes, d'occasionnelles – mais c'était quand même deux femmes occidentales, des « mannequins volants » comme elle disait d'elle à son fils, *mannequin volant* lui donnait quelque chose d'une fée ou de Mary Poppins, la fée il la gardait pour lui, même s'il y pensait toujours en le racontant, et que sa réserve lui compliquait encore les choses car elle mettait forcément des silences dans sa voix… deux femmes donc, des *filles* comme on dit, dont l'une, la Sultane, sa mère, et l'autre, Véronique T., avaient été *recrutées* à Paris au bar *Le Brummel*, rue François-Ier, par des diplomates arabes, pour un *défilé de mode*. Elles avaient servi à *distraire* la garde présidentielle et fini dans le désert, Pierre avait sept ans. Sa mère n'était pas vraiment mannequin, elle ne volait pas comme on vole quand on est un ange, elle volait comme un oiseau, une pie, une belle pie voleuse comme cette fille, Janine ou Justine – il ne savait plus – avec son œil vide, le seul que les *filles* veulent bien donner.

Devant le regard absent de Janine, pour essayer de casser une barrière, la barrière, celle que lui opposaient toutes les femmes, pas seulement les *filles,* et qui le meurtrissait, il donna en gage ce qu'il avait caché aux rares personnes à qui il s'était confié, en général des femmes qu'il avait poussées à bout et qui voulaient porter plainte. Sa mère, et on comprenait pourquoi il préférait l'appeler *la Sultane,* n'avait pas été simplement assassinée, elle avait aussi été violée, lapidée et mutilée post mortem. Comme la femme de l'Évangile mais sans que Jésus, ou lui, ou quelqu'un, un *homme*, un seul, intervienne pour lui porter secours. Comme des boules de pétanque, les pierres avaient suivi leur trajectoire sous les phares des half-tracks et des jeeps.

En disant cela, il savait à quoi s'attendre. Une histoire pareille jette un froid. Les deux allaient se regarder de l'air perplexe qu'il convient d'adopter quand quelqu'un vous assène des confessions après avoir bu, et il risquait de passer pour un affabulateur ou un fou. Il l'avait souvent vérifié, il suffit de dire la vérité pour n'être pas cru.

Ce fut encore pire. À peine eut-il fini que ses deux nouveaux amis éclatèrent de rire.

Pour la première fois depuis longtemps, il fut surpris par une réaction humaine. La plupart des gens sont prévisibles : ils prennent l'air triste ou ennuyé quand on leur rapporte des malheurs, de même qu'ils rient ou font semblant, ou délibérément ne font pas semblant, quand on balance un joke. Là, c'était du jamais vu. Un homme racontait la mort de sa mère, il précisait qu'elle avait été violée, lapidée, mutilée, et voilà qu'ils éclataient de rire comme des démons. Il n'avait d'autre solution que de leur prendre les mains dans les siennes et de les supplier de le croire. Ils avaient dû avaler un produit plus fort que la petite cocaïne frelatée des Parisiens, se bourrer de *MD* ou fumer de l'*Angel Dust* avant de le rencontrer, comme les phalangistes après les massacres. Il fallait qu'ils boivent un café, qu'ils l'écoutent.

Pourquoi riaient-ils ? Lui n'avait jamais pris de drogue. Juste un peu de coke, au Brésil. C'était bon pour affaiblir les nerfs. Il n'avait pas besoin de ça pour se gonfler, l'adrénaline lui semblait meilleure et moins chère. Il chercha des yeux le serveur afin de leur commander du café, un thé, quelque chose pour les faire redescendre. Jusqu'à maintenant ils s'étaient comportés à peu près normalement. Il allait leur montrer l'article du *Nouvel Observateur*, en prenant bien soin de ne pas le déchirer ou le tacher en le mettant sur le plateau de la table, près des feuilles qui avaient traîné par terre.

Ils avaient cessé de rire, ils essayaient de tirer leurs mains des siennes, il voyait qu'ils avaient peur, il connaissait cette odeur, l'odeur des corps qui veulent survivre. La vaisselle tomba par terre, les cacahuètes, les photocopies ; il tint bon leurs mains à tous les deux, prêt à les leur arracher s'il le fallait, il ne les laisserait pas partir avant qu'ils le croient. Il allait les mordre jusqu'au sang pour qu'ils se réveillent, qu'ils redescendent. Mais il se força au calme. Ce n'étaient pas des insensés. Lui non plus. Ils allaient le croire.

Il les relâcha. Paul, qu'il avait serré plus que la fille parce qu'il tenait davantage à sa main à lui, se massait la paume l'air mécontent. Peter parla et sa voix lui sembla presque normale :

— Qu'est-ce que vous avez à rire comme ça ?

— Arrêtez de nous balader, c'est le scénario du film de Sofia Coppola que vous nous racontez, vous venez de lire l'article… Vous êtes mytho ou quoi ?

Quand elle devenait nerveuse, la voix de Janine était vraiment insupportable. Paul, lui, ne parlait plus, il aurait été prêt à payer sa consommation, toutes les consommations s'il le fallait pour s'en aller plus vite mais il n'avait pas l'argent, il attendait que Janine se décide et Janine n'avait pas l'intention d'ouvrir son sac, trop radine, et puis elle n'avait pas peur, elle, elle voulait mettre à terre l'homme qui n'avait pas cédé à ses avances ou bien qu'il la mette à terre à quatre pattes devant lui, elle avait besoin d'en découdre. Elle était excitée par la drogue qu'elle venait de prendre. Elle avait envie de baiser avec ce type avant de rejoindre les Mordoret, ou de l'humilier, ou qu'il se passe quelque chose. Il ne se passe jamais rien à Paris. Les hommes sont si lâches. Il fallait que celui-là crache ce qu'il avait en lui.

Pierre al-Hamdi fouilla dans sa poche intérieure et vit qu'ils le surveillaient, ils avaient peur qu'il sorte une arme. Il tâta le manche en ivoire de son couteau, l'écarta, flatta au passage la photo d'Azimut, bon coq, petit coq, attaque ! et attrapa entre l'index et le pouce la pochette de plastique qui contenait le parchemin, l'histoire de sa vie.

Il tendit l'enveloppe plastique à Janine car il l'avait vue aux prises avec les choses, elle était maniaque, précise, propre, avare... des manières d'infirmière, ou d'archéologue. Déjà tout à l'heure il avait pensé qu'elle aurait dû choisir un métier comme archéologue, archiviste, infirmière ou thanatopractrice, plutôt que de se faire offrir des vêtements, des bijoux et de se laisser baiser par des gens qui ne l'aimaient pas. En saisissant la pochette, elle avança et fit basculer un shopping bag qu'elle resserra aussitôt contre ses jambes comme si elle avait peur qu'on le lui prenne. Le problème, c'était l'argent. Encore plus qu'à l'époque de la Sultane où l'on croyait aux aventures plus qu'à l'argent. La vraie vie. Bonnie & Clyde... Maintenant tout le monde sait, même en province, que la vraie vie n'existe pas, que seul l'argent existe. Maintenant c'étaient les vêtements, le luxe, une infirmière ne se sent pas aussi libre chez Maria Luisa ou chez Chanel que Janine, dont les shopping bags entravaient la liberté de mouvement à cause de l'importance qu'elle leur accordait ; elle avait eu du mal à saisir le cadeau que lui tendait Pierre, et plus encore à saisir sa valeur. Il avait choisi Janine parce qu'elle lui semblait plus bienveillante que Paul à son égard. Il connaissait la chanson : il l'avait troublée en la frappant tout à l'heure, elle avait envie de reprendre contact, malgré le sac renversé elle voulait que leurs doigts se frôlent une fois encore.

Elle lut l'article en même temps que Paul, leurs cheveux se touchaient mais elle avait pris de l'avance. Il voyait ses lèvres bouger à mesure qu'elle avançait. À un moment, elle s'arrêta de lire, leva les yeux, Pierre en déduisit un peu vite qu'il avait repris son prestige, et même un plus grand prestige encore. Cela lui fit du bien, il en avait besoin, vidé comme il était de sa vie secrète.

— Le Brummel n'existe plus, non ?

C'est tout ce que ça lui inspirait ! Elle ouvrait ses grands yeux artificiels et l'interrogeait comme un flic qui vérifie un témoignage. Pierre avait quelque chose à dire sur le Brummel. Il pouvait en parler. La Sultane était vengée, même s'il s'agissait d'une pauvre vengeance. Cazotte connaissait le patron, Victor Colomba. Après l'affaire des deux filles, la mondaine avait fermé l'établissement. Colomba avait fait de mauvaises affaires avec Gilbert Zemour à Bruxelles et il était mort quasi-clochard à Paris en 84.

Le fait qu'on puisse mourir dans le dénuement après avoir gagné tant d'argent rendit Janine rêveuse. Même le contact des shopping bags contre sa jambe ne la rassurait pas autant qu'à l'ordinaire, pas plus que le prix de ses habits, ses bijoux anciens ou la douceur artificielle de ses cheveux qui effleuraient l'épaule nue. Et puis elle finirait peut-être aussi mal que la mère de Peter, plus mal même puisqu'elle n'avait pas eu d'enfant, sans même un Peter pour la tenir contre son cœur pendant quelques années. Une ombre sans sépulture. Elle était si inquiète de son propre sort, de ce qu'il resterait de Janine, vingt ou trente ans plus tard, ou même d'ici dix ou cinq ou deux ans, la première fois que quelqu'un dirait d'elle « elle n'est plus baisable », qu'elle finissait par avoir envie d'aider ce type. À travers l'effort qu'il fournissait pour essayer de lui parler d'une femme qui lui ressemblait, à elle, Janine, sinon physiquement (elle avait vérifié sur la photo), du moins par son mode de vie et, malgré toute sa violence, elle devinait chez lui plus de compassion pour elle ou les filles de son espèce que chez les Mordoret qui la cajolaient et lui faisaient des cadeaux à 100 000 euros, ou Paul, son Paulot, le pédé qui la traitait en star et en joujou. Son excitation sexuelle, la coke, et peut-être aussi quelque autre rêve qu'elle identifiait moins bien lui faisaient voir la vie en rose. Peter Orlowsky ne la prenait pas pour un objet, il avait des paroles sincères, il fallait l'aider même si son témoignage à elle ne pesait pas bien lourd en face de celui d'une Thérèse ou d'une Sofia Coppola et qu'elle risquait de s'aliéner ces gens puissants si elle leur parlait de lui. Les gens de la rue – espèce à laquelle Janine appartenait à sa manière frileuse et prudente – ont une estime plus exacte de la sincérité des autres : la survie en dépend. Elle se replongea dans l'article du *Nouvel Observateur* avec un œil différent. L'instinct maternel gauchi par l'amour de soi et l'instinct sexuel, le désir d'avoir le premier rôle dans la vie d'un homme, n'importe lequel au fond, surtout s'il la tenait à distance, la poussaient à s'identifier à cette mère morte et à vouloir en savoir plus.

À la lumière des lampes, le *Casti* ressemblait maintenant à un salon de lecture, une bibliothèque publique destinée à des gens très spéciaux, des clients rares, des gens à la mode, le genre qui jamais n'ouvre un livre. Janine et Paul se disputaient les précieuses archives, leurs têtes se touchaient sans pouvoir s'aider l'une l'autre, Janine avait recommencé à épeler les syllabes, quant à Paul, soit il était plus discret, soit il était plus rapide, soit il ne lisait rien. Pierre, lui, essayait de se concentrer sur le texte anglais de *Vanity Fair* pour retrouver les indices de son passé, sans y parvenir parce qu'il surveillait en même temps les deux autres, qu'ils n'abîment pas son papier, ce chiffon qu'il trimbalait depuis bientôt vingt ans, qui avait connu tous les pays du monde ou presque. Plié, rangé dans sa pochette plastique, du genre de celles que les nageurs utilisent pour leur argent, il avait traversé les climats équatoriaux, la chaleur humide du Brésil et le froid polaire de la Baltique, il avait survécu aux dépôts, aux prisons, aux insectes, aux voleurs, aux filles qui fouillent les poches, aux pick-pockets marocains, aux policiers en quête d'identité.

Dès qu'on le sortait de sa protection, Pierre se tendait comme une femelle animale qui surveille ses œufs.

Paul regardait la première page, celle que Janine lui avait abandonnée, c'était la plus précieuse, là où était reproduit le photomaton. On voyait la Sultane telle que Pierre l'avait perdue un jour d'automne, un peu plus jeune peut-être, avec un blouson de cuir qu'il ne lui connaissait pas, un truc de loubard, mais chic, en beau cuir noir avec des clous. Elle ressemblait à une chanteuse de l'époque, Valérie Lagrange. À côté il y avait sa copine pour l'éternité, celle qui avait souffert près d'elle, qui avait reçu les cailloux, les parpaings qui lui étaient destinés, et inversement. Toutes les deux souriaient, la photo avait été prise quelque temps plus tôt dans un photomaton. Il ne s'agissait pas d'un cliché d'identité, on ne fait pas de photo d'identité à deux, même pour le dernier voyage.

— C'est vrai que vous lui ressemblez.

— Tu trouves, Paulot ? Moi je ne suis pas d'accord, les yeux peut-être, la bouche non.

Janine, qui s'était vite débarrassée de la photo, rebutée par une beauté si différente de la sienne, consentit à y jeter un coup d'œil bref et hostile. Pour oublier cette faute de goût il fallait qu'elle ajoute sa patte, qu'elle montre qu'elle avait compris l'essentiel.

— On dirait la chanteuse des Runaways, tu sais, Paulot, pas Joan Jett, l'autre, j'ai oublié son nom… En tout cas le stylisme est hyper 76 ! Elle est sublime, cette photo. Il faut lui créer une page sur *Facebook*, on peut sûrement retrouver des gens qui l'ont connue. Elle était chez Madame Claude ?

Pierre fit signe que non. Il ne savait plus quoi penser de rien, il était vidé de lui-même. Il attendait et rien ne se passait jamais. À chaque fois qu'il parlait d'elle et qu'il montrait l'article, il était dépossédé d'une partie de son secret, de son amour. Il avait de nouveau envie de pleurer. Il évita le regard de Janine et chercha à se noyer dans les lumières des façades, des vitrines. Cherchant à son insu quelque balcon obscur où l'attendrait quelqu'un qui ne lui ferait pas perdre le trésor qu'il portait en lui.

— C'est bizarre parce que dans le scénario de Sofia, Justine, l'héroïne, celle qui va mourir au Yémen, travaille chez Madame Claude.

— Chérie, tu sais bien que c'est chic de parler de Madame Claude. D'ailleurs il ne faut pas dire « Madame Claude » mais « Claude ». Et puis, on dit ça de toutes les femmes chics. Bianca Jagger, Natacha Mordoret ou même Thérèse, sur toutes on raconte qu'elles étaient chez Claude.

— Thérèse, avec son pied-bot ?

— Tu es bien placée pour savoir que les handicapées ont une clientèle…

— Tu veux dire quoi ?

— Enlève tes Manolo et montre à Peter tes six orteils, un de tes nombreux points communs avec Paris Hilton…

Paul attrapa la jambe de Janine qui commença à se débattre en criant. Perdu dans la façade de l'immeuble en face, Pierre comprit qu'ils étaient gênés, Paul surtout qui faisait n'importe quoi pour distraire l'attention. Il récupéra prestement les papiers avant qu'ils ne renversent tout, les replia et les remit dans la pochette de natation.

Janine avait repris son sérieux, elle se rapprocha de la table et y appuya les coudes en fronçant les sourcils, elle ressemblait à une héroïne de la Bibliothèque rose, la fillette du Club des cinq ou celle d'un roman pour adolescente du genre *Caroline mène l'enquête* qui aurait décidé d'aider un ami en difficulté.

— Vous avez droit à des dommages et intérêts, je vais demander à Natacha le numéro de Maître Kiejman. Les Mordoret connaissent aussi l'avocat de Martin Scorcese à Hollywood, j'ai oublié son nom, on va les faire cracher, Peter !

Pierre n'y avait pas pensé. Il se demandait surtout comment ils avaient pu avoir vent de l'histoire. C'est vrai qu'avec *Internet*, dans cette période de *morbid chic* il y avait plein de sites spécialisés sur des trucs bizarres. Les actrices assassinées, Sharon Tate, Vicki Morgan, les faits divers des années 70 ou 80, même obscurs, avaient toutes les chances de renaître au sein d'un culte, d'une petite communauté fétichiste.

— De toute façon une chose est certaine, le scénario vient de Thérèse. Justine me l'a dit, c'est elle qui a donné l'idée du film à Tarentino. Dans une première mouture, le livre de Sade devait être transposé dans le milieu du catch féminin au Texas, et puis à cause d'elle ils ont dérivé sur un truc de bédouin SM, du genre *Ilsa gardienne du harem*.

— Tu crois que ça va se faire, je ne vois pas Sofia réaliser ce genre de film.

— Elle non plus, je te rassure. Au départ Tarentino cherchait un réalisateur ringard des années 70, du genre Jess Franco, ou Lucio Fulci, ou Dario Argento. Mais ils sont tous plus ou moins morts. Après, ils ont voulu que Thérèse le réalise elle-même, comme Schnabel ou Clemente, mais elle se trouve trop vieille pour commencer une carrière de jeune réalisatrice. Thérèse connaît Sofia depuis *Marie-Antoinette* à cause de sa collection de reliques de l'Autrichienne. Elle lui a offert un jupon de batiste qui a appartenu à Mme de Polignac. Le jour de l'inauguration de la rétrospective au Whitney, elles se sont retrouvées et voilà. Sofia voulait travailler avec Tarentino, Thérèse est une star mondiale de l'Art, ça suffit largement à monter un projet.

— Comment s'appelle cette Thérèse ?

— Vous êtes expert en art et vous ne connaissez pas Thérèse Legros ? Peter, vous nous surprendrez toujours. Elle est aussi célèbre que Léonard de Vinci ou Jeff Koons !

Janine redevenait trop familière et Pierre s'écarta d'un coup. Il cherchait dans sa mémoire mais ce nom ne lui disait rien de plus que le prénom. Ni l'un ni l'autre n'avait rien de remarquable. Sa mère l'avait-elle prononcé ? Peut-être, il ne s'en souvenait pas.

— Tiens, voilà Juan, cette saloperie va sûrement chez Thérèse.

Un vieil homme avançait dans la foule ; il semblait âgé de près de cent ans. Le nez coupé, très lifté, il portait une perruque couleur marron glacé, des boots à talons hauts et un pantalon de cuir de rock star. Sous son bras, il serrait une superbe serviette en crocodile de couleur orange.

— Vous ne le connaissez pas non plus ? Pourtant c'est un expert, comme vous. Lui, c'est l'art chinois son truc. Les vases, la vaisselle, les pots... Vous ne trouvez pas qu'il ressemble à Nicoletta ? Justine m'a dit qu'il trimbalait toujours des centaines de milliers d'euros en liquide dans son petit baise-en-ville. Et contrairement aux apparences, il n'est même pas gay. Il faudrait que quelqu'un se décide un jour à l'attaquer pour lui piquer sa serviette. Un vieux aussi laid, aussi méchant et surtout aussi mal habillé qui se promène avec autant d'argent sur lui, impunément, alors que nous sommes beaux, jeunes, élégants... et pauvres, moi je dis que c'est immoral. Pas toi, Janine ?

— Ne m'en parle pas, Paulot, c'est inhumain...

2

Au restaurant clandestin

La Rolls orange était très fatiguée, comme son ancien propriétaire… Peter Orlowsky n'en avait pas dit plus. Depuis que les effets de l'alcool s'étaient dissipés, Pierre al-Hamdi savait jouer du mystère. Des révélations il était passé aux énigmes, une tactique efficace à ce tournant du recrutement, d'autant qu'il n'avait plus envie de parler. Voilà des mois que la voiture traînait au parking de la place Vendôme. Les pneus ressemblaient à des boudins écrasés. La poussière avait grisaillé les vitres et la peinture. Avant de la récupérer, il avait fallu aller chercher des bombes anti-crevaisons dans un poste à essence, rue de Rivoli.

Paul avait appelé à leur secours Natalia, une copine en voiture, pour faire le coup du ticket perdu.

— Oh, là, là ! j'ai égaré mon ticket, monsieur, mais si, vous savez, vous m'avez vue passer il y a cinq minutes.

Natalia avait raconté ses malheurs au caissier tout en lui fermant la vue pour que les deux puissent décamper dans leur corbillard poussiéreux démarré aux pinces crocodile. Les Rolls, les arsouilleries plaisent toujours et Paul semblait heureux. De son point de vue c'était une belle soirée.

Pierre al-Hamdi avait rempli les caisses. La preuve, la liasse de billets au fond de la poche de Paul, lourde et épaisse comme un livre. Pierre s'en était défait pour le contraindre à rester avec lui. Il avait remarqué à l'usage qu'on ne risquait pas de voir disparaître un inconnu à qui on avait confié une grosse somme d'argent. La surprise était telle que les gens restaient collés à lui, par fascination, par peur aussi, le rôle qu'il jouait finissant toujours par montrer sa trame, le fou remontant en surface. Au moins il était drôle, ce Peter Orlowsky, avec sa Rolls abandonnée et ses histoires bizarres... Les soirées des jeunes Parisiens sont souvent si ennuyeuses. Sans mot dire, troublé par une levée de fonds plus rude que prévu, Pierre se rassurait en pensant à l'argent qui se trouvait dans son nouveau bagage de peau humaine. Il regrettait d'avoir dû jeter la peau de crocodile orange, parfaitement coordonnée avec le cuir des sièges, mais elle était tachée de sang, et puis Paul l'aurait reconnue.

Tout était coïncidence ce soir, même la plaque d'immatriculation anglaise de la Rolls, dont les lettres formaient le mot PIXOU. La seule pièce rapportée s'appelait Natalia, une Russe, étrangement laide. Pierre, qui n'avait aucune patience avec les femmes, avait remarqué qu'elle avait bu avant de les rejoindre. Dans le parking, elle avait manqué emboutir deux voitures. Tous ces alcooliques et ces drogués agaçaient Pierre. Comme Rome, comme Tanger, Paris était une infection. Il s'était tout de suite indisposé de l'attirance grossière qu'elle manifestait à son égard, un instinct propre à certaines femelles ; lorsqu'il venait de commettre une agression, elles flairaient une odeur, une hormone qui les aimantait. En roulant vers le parking, elle s'était montrée si tactile qu'il s'était vu forcé de la recadrer, il lui avait même demandé de cesser de le toucher. Une fois dans la Rolls, dès le premier feu rouge il tenta de la distancer. Aussitôt, le téléphone de Paul sonna et il se mit à jacasser avec elle ; ce qui était pire. Ils devaient se retrouver à la Madeleine, mais Pierre n'avait pas dit son dernier mot : pas de caviar aux cochonnes.

Il n'arrêtait pas de téter une grande bouteille d'eau gazeuse achetée à la station-service. Il avait soif, comme à chaque fois qu'il venait de frapper quelqu'un, une soif inextinguible, inexplicable autrement que par un trouble psychologique. En lui, la violence ne s'arrêtait pas sur commande, sitôt qu'on n'avait plus besoin d'elle, une fois que sa victime gisait à terre, repliée sur sa douleur tel un chien qu'on vient d'écraser, qu'elle criait, qu'elle gémissait, ou alors, comme le vieux clown en cuir tout à l'heure, si dur à l'attaque (Pierre s'était blessé à la main en cognant dessus) qu'elle restait inerte, silencieuse, après avoir beaucoup crié. Une humeur maligne continuait de le brûler, elle faisait son chemin et se manifestait par cette soif terrible. Sa tension intérieure l'empêchait aussi de supporter les gens normaux, les conversations, la simple gaieté des autres ou même leur respiration. Les manifestations de bonne humeur lui donnaient des idées d'incendie. À entendre Paul ricaner dans son téléphone, il avait envie de le moucher contre le tableau de bord. Aveuglé par son état nerveux, il ne vit rien de la place de la Concorde, pourtant un beau spectacle pour un voleur, éclairée comme une vitrine de bijouterie sous un ciel de lapis, avec sa grande roue de métal blanc perlée d'ampoules, le martelet des balustrades, les rubis et les émeraudes de ses feux tricolores, ses statues montées en parures, les girandoles de tritons et le cabochon d'or de l'obélisque égyptien.

La rue Royale était encombrée. Paul, qui gigotait en téléphonant, avait replié une jambe sous lui dans une posture d'adolescent. Il lançait des œillades aux voisins et on le sentait très heureux de se montrer dans une Rolls. Pierre, lui, surveillait la semelle de la grosse botte où adhérait une ordure couleur crachat, sans doute le débris d'un chewing-gum à la chlorophylle. Le pied tressautait au rythme des poufferies de cocotte du petit et se rapprochait dangereusement de la main de Pierre, écorchée aux jointures, douloureuse et hérissée de lambeaux de peau. C'est fou, se disait-il, en fixant pour se calmer la façade de chez Maxim's, c'est fou comme les pédés, même peu soignés, aiment le luxe. De vrais chats ; Pierre détestait le luxe et détestait les chats, qui le lui rendaient bien. Au moins les chats et la plupart des animaux ont-ils une allure élégante. Tout le monde ne peut pas en dire autant. L'hostilité de Pierre s'était déclarée depuis le recrutement du vieux clown, bâclé en douce, à la sauvage, à quelques mètres du café, et surtout depuis que Janine les avait quittés, une demi-heure plus tôt, pour rejoindre les Mordoret. Paul l'agaçait désormais par mille côtés grotesques, combinaison de préciosités d'expression, de négligences vestimentaires et de vulgarités morphologiques indiscutables. L'équivalent humain de la grosse tête de bélier qui se détachait en ombre chinoise sur la vitrine surexposée de la parfumerie Guerlain. La vision de la patte de Paul, soudée au boîtier noir crachant le rire éraillé de Natalia, le dérangeait aussi. La rudesse virile des mains du « petit » évoquait la terre, l'outil, et jurait avec la préciosité de sa manche cintrée. Les taches, les faux plis de ses vêtements, déjà révélés sous l'éclairage cru du parking et que la malveillance de Pierre pistait maintenant dans la pénombre, seyaient mal avec sa démarche et ses attitudes dignes d'une femme très sophistiquée. La Russe avait contribué à diminuer Paul à ses yeux. Des crevards. Janine, Justine ou on ne sait plus trop qui, bref la pute blonde, sentait le gros argent, elle portait un fil d'or à la patte, elle était invitée à la soirée qui suivait le dîner Sarkozy, pas eux. Ils ne le mèneraient nulle part. Il fallait vite s'en débarrasser. Il allait récupérer la liasse, débarquer le petit et les semer.

Ses yeux coururent sur les échoppes de fleurs du terre-plein de la Madeleine. Le contraste entre leur gaieté fraîche et la pompe de la place lui rappela l'Espagne. Au fond, il savait qu'il n'allait pas se séparer de Paul. L'opportunisme de Pierre s'accommodait de ce genre d'incertitude, il avait l'habitude de résoudre les contradictions, à la dernière minute, d'un coup d'autorité. Pour dégager tous les avantages d'une situation il ne faut jamais chercher trop vite à la simplifier, et puis Janine lui avait promis de se débarrasser des Mordoret et de les rappeler ensuite. Tête haute, menton au ciel, comme il l'avait appris en conduisant des voitures de place, il fendit sans peine l'imbroglio des automobiles, les flux contraires qui tendaient à s'engouffrer dans les rues Tronchet et Chauveau-Lagarde.

Chauveau-Lagarde, le nom mit quelques secondes à se préciser dans son esprit, suivi aussitôt du mot *écheveau*. Qu'était-ce, déjà, un écheveau ? Cela évoquait quelque chose d'embrouillé. Aussitôt derrière, lui vinrent les cheveux de Janine qui l'avaient caressé lorsqu'elle lui avait fait promettre de la revoir tout à l'heure. Ses idées se fluidifièrent. Janine, il allait verrouiller Janine. L'attraper par les cheveux. L'occasion, c'était elle. Les Mordoret ne l'intéressaient pas vraiment. Derrière Janine, il y avait surtout cette Thérèse. Elle, il fallait qu'il la coince, il allait la coincer.

Quelle vengeance pouvait-il tirer de gens qui lui volaient sa vie ? Aucun plan précis pour l'instant. Les compensations financières évoquées par Janine et Paul étaient irréalistes. Il n'avait pas d'existence légale en France et il valait mieux qu'il ne se manifeste pas. Une certitude, depuis toujours : la loi n'était jamais de son côté. Janine avait eu une idée qu'ils trouvaient drôle, une ruse d'enfant, mais que Pierre avait prise au sérieux : voler Thérèse directement, à la source. On racontait qu'elle cachait un magot de plusieurs millions d'euros sous son lit. Il fallait un cheval de Troie. Janine ne voulait pas s'y coller, elle avait trop peur de la police. Et Paul qui continuait de téléphoner…

Pierre s'énerva sur les pédales, la mollesse des commandes de la voiture qui rendait insensible la puissance du moteur. Tout à ses antipathies, il conclut que les Rolls sont typiquement des voitures de gay. Surtout celle-là. L'intérieur avait été modifié par un décorateur efféminé, son premier propriétaire, avant de passer entre les mains beaucoup plus viriles d'un certain Izi Spighel, fameux patron de boîte de nuit abattu par les Corses au milieu des années soixante-dix ; puis elle était retombée dans les griffes d'un propriétaire de saunas masculins, disparu à son tour suite à des différents avec des amis de Cazotte. Il aurait fallu poser des plaques de cuivre sur le tableau de bord en souvenir de tous les anciens propriétaires assassinés. Pierre avait hâte de s'en débarrasser, elle puait la mort et n'était pas discrète. Elle puait d'ailleurs au sens propre : une odeur infecte sourdait du coffre et on se demandait depuis tout à l'heure ce qui pouvait bien pourrir là-dedans.

— Ça y est, ma belle, on est arrivés devant la Madeleine, je ne te vois pas, t'es où ? Mais non, on a dit qu'on se retrouvait chez Kaspia, idiote !

Paul sauta de la voiture avec une vivacité imprévue et Pierre douta un instant de son honnêteté. Comme tous les voleurs, il s'était souvent fait voler. Fausse alerte : le petit, fidèle au moins pour la soirée, vint se placer dans l'encadrement de la portière et Pierre lui retrouva aussitôt du charme. Il y a des gens qu'il faut voir de face, leur profil les diffame ; l'âme se perd, la chair se fait lourde, les lèvres molles, les paupières en globe de lampe éteinte ; confrontée au regard intelligent de Paul, toute forme d'antipathie retombait. L'église de la Madeleine, qui dessinait derrière le jeune homme un décor de temple antique, lui donnait un air de pâtre, de joueur de flûte ou de prostitué romain. Peut-être l'argent dans sa poche l'embellissait-il, comme la confiance qu'on lui témoignait. La réciprocité du charme jouait aussi. À la différence de ce que Pierre croyait, trompé par son pessimisme oriental, la jeunesse a le goût du romantisme plus que celui du luxe. Paul aimait la manière dont ce trafiquant parlait d'art, son goût bizarre pour les combats de coqs, la façon négligente de lui confier plus de 10 000 euros en liquide, la mystérieuse Rolls au propriétaire *fatigué*, cette mère assassinée au Yémen, dont une Sofia Coppola s'était inspirée pour un scénario. Il y avait chez Peter Orlowsky un disparate très personnel, un air de roman qu'on observe rarement dans la vie, et pour cause…

En contrepartie, Paul était une bonne rencontre. Il allait emmener Pierre dans un univers où sa violence intime pourrait s'exprimer avec profit. Le chasseur allait enfin trouver des proies à la mesure de son désir. Pierre le sentait sans se le formuler, comme on devine parfois ce qui vous est nécessaire, par instinct, sans qu'aucun raisonnement, aucune peur ne vous orientent. Ce fil d'or qu'il voulait remonter, ce fil d'or le menait Dieu sait où… Jusqu'à cette *Justine* peut-être, l'autre, la vraie, pas celle du film. Et puis, qui sait, derrière la vraie *Justine*, la seule en apparence, quelqu'un d'autre, de plus caché, qui l'attendait…

Pierre se décida à abandonner la voiture en épi contre une mont-joie. Il avait envie d'une patate chaude fourrée au beluga, un casse-croûte à cinq cents euros qui n'excéderait pas une demi-heure. C'était compter sans la Russe, qui pensait avoir un mot à dire.

— Peter, Natalia trouve que le caviar n'est pas bon et beaucoup trop cher chez Kaspia. Elle propose qu'on aille plutôt dans un restaurant clandestin tenu par des copines, de l'autre côté de la Madeleine.

Les accès de rage de Pierre étaient dangereux car rien ne laissait prévoir l'imminence de l'agression. La faim était un facteur déclenchant : qu'une femme s'interpose entre lui et son assiette le rendit fou. Cette pute n'avait pas à choisir ce qu'il allait bouffer, et encore moins à l'empêcher de bouffer ce qu'il avait prévu de bouffer. Ses yeux s'éteignirent. On aurait dit qu'un volet de métal venait de fermer toute issue vers l'intérieur. Son visage perdit sa mobilité, l'expression qui s'y lisait restait indéchiffrable ; impossible d'y déceler une émotion particulière ou même l'indice d'un quelconque intérêt pour l'extérieur. Il se dirigea vers elle d'un pas tranquille, dans l'intention de lui faire une clé au bras, de lui appuyer sur la nuque et de l'enfoncer de force, tête en avant, dans son Alfa-Romeo dont la portière était restée ouverte. Un reste de raison imputable à l'instinct de survie lui dit cependant de ne pas la massacrer en public, devant témoin. À l'instant, il aurait été incapable de dire de qui il s'agissait. Ses yeux n'étaient plus aptes à distinguer ses traits. Il espérait seulement que l'individu à neutraliser n'allait pas résister et encore moins crier, car les cris, comme le sang, rendent plus agressif.

— Natalia a rendez-vous avec Grisélidis, l'ex de Thérèse… Elles sont fâchées, Grigri connaît des histoires qui vous intéresseront.

Pierre s'arrêta, inquiet d'avoir brièvement perdu la conscience de ses actes. Personne ne s'était aperçu de la métamorphose. Il retourna verrouiller la voiture pour masquer ce qui lui semblait si visible. Thérèse Legros, dont il ne connaissait pas l'existence une heure plus tôt, avait pris un ascendant sur lui ; l'emprise était bénéfique, elle venait de lui éviter un dérapage.

Apaisé par son coup de colère, Pierre revenait à l'état d'esprit qui était le sien avant le recrutement du vieux. La soif et la faim qui lui tordaient l'intérieur du ventre se calmèrent, son humeur se clarifia. Il fallait se soumettre aux événements. La fatalité voulait que, ce soir, chaque rencontre le ramène à cette Thérèse. La renommée de cette femme créait une force d'attraction et attirait toutes sortes de satellites. Le président de la République et l'ambassadeur des États-Unis se retrouvaient à dîner chez elle, ce n'était pas anodin. Si la mort de sa mère servait de prétexte à un tel événement, il fallait simplement qu'il ait sa part, la meilleure possible.

Voilà enfin que ses idées s'éclaircissaient. Mais il se rappela que cette même hypothèse avait fait l'objet de la conversation de tout à l'heure, avec Janine et Paul. Il devenait gâteux ou fou. Ou bien y avait-il autre chose à récupérer que de l'argent ? Mais quoi ? Quelle était la part qui l'attendait ? De l'amour ? Celui des femmes ne valait rien… Une ombre voulait s'interposer entre lui et sa conscience. Un peu comme l'énorme aile de dragon qui recouvrait en ce moment la colonnade de pierre et le fronton triangulaire de l'église. Il fit volte-face et s'aperçut qu'il s'agissait d'un jeu de lumière émanant d'une façade.

Paul s'empressait de raconter à Natalia, comme il n'allait plus arrêter de le faire toute la soirée, que la mère de Peter Orlowsky était le modèle original de l'héroïne du prochain film de Sofia Coppola. Il pleuvait de nouveau, Pierre, qui n'avait pas l'habitude d'entendre des inconnus en parler, les devança et grimpa les escaliers de la Madeleine. L'église n'avait pas d'issue secondaire officielle mais, en honnête pilleur de troncs, il connaissait un corridor qui redescendait de l'autre côté du péribole par le foyer et il avait besoin de se calmer.

La douce pénombre, l'odeur particulière aux églises, mélange de cire à bougie, d'encens et de l'encaustique des chaises paillées, se perdaient ici dans l'immensité froide de la nef ; l'endroit n'incitait pas à croire en Dieu, d'ailleurs il n'y avait jamais là-dedans que des touristes. Quelle heure pouvait-il être ? Tôt dans la soirée, peut-être à peine sept heures… Pierre se demanda si le restaurant de Natalia avait déjà ouvert, puis ses pensées se reposèrent, coulèrent au fond de lui. À Saint-Roch, à la chapelle polonaise, à Saint-Germain-l'Auxerrois ou à Notre-Dame-des-Victoires, à chaque fois qu'il poussait sur le ressort d'une porte consacrée, laissant la rumeur de la rue s'évanouir derrière lui, il était pris d'un calme soudain, semblable au soulagement d'un homme qui rentre à la maison après une journée de travail. Pierre avait couru de vie en vie sans jamais connaître de chez-soi. Trente ans de péripéties, de pensionnat, de chambres de femmes, de chambres d'hôtel, d'appartements des autres, de dortoirs, de prisons diverses, n'avaient jamais aboli la nostalgie instinctive du foyer. Les seuls lieux où il pouvait assouvir ce besoin étaient les églises ; même la laide Madeleine qui ressemble à un grand magasin désaffecté ou à un crématorium de cimetière, avec ses lustres à globes de verre pompeux et les badigeons de ses trois coupoles.

Il passa devant une crèche grandeur nature particulièrement triste : des mannequins emperruqués aux traits mous, drapés dans des coupons synthétiques rêches et colorés, plus morts qu'une vitrine de nouveautés dans une ville méditerranéenne. Il pensa à l'Espagne. Ses premiers pas en terre chrétienne, lorsqu'il avait débarqué à Almeria de son lent exil tangérois, l'avaient mené, à travers l'ancien *miroir* des Omeyyades, jusqu'à la tour fortifiée de l'église de Santiago. Dans le petit square, derrière, encombré de clochards, il avait recruté Lucrezia, une jeune employée de l'hôtel Aguadulce, le palace local, petite esclave maure sans bijoux qui ressemblait de manière troublante aux photos de sa mère.

À l'insu de Natalia et de Paul dont il entendait le rire perché et la voix parisienne, sonore, insoucieuse de tout recueillement, il alluma un cierge en souvenir de Lucrezia. Voilà un mois qu'il l'avait abandonnée enceinte à la gare routière de Calvo Sotello et il arrivait à peine à se remémorer ce joli visage d'Ottomane, aussi obscurci dans l'enfer de sa mémoire que les mauvaises figures de Marie-Madeleine, la prostituée repentante dont l'image ornait les coupoles, loin au-dessus de lui.

Le restaurant clandestin occupait le sommet d'un immeuble dont l'accès ouvrait derrière la Madeleine, par la rue Vignon. Il fallait un certain courage pour s'installer sur le même site que deux maisons de caviar réputées, Kaspia et Pierre Bergé – c'était Paul qui soulignait. Il rayonnait depuis qu'il s'était accaparé une nouvelle poupée avec qui jouer des mains et des caresses. Que celle-ci soit ingrate, mafflue, bourrée de chiffons aux mauvais endroits, bondonnée d'un petit nez rond en bouton de culotte, ne changeait rien à l'affaire, c'était sa nouvelle poupée babouchka et Paul la choyait tout autant que Janine, avec la bonne grâce plus ou moins perverse des homosexuels à l'égard des femmes laides. Natalia ne manquait pas de reparties ni d'entrain, l'accent russe donnait un charme comique et scintillant aux bêtises qu'elle racontait. Comme l'avait résumé Paul avec une insolence affectueuse : Natalia travaillait dans l'Art, mais personne n'avait jamais compris ni où ni à quoi. Il semblait qu'elle se soit occupée des relations publiques de Dasha, la jeune épouse de l'oligarque Abramovitch, mais voilà qu'elle venait de quitter la Russie sur un coup de tête et de s'installer à Paris.

— J'ai trente-deux ans, je suis trop vieille pour habiter Moscou !

À ces mots elle avait éclaté de rire, ce qui n'avait pas de valeur particulière puisqu'elle riait sans arrêt, d'un rire qui n'était ni gai ni triste, ni drôle ni bête.

Ils traversèrent un hall en faux marbre datant des années soixante-dix, et Pierre remarqua un distributeur de boissons chaudes comme on en trouve dans les bureaux, débranché ; il avait l'air désaffecté depuis longtemps. Après une porte en PVC, ils s'engagèrent dans un interminable couloir qu'une moquette géométrique et des suspensions à verres loupeux situaient plutôt dans les années cinquante. Au mur étaient accrochées des photographies en noir et blanc de montagnes et d'alpinisme. Une porte à miroir, quelques marches de marbre fêlé, une autre porte à miroir les menèrent jusqu'à un hall Art déco, sorte de chapelle consacrée au culte d'un ascenseur énorme en bois précieux. En grinçant terriblement, comme si elle allait céder sous leur poids, l'antique cabine d'acajou les hissa jusqu'au dernier étage, leur laissant le temps de compter les marches de la volée hélicoïdale qui les entourait tel le mécanisme d'horlogerie d'une gigantesque machine à remonter le temps. À partir du troisième palier, l'âge de l'immeuble allait en s'accusant et c'est dans une atmosphère de papiers peints floraux et de boiseries modern style qu'ils finirent par s'arrêter, avec un dernier bruit sinistre de cercueil forcé par une nuit sans lune.

L'astre était là, pourtant, sous la forme d'une aigrette de brillants, un bijou d'un autre âge négligemment cloué au montant de bois noir de la porte comme un nom ou une sonnette. Sans respect particulier pour cette mise en scène, Natalia frappa le panneau d'une petite main grasse et nette où Pierre nota la présence d'une bague Boucheron moderne d'une valeur approximative de 100 000 euros. Peu de chances que le restaurant clandestin soit un boui-boui… un bordel à la limite, ou une fumerie d'opium. Derrière la porte, un grincement prolongé se fit entendre ; impossible de déterminer s'il s'agissait d'un meuble qu'on déplace, d'un animal qu'on dérange ou si le son avait une origine humaine. Une suite de bruits de serrure ramena Pierre à l'époque où il attaquait les vieilles dames sous prétexte de sondages. Il se mit à transpirer des paumes. La sueur qui salait ses blessures récentes était là pour lui rappeler que cette période n'avait jamais vraiment pris fin.

Mystérieuse
Discrète
Sensuelle
Trouble
Raffinée
Perverse
Cruelle
Délicate

Si on avait voulu accumuler les clichés que les films muets associent aux femmes asiatiques, la personne d'âge mûr qui leur ouvrit la porte y aurait suffi. La *Chinetoque*, ou du moins celle que Natalia surnommait ainsi, devait avoir pour préoccupation première de ressembler aux photographies d'Anna May Wong ou d'une héroïne du *Docteur Fu Man Chu* ; une vamp en pantoufles… La Chinetoque arborait une paire de chaussons à carreaux de style charentais. Au second coup d'œil, le maquillage outré, plaqué à la truelle sur une face large et plate de propriétaire d'écurie de coqs des ruelles de Pah-Tong, rappelait la faune du Babylone bis et du Mékong, deux défunts bars à travestis de la rue Tiquetonne que Pierre avait fréquentés en compagnie d'Anthony Delon alors qu'il était encore enfant et déjà voyou, après son expulsion de Suisse. Deux chiens pékinois, bizarrement silencieux, vinrent tourbillonner autour des chaussures des hommes avant de s'attaquer aux jambes de Natalia qui se mit à hurler. Peter Orlowsky surprit son monde en s'adressant à la Chinetoque, de ce ton doux et gentil que Pierre al-Hamdi avait avec ceux qui l'avaient protégé étant jeune.

— Comment vas-tu, Cherry, depuis tout ce temps ? Alors, tu es toujours dans le quartier ?

Cherry faisait partie d'une communauté de travestis thaïlandais qui avaient autrefois hébergé Pierre chez un haut fonctionnaire du ministère des Transports. *Cherry*, qui n'était pas le plus beau de la bande, se consacrait à des imitations de Shirley Bassey ainsi qu'aux tâches ménagères. Pierre se souvenait des après-midi d'hiver qu'ils passaient à regarder des vidéos. Les Thaïlandais sont très friands des films de Louis de Funès, tels que *Pouic Pouic* et *Rabbi Jacob*. Pierre avait changé depuis cette époque et *Cherry* n'avait pas l'air de le reconnaître.

— Non, non, fini, tout le monde décédé… Cherry habite au camping du bois de Boulogne.

— Ah bon, alors tu dois connaître un copain à moi qui vit là-bas, lui aussi. Il s'appelle Zemour…

— Non, non, Cherry pas rencontré Amour. Cherry hébergé par un couple d'Allemands très sympa.

On pouvait se demander quel genre de touristes sédentarisés avaient voulu recueillir ce vieux magot dans un mobil-home.

Natalia lança à Pierre un regard admiratif. Depuis qu'elle venait là, nul n'avait jamais entendu la voix de la Chinetoque.

Même clandestin, le restaurant devait offrir une qualité de caviar exceptionnelle pour justifier le négligé du cadre. On avait arraché de fausses cloisons ; sur les murs mis à jour, un papier datant de la fin du XIXe répétait des motifs floraux, jasmins et nénuphars ; les taches et les déchirures avaient ajouté des empreintes rupestres, sangliers humides ou têtes cornues qu'on aurait crues dessinées au suif de bougie et au sang d'animal par un être frustre à l'imagination pleine de terreurs enfantines. Le plancher et les huisseries avaient dû être peints en noir, ou bien le bois était si assombri par l'opium de douteux frichtis qu'il imitait une ébène sans âme. Sur une table de camping, trônaient plusieurs seaux de plastique provenant des bazars de Belleville ou de Barbès. Pierre s'approcha de cet autel satanique pour constater que certains seaux étaient remplis jusqu'à mi-hauteur d'une boue noire où flottaient des filaments blanchâtres. Le tout répandait une odeur d'ammoniaque ; le dîner de ce soir ? Près d'une cuillère d'or du format de celles qu'utilisent les toxicomanes raffinés pour priser, on avait oublié un livre.

Pierre, qui lisait peu, en reconnut pourtant le titre et le contenu. Le même volume avait décoré le cosy-corner d'une de ses chambres de fortune, des années plus tôt : *SAS, Mort à Beyrouth*.

La couverture s'ornait d'une fille blonde frangée, dépoitraillée, de type slave ou nordique, armée d'un fusil d'assaut M16. Un onglet marquait la page 241, un débris d'emballage d'une marque pâtissière espagnole, *La Estepeña*. Le logo représentait une fillette chahutée par un chien qui voulait lui voler un gros gâteau ; une main avait finement dessiné au stylo-bille sur la poitrine de l'enfant un cœur percé d'une croix, épinglé de deux faveurs sanglantes : le scapulaire de la chouannerie. La fille au fusil, la fillette, le chien, le scapulaire, toutes ces images formaient une sorte de rébus cruel, entêtant comme un parfum, surtout au vu du passage marqué. Pierre n'eut pas besoin d'en lire plus d'une ligne pour le situer : un homme nommé Khalil Jezzine se faisait torturer par une masseuse lesbienne du nom de Katia Oumrane.

Il eut à peine le temps d'entamer la première phrase :

« Étends-toi, tu vas être bien… »

Quand il entendit dans son dos Natalia s'exclamer avec une gaieté démonstrative et sans joie :

— Ma Grigri ! Mon Grizzly, tu es là !

Pierre se retourna. Le Grizzly en question était un être d'environ quarante kilos pour près d'un mètre soixante-dix. Même à courte distance, il était difficile de déterminer son sexe, en dépit du triangle pelvien du jean ultra-serré, indemne de tout renflement et d'une pointe de sein en saillie sur un T-shirt gris clair décoré du même insigne royaliste que la petite fille de l'image. Le visage était aussi minutieux que le scapulaire, très pâle, un nez fin, une bouche pure, des yeux gris, une importante touffe de cheveux châtain-gris, taillés en dégradé, entre petit marquis poudré du XVIIIe siècle et actrice porno américaine du début des années quatre-vingts. Elle paraissait quatorze ans mais pouvait aussi bien en avoir vingt-huit.

En contraste avec Paul et Natalia, la créature avait un verbe bas, une intonation suffoquée qui donnaient de l'autorité à ses paroles. Elle parlait en expirant, d'un souffle rare qu'elle était obligée d'employer pour se faire entendre et pour vivre. Le visage avait une intensité spectrale ; on en aurait presque négligé le corps androgyne, les hanches de sauterelle, les longs bras blancs d'anorexique. Grise de peau, elle était toute de gris vêtue. Elle portait un ensemble en jean très usé sans accroc visible, un gros ceinturon militaire de cuir à double pêne et une paire de boots à sangle latérale, de forme masculine. La seule tache de couleur était la tache de sang de l'insigne royaliste cousu sur le T-shirt. Le grenat du cœur sacré sur velours, bombé comme un pique-aiguilles, avait dégorgé sur les rubans de batiste blancs et gris, laissant une dégoulinade rosée.

Lorsqu'elle lui retira le livre des mains et le reposa sur la table près des seaux infâmes en ramassant du même geste la cuillère d'or pour la glisser à l'intérieur du scapulaire, Pierre vit qu'il lui manquait une phalange à la main droite. L'auriculaire était si fin, si transparent qu'on avait pu le mutiler par mégarde, d'un simple coup de dents. Elle toucha le bras de Pierre qui, renonçant à ses principes, se laissa faire. Le geste tenait de l'effleurement d'un voile, il n'avait aucune connotation agressive, même si la fermeté de la main se révéla quand elle tira sur le livre. Une fois les choses rentrées dans un ordre qui lui convenait, elle se retourna vers Pierre, releva ses mèches d'un geste incongrûment féminin et tendit la main devant elle, par hasard à peu près vers lui, en expirant son prénom.

— Grisélidis.

La manière insolite dont elle expirait les mots donnait à ce nom déjà mystérieux un aspect suspendu, tentateur, une offrande. Pierre sentit son souffle courir sur sa joue comme les libellules d'une peinture anglaise.

La salle avait encore moins belle allure que l'entrée. Construite sur les toits en forme de penthouse, entièrement tapissée d'un lambris couleur d'ivoire sale, on aurait dit le carré d'un bateau-mouche des années soixante. Une femme ordinaire y accueillit Natalia en patronne avec cette cordialité glaçante que les tauliers chics réservent à leurs habitués ; elle montre clairement à ceux qui les accompagnent qu'ils n'en bénéficient qu'en tant que pièces rapportées ; des manières que Pierre ne laissait jamais impunies. À la lumière des suspensions d'acier, il reconnut sans peine un autre spectre d'autrefois, une certaine Jacqueline, surnommée *tata Jacqueline*, qui avait travaillé rue de Ponthieu et rue François-Ier, dans divers établissements de nuit. Entre eux, l'échange furtif fut fructueux. Peter Orlowsky devait se faire respecter sinon tout son édifice prendrait l'eau comme le lambris du penthouse. Profitant du mouvement de contournement imposé par une table où s'effondrait un groupe de pharaons homosexuels à demi éteints que Paul alla rallumer de ses amabilités, il se pencha sur l'oreille de tata Jacqueline, si près qu'il donnait l'impression de vouloir lui fourrer la langue dedans. Pierre avait abattu pas mal de besognes dans le monde de la nuit, il connaissait bien le commissariat du VIIIe arrondissement et les méthodes efficaces pour amender l'humeur de ce genre de personne, surtout un mot magique, Cazotte. Voyant que Natalia avait capté l'aparté sans en saisir le moindre mot, tata Jacqueline changea de physionomie, son visage s'éclaira comme celui d'une femme à qui on vient de lâcher un compliment très leste.

— Il est mignon, ton copain, Peter, c'est ça ? Il me dit des choses qui me font rougir… Et puis il est beau, il me rappelle Al Pacino à l'époque où il venait à l'*Apocalypse*… L'époque de *Scarface*…

Dès lors, tata Jacqueline ne s'adressa plus jamais à Natalia ou à ses amis sans se référer à Peter Orlowsky en tant que maître de table. Attention qui n'attira aucune réciproque, Pierre offrait un visage fermé aux amabilités de la patronne ; il consacrait toute son attention à la seule personne qui lui importât désormais.

Grisélidis et Natalia attendaient du monde, tata Jacqueline les installa à la table d'honneur, plus exactement une large rondelle de bois, sur des chaises pliantes dépareillées qui pouvaient avoir été piquées dans les poubelles alentour. Chic morbide oblige, pour casser la monotonie on leur avait adjoint un fauteuil Empire qui n'aurait pas déparé le bureau d'un préfet. Malgré l'invitation de la patronne, Pierre refusa d'y trôner et l'offrit à Grisélidis. Elle accepta sèchement, se contenta d'y poser un genou et, lui tournant le dos, apostropha Paul de table à table à propos de la nouvelle tendance en vogue chez les noctambules qui consistait à dîner vers sept heures et à se mettre au lit à dix heures. Toujours complaisant, Paul affirma avec solennité : « Moi, si je rentre après le début du Soir 3, j'ai envie de mourir. » Un des homosexuels octocentenaires que Pierre se souvenait maintenant avoir croisé à Tanger l'année précédente approuva, sans s'apercevoir que ce genre de phrase prenait un tour inquiétant dans sa bouche. Ils enchaînèrent sur un colloque plus ennuyeux à propos d'une soirée au Japon où Grisélidis avait passé des disques…

Donc, elle passait des disques… c'est fou comme aujourd'hui les gens beaux se croient obligés d'avoir un métier. Pierre contemplait le bras en flûte d'un diamètre inférieur à trois centimètres posé sur le velours vert festonné de laurier ; il y remarqua plusieurs lacérations récentes, des bleus, des traces de liens, ainsi qu'un tatouage qu'il prit d'abord pour un bracelet, mais les boucles dessinaient des lettres arabes. Il déchiffra d'abord le mot *rien*, puis le mot *vrai* à demi effacé par une brûlure en étoile, et enfin la sentence complète : *Rien n'est vrai tout est permis.*

Paul et Grisélidis n'étaient pas intimes, on sentait une distance entre eux, dans laquelle la jeune éphèbe avait l'avantage. Pierre se rappela alors l'avoir vue en photo dans *Paris Match*. Ce soir, elle avait décidé de se montrer gentille avec Paul. Gourmand de poupées stars, le petit avait abandonné les momies de la rue Sainte-Anne et s'était approché d'elle. Pendant qu'elle chuchotait des banalités à propos d'un concert privé en Argentine où elle n'avait pas envie d'aller, sous prétexte que « Buenos Aires, c'est sinistre », Paul époussetait le blouson de sa nouvelle amie, l'air sourcilleux, sans forcer l'approbation ; naturellement cette soudaine réserve partait d'un principe selon lequel il convient de n'être pas toujours d'accord avec celle qu'on veut flatter. Pour élargir la conversation, il s'apprêtait à demander l'avis de Peter Orlowsky à qui Grisélidis s'obstinait à opposer la partie saillante de sa hanche droite quand, à grand renfort de cris et de lazzis, un nouvel équipage débarqua dans le penthouse miteux. Ils firent tant de bruit et occupèrent tant de place que la table en fut longtemps secouée.

Le fauteuil du préfet resta vide une bonne partie du dîner. Pierre jetait de temps en temps des coups d'œil dans la salle et il remarqua que Grisélidis arrosait le caviar servi dans des assiettes de camping avec des verres de pastis quasi pur. Elle passait de table en table comme un enfant gâté dans une réunion de famille. Elle finit par tomber sur le fauteuil, remisa son triple Ricard sur la nappe souillée et sembla prête à s'endormir. Il est vrai qu'il n'était pas loin de huit heures et demie, l'heure de *Bonne nuit les petits*. Paul avait disparu avec le voisinage, attiré par la terrasse et la vue panoramique. Il ne pleuvait plus et la frise de la Madeleine se profilait derrière les silhouettes comme un décor de boîte de nuit. Le temple Louis-Philippe ressemblait dans les lumières de la ville à un Parthénon retapé, éclairé en rose par un light show. Au loin, une tour Eiffel de néon bleu, un jouet pour touristes, s'amusait à imiter la vraie, à moins que ce ne soit la vraie, ou le reflet de la vraie dans le verre sale d'un hublot ouvert sur la nuit. Grisélidis dormait.

Pierre la regardait dormir. Un peu de vodka qu'il s'était laissé servir augmentait l'irréalité du moment. Au cours de sa vie, il avait connu plusieurs filles androgynes comme celle-ci, de bons compagnons à qui on pouvait faire confiance ; il se sentait attiré par le féminin dans ce qu'il a de plus farouche et de plus rétif à l'homme. D'ordinaire, il devait faire un effort pour souffrir les femmes, mais le caractère de cette chouanne d'opérette, nerveuse, maigre, froide, sociable, timide, le touchait. Le sommeil lui ôtait son masque, on lui donnait douze ou treize ans. Il pensa à Thérèse Legros. À quel âge les recrutait-elle ? À la sortie des écoles ? Décidément, l'affaire semblait sérieuse. De tous côtés, les ragots couraient sur cette femme. Pendant le dîner, Natalia avait évoqué un passé judiciaire et même une interdiction de séjour aux États-Unis, ce qui paraissait étonnant pour quelqu'un qui était censé passer la soirée en compagnie de l'ambassadeur américain ! Une belle quantité de vice était nécessaire pour renaître ainsi de ses cendres. Pierre en savait quelque chose, mais on laisse toujours des traces. D'après Paul, Grisélidis connaissait des secrets qu'elle ne se gênait pas pour répandre dès qu'elle avait bu.

Une main avait baissé l'éclairage. Seules les veilleuses des tables restaient allumées. En observant Grisélidis sous le faisceau blanc de l'ampoule, Pierre pensa une nouvelle fois à la fille du balcon, Justine, à qui cet être était apparenté. En rehaut, dans la pénombre, on l'aurait dite descendue des peintures de l'appartement de la rue de Castiglione. Un adolescent basculé sur une nappe tachée, comme un jeune révolutionnaire peint par David qu'il avait vu au Louvre, mourant dans la poussière. Ses lèvres remuaient à peine, la main mutilée chiffonnait le tissu blanc, à quoi rêvait-elle ?

Il n'était plus seul, Paul ramenait avec lui l'odeur humide de la terrasse. Il posa sur les épaules de Grisélidis le chèche qu'il portait autour du cou, repoussa l'énorme verre de pastis pour éviter qu'elle le renverse et lui caressa les cheveux comme à un enfant qui dort.

— On ne dirait pas mais Grigri est aussi obsédée de coiffure que Janine. La place d'Iéna n'est plus assez bien pour elle, elle va toutes les semaines à Londres chez le meilleur coloriste d'Europe pour travailler son châtain cendré. Les gens racontent que c'est aussi à Londres que Thérèse lui a fait réduire les seins et arracher des dents, ou l'inverse.

La tenir endormie le rendait audacieux, Grisélidis avait perdu ses griffes. La déférence qu'il lui marquait se muait en bienveillance insolente. Ramassant la main qui continuait de torturer la nappe, il mit la phalange blessée en évidence comme un dompteur ou un négrier.

— Vous avez vu le travail ? Elle est pas belle la vie ? Si cette salope de Thérèse n'était pas artiste, elle irait en prison.

Paul avait connu Grisélidis avant qu'elle soit « adoptée » par Thérèse Legros, alors qu'elle était portière au *Pink Pussy*, une boîte lesbienne de la rive droite. Il raconta à Pierre qu'on l'avait vue se dégrader à partir du moment où elle s'était installée rue de Castiglione. Elle avait commencé par l'anorexie, et puis les cicatrices étaient apparues, les brûlures, les comas éthyliques ou médicamenteux, suivis de deux internements dans une clinique du Val de Loire où l'avaient précédée Cheyenne Brando et Laura… Smet. La prononciation en deux temps, une pause bien marquée après « Laura », suffisait à indiquer qu'il connaissait l'actrice en question. Bref, Grisélidis et sa « mère » se battaient tout le temps, la police avait dû intervenir à plusieurs reprises. D'après une copine, Grisélidis s'était enfuie quand Thérèse avait voulu l'enfermer dans son château du nord de Paris, un vrai logis de vampire.

Par travers, Pierre doutait des histoires des autres. Il demanda à Paul s'il accordait vraiment foi à ces légendes de bonnes femmes. Le donjon et les lesbiennes sadiques lui rappelaient les mauvaises BD italiennes que les gars de la Phalange s'échangeaient à Beyrouth pour passer le temps. Le prénom même de « Grisélidis » évoquait des publications où la Vierge de Nuremberg et les instruments de torture du Moyen Âge disputent la vedette aux guêpières et aux bottes lacées. Paul n'aimait pas avoir l'air dupe, il se laissa entraîner et rit plus fort que nécessaire.

Grisélidis ne dormait plus, les rires l'avaient réveillée mais elle ne se relevait pas de sa syncope. Le front sur la table, elle regardait Pierre, vibrante de nervosité contenue. La nappe lui blanchissait le visage au point de le rendre tout à fait blême ; la pommette seule ressortait, d'un rose vif, fiévreux, qui éteignait encore davantage les contours de l'œil et des lèvres, d'un gris bleuté laissant apparaître un peu de salive. Pierre crut reconnaître les symptômes d'une crise d'épilepsie mais elle se redressa posément, sans marquer d'excitation. Son regard alla sur Paul qui lui dit « ça va ? » d'un ton qui sonnait faux. Elle ne répondit pas, comme quelqu'un qui dort encore. Elle se retourna vers Pierre avec une lenteur menaçante et il crut qu'elle allait se jeter sur lui. Elle se contenta de lancer, d'une voix beaucoup trop forte pour elle :

— *Cut story number 4*...

Le martellement des consonnes, la diction, le timbre grave et sonore évoquaient une bande annonce de film ou de jeu vidéo. La voix déformée et comme altérée par une présence étrangère faisait de nouveau penser à un symptôme d'épilepsie. Le silence retomba tandis qu'elle continuait de fixer Pierre. Jusque-là, il ne l'avait vue que de dos, de profil, de loin, en silhouette, endormie ; maintenant qu'il la tenait en face, elle lui opposait fermement qu'il n'y avait rien de sincère à espérer. Il n'en ferait pas une alliée. Les pupilles dilatées et l'expression dure du visage lui rappelèrent soudainement une bruja mexicaine qui lui avait créé des ennuis à l'époque des coqs, Fatmah Jimenez, toute petite brute de trente-cinq kilos, férue de magie et de cristalmeth. Il comprit pourquoi la devise ismaélienne tatouée sur son poignet et le scapulaire prétendument marial lui disaient quelque chose…

Devant le silence de Pierre, Grisélidis eut un soupir (en fait une sorte de hoquet) et répéta de sa voix mauvaise :

— *Cut story number 4* !

La main mutilée qui crispait la nappe suggérait une réponse cruelle à l'énigme posée par cette phrase.

— Ne vous laissez pas impressionner ! Dès que Grigri a tapé dans le pastis, elle se prend pour l'Exorciste…

Pour se faire pardonner, Paul tenta une approche mais Grisélidis refusa la caresse. Elle se dépouilla du chèche qui pesait sur ses épaules et le lança à la tête du petit avec un geste théâtral d'amoureux déçu qui rend ses gages, ou de duelliste qui se débarrasse avant l'attaque.

— Je te remercie de raconter ma vie amoureuse à tes copains dès que je pique du nez. Fais attention, ne t'endors surtout pas, parce que je n'aurais rien à dire. Toi, Paulot, tu amuses tout le monde mais personne ne t'aime.

Convaincue d'avoir mérité son surnom de grizzly, elle jaugea les tables voisines, à la recherche d'autres bras susceptibles de la recueillir. Pierre, dont elle refusait le regard, décida de ne pas la lâcher tant qu'il n'en saurait pas plus. Paul, lui, se contenta de lancer une seconde perfidie sur les effets secondaires des apéritifs anisés… Grisélidis se leva avec une raideur pleine de dignité et s'empara de son verre pour le finir ou bien pour le jeter à la tête du petit. Elle le monta doucement à sa bouche, entretenant la menace.

— Vous connaissez Fatmah Jimenez ?

Grisélidis laissa tomber un regard lourd de lassitude sur son voisin, ce Peter Orlowsky que tout le monde avait l'air d'apprécier ce soir et qui n'était clairement qu'un nobody, un clone, un mytho de boîte de nuit qui avait dû voler de l'argent quelque part pour rincer tout le monde et se faire adopter.

— Elle porte le même insigne que vous, une croix vendéenne, mais le sien est tatoué directement sur le sein.

Grisélidis fronça les sourcils, l'air de réfléchir profondément, en même temps qu'elle respirait avec un sifflement agressif. Une autre voix se fit jour, plus enfantine, plus narquoise.

— Incroyable… Cette personne est une amie à vous ? Un membre de votre famille ? Votre fiancée ? Vous souhaitez peut-être me montrer des photos de vacances ?

Les répliques de cinéma laissaient Pierre indifférent. Sans manifester d'émotion particulière il ne la quittait pas des yeux et nota qu'un tic relevait le coin de sa bouche et découvrait une canine. Ni Thérèse ni la petite souris n'étaient passées par là…

— J'ai eu affaire à elle et à des filles de son gang, des homosexuelles, dans le milieu des combats de coqs.

— Tu crois m'appâter ? Tu crois qu'on va débattre toi et moi et que tu vas m'importuner avec tes fantasmes ? Tu aimes les gouines, elles t'excitent ?

La rage monta en lui, excitante comme la promesse d'un spasme, mais il fallait la contenir. Il dut desserrer les cuisses, le sang affluait un peu partout dans son corps, il savait qu'il rougissait et chercha le ciel derrière les fenêtres afin de se refroidir. L'envie de la frapper le poursuivit à travers les toits et les cheminées, dont certaines étaient couronnées de chapeaux de mandarin ou d'hélices d'acier qui tournaient sous le vent comme des éoliennes de puits.

Grisélidis fouetta l'air de la main pour chasser les miasmes et défier le vide. Son geste alla trop loin en franchissant la limite que Pierre al-Hamdi accordait aux étrangers. Il lança le bras vers elle et l'attrapa par le scapulaire pendu à sa poitrine. Grisélidis poussa un cri de douleur, l'épingle qui l'attachait s'était plantée dans son sein. Pierre lâcha prise, comprenant qu'il l'avait blessée.

Les témoins de la scène restaient en suspens et l'intérêt gagna les tables voisines. Comme dans tous les milieux trop isolés, les gens de la nuit sont impressionnables, le moindre trouble prend des allures de drame. On savait Grisélidis prompte aux éclats, on guettait sa réaction et surtout celle de l'homme assis près d'elle qui ne l'avait pas quittée des yeux et dont le calme lourd, la grande main aux jointures abîmées retombée sur la table comme une arme au repos la menaçait davantage qu'une colère ouverte. L'antiquaire louche, le voyou à la Rolls que Paul avait senti grave de violence contenue quand il s'était trouvé seul avec lui, n'appartenait pas au même monde que les souffre-douleur ordinaires de Grisélidis. Une autre s'en serait inquiétée plus tôt mais elle n'était pas en état de réfléchir ou de céder devant quiconque. Elle empauma un sphinx de bronze qui soutenait l'accoudoir du fauteuil et se pencha vers Pierre, balayant la table de son scapulaire qui vint le caresser comme un défi. En prenant soin d'être entendu de tous ceux qui les entouraient, elle lui susurra nez à nez à portée d'haleine :

— Tu veux me parler de ta pute de mère et du film de Sofia ? Ton giton, là-bas, m'a tout raconté mais figure-toi que ces histoires ne m'intéressent pas, je ne connais plus ces gens et d'ailleurs je m'en fous. Pour moi, Thérèse est morte. Elle peut pourrir avec son Alzheimer, et toi tu peux lui pourrir la vie si tu veux. Mais ça m'étonnerait que tu sois de taille.

Une voix efféminée cria : « Il l'a frappée, il faut appeler la police ! » Pierre chercha le mouchard des yeux. Sous la caresse précise de son regard, personne ne pipa. Il commençait à en avoir assez de cet endroit, de cette fille, et il se félicita de ne jamais porter d'arme : il aurait volontiers nettoyé le restaurant de quelques-uns de ses clandestins. Il prit le scapulaire entre ses doigts. Sous l'effet de la crise nerveuse, les lèvres de Grisélidis la trahissaient, elles tremblaient, on aurait cru une prière, une demande indicible. Le défaut des intoxiqués et des alcooliques : ils vont trop loin, ne se rendent plus compte de ce qu'ils disent, puis ils s'effraient, leurs nerfs lâchent et au lieu d'excuses ils insistent pour se cacher leur propre peur et ne pas perdre la face. Katleya avait commis la même erreur mais, hélas pour elle, ils étaient en tête à tête lorsque ses paroles avaient dépassé sa pensée… Grisélidis, elle, après sa première réaction violente, restait à sa merci. Il caressa le tissu brûlé tacheté de sang, enroula un fil d'or autour de son doigt, l'air pensif, le lâcha. Lorsqu'il parla enfin, sa voix était marquée d'un accent de douceur inespéré.

— Grisélidis, je veux que vous m'expliquiez quelque chose…

— Oui, *Peter* ?

Il y avait de l'ironie dans sa voix, mais le fait de bien vouloir prononcer son prénom marquait un réchauffement des relations. L'effet du verre de Ricard et de l'épuisement nerveux.

— De quoi parliez-vous quand vous vous êtes réveillée ?

— J'ai parlé en dormant ?

— Non, vous ne m'avez pas écouté, je vous demandais de quoi vous parliez quand vous vous êtes adressée à moi en anglais.

— *Cut story number 4* ?

— Oui.

Grisélidis ne répondit pas tout de suite et il crut qu'il avait de nouveau perdu le contact. Elle sembla réunir toute sa volonté pour faire sortir d'elle une voix si basse qu'elle en était presque inaudible.

— C'est le titre du protocole qu'elle m'a consacré.

Elle se pencha sur lui, reposa son verre. À force de se confronter aux autres, Pierre avait développé un sens animal pour repérer les fluides que dégagent les corps. Il sentit sans la toucher qu'elle ne pesait plus rien, qu'elle ne valait plus rien. Quelqu'un l'avait brisée. On pouvait lui faire subir ce qu'on voulait. Elle jouait les dures mais il n'y avait aucune dureté en elle, tout son squelette moral était en morceaux, et ce n'était pas seulement la drogue. Elle ne pouvait plus parler normalement, juste chuchoter ou crier, elle ne pouvait plus bouger avec l'énergie d'une fille de son âge, elle n'avait plus de fluide vital. Ou alors des décharges brèves, inutiles et douloureuses. Les circuits nerveux étaient abîmés. Le mot de protocole, un mot sinistre à l'oreille parce qu'il est neutre, semblait contenir à lui seul le germe de ce malheur.

— Qu'appelez-vous un protocole ?

— C'est le terme qu'elle emploie…

La fin de la phrase se perdit dans un chuintement, mi-sanglot, mi-soupir. L'effort fourni semblait voué à la faillite. Elle allait s'écrouler ou se mettre à crier. Pierre décida de la calmer par un contact, il se saisit de sa main blessée et suivit les arabesques du tatouage qui ornait le poignet comme un lien.

— *Rien n'est vrai tout est permis*, c'est une devise satanique ? Non ?

Sans paraître l'entendre, Grisélidis retira sa main avec la même fermeté qu'elle avait mis à récupérer le livre, tout à l'heure. Son élocution prit un tour abstrait, comme pour tenir à distance les souvenirs qu'elle évoquait. Elle ne parlait plus à personne, ou alors à un absent.

— *Cut story number 4* était un travail sur les mutilations. On a commencé par des jeux. Elle me demandait si je préférais voir mes extrémités amputées par un fil d'acier, des pinces coupantes, ou bien un instrument de chirurgie, si je voulais qu'on opère à vif ou qu'on coupe tout pendant mon sommeil... Ce processus de conditionnement fait partie de l'œuvre.

Pierre leva la tête. Un cercle s'était formé autour de la table. En dépit de la faiblesse de sa voix, l'histoire de Grisélidis avait produit son effet.

Même s'il ignorait les finesses de l'art contemporain, Pierre pensait comprendre mieux que les autres de quoi il retournait. À Beyrouth il avait rencontré un type qui venait d'Argentine, il avait travaillé dans des services de sécurité. L'homme lui avait raconté que, dans les escadrons de la mort, le conditionnement des suspects se désignait sous le terme de « protocole ». C'était aussi de là que lui venait le mot *recrutement* (recruitment), un nom de code qu'il employait pour décrire un enlèvement suivi de pressions physiques ou d'une demande de rançon. Il songea qu'un *recrutement* de Pierre al-Hamdi ne valait pas lourd à côté d'un *protocole* de Thérèse Legros. Le respect envieux et moqueur que l'escroc réservait aux artistes laissa place à un trouble. Il découvrait encore un lien entre cette femme et lui.

— Quand je l'ai rencontrée, il y a trois ans, elle était différente. Elle faisait un travail sur les écorces d'arbre, on passait notre temps à la campagne. Elle était très calme, elle façonnait des robes en écorce, c'était magnifique. Certaines ont été exposées dans la grande rétrospective de New York. Juste après, l'Alzheimer a commencé à l'obséder. Elle ne pensait plus qu'à ça, elle a complètement changé.

Grisélidis s'adressait à Pierre ou à l'assemblée comme si elle avait voulu défendre un accusé, on entendait clairement qu'elle aimait toujours celle qui l'avait martyrisée. Pierre étudia le scapulaire qui se balançait devant ses yeux pendant qu'elle parlait, la façon tordue et subtile dont les faveurs étaient liées par un fil de métal. Le cœur de velours se trouvait entièrement pris dans une dentelle d'or, de fer et de laiton, une toile d'araignée, un filet de rétiaire. Derrière cette alliance de préciosité et de bricolage on devinait le travail d'une patte très sûre, capable de soutirer les organes et les sentiments sincères, de les crocheter et d'en modifier les fonctions.

L'émotion qui secouait Grisélidis n'était ni de la colère ni de la douleur, elle était toujours sous emprise et Pierre sentait que l'évocation de ces supplices réels ou imaginaires la troublait physiquement. Le lien symbolique courait sur elle d'une manière aussi serrée que les fils du scapulaire. Le seul fait de prononcer le pronom *elle* semblait lui rendre un peu de fluide vital. Après un court silence, elle recommença sa description sans que quiconque l'y ait incitée. Elle ne pouvait s'arrêter de parler de leur lien. Elle revenait inlassablement sur *elle*, ce mot qu'elle voulait étouffer tout en le répétant sans cesse, passant et repassant sur les mêmes détails sans s'apercevoir qu'elle les avait déjà évoqués. Il ne s'agissait pas d'une confession, elle parlait pour soi ou pour Thérèse et, au fond, elle ne parlait qu'à Thérèse. Ce silence dégradé en bavardage rappelait à Pierre ce que lui avait raconté l'Argentin : la folie de ces femmes forcées, battues, violées, qui traînaient dans les locaux d'interrogatoires. À force de souffrir, certaines avaient dénoncé tout le monde, frères, pères, amis, enfants même. Après ça, elles ne pouvaient plus s'arrêter de parler et la suprême injure, pire que de leur cracher au visage ou de leur uriner dessus, c'était de ne plus les écouter. Les hommes des *fuerzas punitivas* finissaient par leur scotcher la bouche et les cheveux au ruban adhésif triple force, sans prendre garde à leur magnifique chevelure noire, et les laissaient par terre sur les carreaux souillés, silencieuses, vibrantes de dégoût de soi.

— Quelle horreur ! Mais qu'est-ce que cette femme voulait faire de vous, en fin de compte ?

Pierre leva les yeux et reconnut une journaliste célèbre. Pierre l'avait vue s'asseoir et se poser en reine incontestée de la table. Il ne se souvenait pas de son nom, mais la figure, agréablement réchappée des attaques de l'âge, était connue depuis des années jusqu'au Moyen-Orient.

La voix grave, plus cassée qu'à la télévision, contenait juste assez d'émotion retenue pour faire office de pourboire à la curiosité. Pierre vit Grisélidis s'évader de sa sphère et couler des yeux et des épaules dans celle de la femelle dominante. Il comprit pourquoi le nom de cette femme lui échappait : à l'époque de sa gloire, les médias l'avaient surnommée « la Sultane » pour l'opposer à une rivale du JT que l'on appelait « la reine Christine ». La Sultane, comme sa mère. Il la fixa méchamment et les célèbres yeux violets quittèrent un instant leur proie pour dévisager ce Peter Orlowsky dont le grand nez et les mains de boxeur laissaient espérer quelque trésor caché. Mais cette Sultane-là n'était pas du genre à courir deux lièvres et, pour l'instant, la petite gouine avait sa faveur.

Grisélidis répondit avec empressement, un ton plus haut. Pierre décela dans sa voix une agressivité mêlée de respect ; à peu près la contenance d'une jeune fille de banlieue en face d'un officiel en visite dans son collège.

— Elle voulait me faire enlever le clitoris. J'ai trouvé des notes, des scénarios qu'elle envoyait sur un site spécialisé, un truc SM qui s'appelle *Eunuch Archive*. Elle avait écrit des choses sur moi, des scénarios pornographiques comme quoi elle était ma mère adoptive et qu'elle allait m'envoyer au Yémen pour faire de moi une nullo…

— Une nullo ? demanda la journaliste.

— C'est l'expression qu'on emploie dans le milieu SM. Elle passait des heures à échanger des scénarios avec des dingues. C'est de là qu'est né le scénario du film de Sofia. Des histoires de putes occidentales excisées par des Arabes. Elle ne travaillait plus, elle était obnubilée. Il n'y avait plus que ça et la Bourse... L'Alzheimer a vraiment modifié son caractère.

Cette fois toute la table participait à la conversation et les filles s'indignaient. Comment des femmes adultes pouvaient-elles vouloir se faire exciser ? Les plus âgées, que le déclassement de l'homosexualité en « préférence sexuelle » rassurait sur la mauvaise mine d'un frère ou l'avenir du monde civilisé, commençaient même à trouver l'histoire trop glauque...

— Heureusement, tu t'es sauvée avant qu'elle t'adopte, parce que *Grisélidis Legros*, comme nom, c'est pas terrible !

La remarque de tata Jacqueline, de passage à la table, fit rire Natalia. Grisélidis répondit d'un chuintement agacé qu'elle corrigea aussitôt par une caresse de chatte, prenant la main de la taulière et la calant contre sa joue comme une amoureuse.

— Elle ne s'appelle pas Legros, tata, c'est un pseudonyme. Son vrai nom c'est Marie-Thérèse Adélaïde Atalante de Vermandois.

L'ignorance de ce genre de détail représente une faute professionnelle dans certains métiers. La main courte de tata Jacqueline se dégagea sèchement.

— Pourquoi a-t-elle changé ? demanda Paul. Son vrai nom est beaucoup plus joli, en général c'est plutôt le contraire, on s'ajoute des particules !

Dans un moment pareil, la gaieté de Paul était secourable. Le timbre de sa voix, son accent légèrement chantant aidèrent Grisélidis à reprendre pied.

— Par snobisme inversé, je suppose, mais elle s'arrange pour qu'on le sache. Le genre, je suis noble mais ça ne m'intéresse pas, c'est bon pour les Américains... *Legros,* c'est le nom de sa nourrice.

— Sa nourrice, tu veux dire la vieille invalide qu'elle a enfermée dans une chambre capitonnée et qu'on ne voit jamais, comment elle l'appelle, déjà ?

— Mémère.

— Ah oui, Mémère. D'après Justine, c'est la seule personne qui lui fait peur.

— Ne parlons pas de Justine, elle porte malheur.

Grisélidis cracha par terre comme une sorcière gitane, sous le regard outré de tata Jacqueline.

— Ça va, Peter ?

En entendant le vrai nom de Thérèse, Pierre s'était senti déraper. Il s'accrochait aux toits, à la nuit, au ciel obscur que les illuminations des grands magasins et le tumulte lumineux de la ville teintaient d'orange. Il s'accrochait à un autre ciel, celui des villes orientales. Les lumières blanches d'Islamabad ou de Sanaa ne produisent pas ce type de fluorescence. Même au cœur de la cité, la sécheresse de l'air, le vent du désert, la limpidité des cieux mettent en contact l'homme isolé, l'homme perdu, avec le monde réel, celui des étoiles et des constellations. *Vermandois*... Il n'avait pas entendu ce nom depuis la mort de la Sultane. *Vermandois*... Quel vertige, c'était un des derniers mots qu'elle avait prononcés devant lui avant de partir à jamais. *Vermandois*... Un nom inquiétant, qui rappelait de mauvais contes, des histoires d'ogres et de loups, d'enfants qui ont perdu leur mère ou de mères qui ont ôté leur loup. C'était elle qui revenait tout à coup, mais la pluie, le réseau des interférences et des indifférences, le filet de rétiaire que dessinaient entre les cieux et lui les bourrasques d'eau le paralysaient. Les paroles, les ondes, les mots que tous ces gens lançaient alentour l'empêchaient de la rejoindre. Le visage de la morte allait remonter jusqu'à lui quand la belle voix grave et sentencieuse de l'autre sultane interrompit sa rêverie.

— On m'a raconté que plusieurs stars mondiales, je ne vous dirai pas leurs noms, l'un est anglais, l'autre belge, produisent en dehors de leur travail des œuvres occultes pour des collectionneurs américains, chinois ou russes. De drôles de « travaux » qui pourraient les conduire en prison pour très longtemps. D'après Ingrid Sishy, d'*Interview*, ce sont les activistes viennois des années 60 qui ont ouvert la voie.

— Ils réalisent des *snuff movies* ? demanda avidement Grisélidis.

La belle voix grave se fit encore plus douce pour sa petite protégée.

— Pas seulement. Beaucoup de supports vidéo, mais aussi des sculptures vivantes, des installations *sadistiques*.

— Arrêtez de raconter n'importe quoi !

Pour Peter, soudain très nerveux, ces histoires de *snuff movies* et d'art clandestin étaient des délires de journaliste. À Beyrouth, dans les milieux phalangistes, des histoires de films sadiques réalisés dans des chambres de torture circulaient déjà il y a vingt ans de ça. Même chanson en Argentine. Quand il s'occupait d'assurer la sécurité d'œuvres d'art, il avait fréquenté de riches collectionneurs. Certains étaient de vrais vicieux, surtout les Russes et puis quelques autres, brésiliens ou chinois. Les types ne se cachaient pas pour lui, mais en fait le pire qu'ils pouvaient s'offrir c'était de frapper une call-girl jusqu'à ce qu'elle soit défigurée ou infirme, rien de plus.

L'intervention jeta un froid. Toute une brutalité contenue s'était exprimée en quelques mots. À l'évocation des milieux phalangistes et des escadrons de la mort, la présentatrice de télévision fronça les sourcils. Pendant un bref silence, on entendit le froissement de deux cuisses qui se croisaient et se décroisaient sous sa jupe de cuir. Pierre songea que sa rivale ne devait pas être indifférente à la cravache ni aux hommes en uniforme militaire. Il se rapprocha de Grisélidis pour mieux capter son attention.

— Thérèse Legros vous a-t-elle parlé du Yémen ?

— Enfin, voyons ! Il n'y a pas de collectionneurs en Islam...

L'autre Sultane avait des idées bien arrêtées sur l'infériorité de l'Islam en matière d'art contemporain et même d'excision. D'agacement, une grosse montre qui pendait à son poignet fit sonner le cadenas d'or de son sac comme un grelot de serpent. Pierre ne leva même pas les yeux.

— Vous a-t-elle parlé d'un voyage qu'elle aurait fait là-bas ?

Grisélidis se retourna vers lui. Il la trouva rajeunie, elle montrait de nouveau le petit visage minutieux de tout à l'heure, moins blême, plus féminin, l'aura négative en moins. Elle avait pris des couleurs, il vit même passer derrière ses dents une langue saine de jeune fille. L'espace d'une seconde, on aurait presque dit une minette. Il eut l'impression désagréable que la question l'amusait.

— Je ne peux pas te dire, je ne connais pas sa vie. Thérèse ne se confie pas. Elle a une phrase pour ça qu'elle répète souvent : *Ma vie est un roman, les romans m'ennuient alors je ne la raconte jamais...* C'est joli, non ? Avec elle on ne sait jamais si une confidence est vraie ou si elle fait partie d'un protocole et vise à te manipuler.

Natalia l'interrompit :

— Tu ne m'as pas raconté qu'elle te demandait de lui faire réciter ses souvenirs ?

Grisélidis la regarda, l'air mauvais, comme si la Russe avait trahi un secret.

— Oui, elle faisait ça à la fin, à cause de l'Alzheimer. Elle numérotait ses souvenirs comme ses collections et je devais l'interroger en permanence. Elle a beaucoup voyagé dans les années soixante, soixante-dix, elle a vécu à New York entre 64 et 66, puis à Rome.

— C'est l'année 1976 qui m'intéresse.

— En 76, je crois qu'elle vivait à Paris. Mais Paul m'a dit que *Vanity Fair* faisait un gros portrait. Eux, ils ont dû enquêter, posez-leur la question. Tu ne crois pas, Paulot ?

Pierre avait le sentiment que Grisélidis éludait mais qu'elle savait quelque chose. En plus du film, il devait y avoir un lien entre les protocoles de Thérèse, ces histoires d'excision et les barbaries que la Sultane avait subies dans les montagnes de Sanaa. La petite salope était au courant, Pierre en était sûr. Il allait revenir à la charge quand Paul répondit à la question.

— Non, Grigri, je ne sais pas ce qu'il y a dans l'article, je n'ai vu que les photos. Tu sais, la mère de

Peter était mannequin et il se demande si elle n'a pas connu Thérèse dans sa jeunesse.

Paul avait admiré comme tout le monde le calme de Peter devant l'injure de tout à l'heure, il voulait lui éviter d'avoir à y revenir lui-même. Grisélidis n'avait pas oublié non plus. Ses lèvres se serrèrent, le sourcil se coinça, et la canine réapparut.

— Ça m'étonne que Thérèse ait pu être mannequin, elle a un pied-bot. Mais je sais qu'elle a toujours fait appel à des call-girls. Elle adore les putes. Elle connaissait Madame Claude…

Le regard de Peter la coupa dans son élan et elle reprit en s'adressant à Paul d'un ton dur tout en se rapprochant imperceptiblement de l'homme qu'elle venait d'insulter pour la seconde fois de la soirée.

— Elles sont comment, les photos ?

— Bah, c'est du Annie Leibowitz… Thérèse aurait préféré Steven Meisel, mais Steven Meisel a fait savoir qu'il ne photographiait aucune femme âgée, à part Madonna.

Une bonne plaisanterie détend toujours l'atmosphère. Le public du restaurant clandestin rit d'autant mieux que tous se sentaient heureux d'avoir un gossip plus avouable que des histoires d'excision à promener pour la soirée.

— Tu veux les voir ? J'ai piqué l'e-mail à Justine…

— Non, pas Justine, *Cut story number 5*, s'écria Natalia.

Un rire éclata, le sien, qui ne fut suivi par personne…

La conversation s'enlisa sur la fameuse séance photo. Paul se distingua une fois de plus en affirmant cette fois n'avoir pas eu le « courage » d'y assister. Les convives se mirent à parler du film et de la réception pour l'ambassadeur des États-Unis dont ils se sentaient visiblement exclus. Chacun y alla de sa pierre contre l'artiste qu'une autre journaliste de la télévision, plus jeune que la Sultane, encore plus sûre de soi, si la chose était possible, armée d'un téléphone de marque Vertu à 10 000 euros, avec un double fond de teint terracota et une voix aussi cassée que dédaigneuse, désignait à la vindicte publique comme une « perverse narcissique ». Un comédien à l'affiche dans plusieurs films récents confirma le diagnostic. Sa fiancée, une beauté étrangère en fin de contrat chez l'Oréal, le regarda d'un air étonné, soit qu'elle n'ait pas l'habitude de l'entendre exprimer une opinion quelconque, soit que sa pratique de la langue française ne lui ait pas permis de comprendre le mot « narcissique ». On reprocha pêle-mêle à celle qui venait de recevoir des mains de Nicolas Sarkozy les armes de chevalier des Arts et des Lettres d'être riche, d'avoir raté la Légion d'honneur et d'avoir abusé de la chirurgie esthétique pour se rajeunir. Un homosexuel en cheveux, styliste coiffure de son état, eut le mot de la fin : « Je refuse de la coiffer, elle est trop sale. »

Grisélidis endossa un rôle à la mesure de sa perversité. Celui d'une ancienne favorite pleine de réserve qui corrige les imprécisions et atténue les critiques. Après une quinte de toux et une ou deux bouffées de Ventoline, elle avait repris un chuintement adapté à sa position de retrait. Son corps s'était mis au diapason de cette dignité nouvelle. Blottie dans les ors du fauteuil préfectoral, elle l'avait reculé et se tenait maintenant contre Peter qui gardait un silence hostile. La conversation courait sur le vrai âge de Thérèse. Un mystère. Tout le monde se tourna vers celle qui avait eu accès au passeport de l'artiste.

— Elle a eu soixante et onze ans en mai dernier.

Soixante et onze ans… Pierre s'aperçut avec surprise que cet âge serait à peu près celui de sa mère aujourd'hui. Il essaya de chasser l'idée de sa tête car elle le gênait sans qu'il sache pourquoi. Le mot « gêner » n'allait pas non plus, cette idée le rendait triste, mais d'une tristesse qui n'avait rien à voir avec l'autre, la tristesse romantique qui entourait son deuil. C'était une tristesse réelle, comme découvrir qu'on a perdu quelque chose, de l'argent ou plutôt un objet à quoi on tient. Il tâta sa poche, l'enveloppe en plastique se trouvait toujours glissée près du couteau.

Il eut soudain une autre surprise, celle de sentir une main s'introduire entre ses jambes.

En même temps que Grisélidis le déboutonnait, elle lui chuchota à l'oreille :

— On ne s'en remet jamais…

Pierre n'aimait pas qu'une femme prenne les devants, mais il s'ouvrit quand même un peu pour lui faciliter la tâche. Ses doigts étaient aussi légers que tout à l'heure. De l'autre main, Grisélidis disposa une serviette, très proprement, avec un savoir-faire de chirurgien ou de major de l'école hôtelière.

— Cela fait partie des choses qui laissent des traces…

Elle lâcha cette phrase en regardant la Sultane bien droit dans les yeux.

Paul fixait Grisélidis, étonné, l'air de se demander à quel jeu elle jouait. Pierre vit qu'elle se mordait les lèvres comme quelqu'un qui retient un fou rire ou qui s'applique à une tâche difficile. À ses iris dévorés, il comprit qu'elle était au bord de la syncope alcoolique. Puis, en l'observant de profil, il se rappela ses insultes et son petit derrière de faon, et songea qu'il l'aurait volontiers emmenée faire un tour dans le territoire de la Chinetoque avant qu'elle s'évanouisse.

Dehors, les hélices de ventilation des cheminées continuaient à tourner et le vent d'ouest jetait des gerbes d'eau sur les hublots. Tout finissait toujours ainsi avec les femmes. La manipulation, assez douce en définitive, calmait la rage de Pierre. Il se demanda s'il n'aurait pas préféré la franchise grossière et sagace de l'autre Sultane dont il devinait le regard depuis un moment par-dessus la table. Il s'amarra dans les yeux violets avec une ardeur que son camarade, l'ancien des escadrons de la mort, aurait approuvée. Comment s'appelait-il, déjà, celui-là ? Diego, surnommé par les copains français « Diego libre dans sa tête », à cause de la chanson de Michel Berger. L'humour noir des hommes en noir. Diego leur apprenait les théories freudiennes pour leur ôter le respect des femmes âgées. Certains jeunes types n'arrivaient pas à gifler ou violer une femme qu'ils identifiaient avec leur mère. Pierre, qui avait pris un peu d'assurance dans cette matière-là, avait préféré le sport ou la formation informatique. Du coup il avait raté la leçon sur l'œdipe.

La Sultane… le fait qu'une autre femme porte le même surnom que sa mère lui sembla soudain comique. L'une était morte, celle-là se tenait là, devant lui, à toucher ses seins ouvertement, comme l'autre à Tanger et toutes les autres avant, en attendant son tour, que la petite ait fini, qu'elle dorme dans son vomi d'overdosée, qu'on puisse se trouver entre adultes pour une séance bien salace, le mari derrière la porte ou blotti dans le trou des cabinets.

La Sultane ne le quittait pas des yeux. Perdu dans ce lac de corruption, il vit son gagne-pain prendre de belles proportions sous la caresse maladroite et osseuse de l'adolescente. Il connaissait cette génération, les quinquagénaires, sa clientèle, le genre à dire des mots grossiers ou à se socratiser pendant qu'on les travaille. Elles ne se rendent pas compte qu'elles prennent des risques en jouant les dessalées, qu'elles donnent envie à des Peter Orlowsky de leur casser la nuque dans leur lit king-size comme à une volaille ou un lapin, histoire de les sentir se resserrer au moins une fois avant que les sphincters se relâchent dans des draps à 400 euros la paire. Puis piquer le fric, les bijoux, les souvenirs offerts par d'autres en récompense de leur chiennerie ou par des naïfs qui les ont prises pour des fées ou des princesses, car la naïveté est toujours une faute possible avec les femmes, on n'arrive pas à s'en prémunir, elles attigent, elles charrient (mon chéri), elles finissent par réveiller les songes les plus éteints telles de vieilles courtisanes s'acharnant sur un sexe noirci d'évêque ou des magiciennes romaines soufflant sur un enfant mort. Cela a l'air d'être vrai comme sentiment mais c'est bourré de paille… les goules ont volé l'âme du monde.

Pierre n'avait jamais couché avec une femme par amour, et il n'avait jamais trouvé que la haine, le fantasme et le meurtre comme auxiliaires à son désir.

La Sultane ne baisserait pas les yeux. Lui non plus. Il approuvait les bourreaux, les sans-culottes, les sanguinaires, les fous. Il devait être bon de les défigurer, de les éventrer, de leur couper les chairs là où ça fait mal. Les yeux perdus dans ceux de la Sultane, il pensa à sa mère et aux Yéménites, mais les expériences de viol ou de massacre qu'il avait vécues ne lui avaient apporté aucun plaisir. De la tristesse, du sérieux, des blagues pour oublier la honte, voilà tout. Il ne comprenait pas comment quelque chose qui n'était pas excitant en vrai pût l'être en pensée. Rien n'est donc vrai quand tout est permis ?

Il en était de même avec toutes les émotions, on se fait une idée, on rêve, puis la réalité est différente. La vraie Sultane était morte, et cela faussait les sentiments qu'il avait pour elle. Il l'idéalisait, mais gare ! Pas d'illusions, la Sultane morte appartenait au même troupeau que la Sultane vivante, et l'émotion qui l'avait pris tout à l'heure, comme chaque fois qu'il sortait les vieux papiers ou qu'il regardait le ciel, était du même ordre que ses illusions sur Grisélidis ou sur Justine. Des sortilèges. Peter repensa à une formule magique de Cazotte, le sage, sur la question : le vieux, qui avait connu la vraie Sultane au Brummel, chez Colomba, disait toujours que s'il devait écrire ses mémoires de maquereau, il les intitulerait : *Les femmes, c'est de la m…* Parole d'expert, parole de misère.

*

Le Moulin Rouge, quelque part devant la voiture, au-dessus d'eux, semblait une figure du temps suspendu. Le temps tel qu'il n'existe pas. Il y avait peut-être une heure que Pierre al-Hamdi avait foutu dans la main de Grisélidis. C'est toujours pareil avec le corps, il suffit qu'on veuille lui refuser quelque chose, dormir, veiller, jouir, ne pas jouir, avoir soif ou se retenir d'une envie quelconque, et il s'arrange pour vous contrarier. Contrairement à beaucoup d'hommes, Peter n'en voulait pas aux femmes qui lui avaient donné du plaisir, au contraire, il avait tendance à s'attacher. Mais les filles sont comme la chair, il suffit qu'on attende d'elles un service pour qu'elles n'en fassent qu'à leur tête. Il ne voulait pas que Grisélidis s'en aille, pourtant elle allait partir. Ce n'était pas la première fois que cela arrivait, ni même la centième. À peine quelques heures passées ensemble suffisaient à le mettre dans une intimité de peau avec des êtres dont il ignorait tout la veille, et dont il ne saurait plus rien lorsque les minutes les séparant de l'adieu seraient écoulées. Un moment avant l'adieu, une période qui pouvait s'estimer à environ dix minutes, il sentait les liens se relâcher, les caresses, les paroles s'effaçaient dans la nuit du souvenir, comme des silhouettes qu'on a croisées et dont on voit disparaître le dos dans la foule. L'autre, à côté, n'est déjà plus celui qu'on a apprivoisé, la férocité du silence reprend du terrain. La mort travaille à tout rompre. L'autre va partir et, une fois la portière claquée, le monde dont il était porteur s'en ira avec lui, plus inaccessible qu'il ne l'a jamais été puisque la rencontre a eu lieu et que cet événement, cette ouverture ne se reproduira plus jamais. Même et surtout si l'on se revoit.

Pierre n'avait aucun sens de l'amitié, de l'amour, de la famille ni du temps, il consommait les gens qu'il rencontrait comme un fumeur de crack sa provision de cristaux, sans économie, sans réserve, sans espoir de durée. Le vol l'aidait à supporter cette séparation car il en savait alors le pourquoi : on se quittait fâché et cela valait mieux. Quelque part il avait lu ces mots d'un écrivain : « On ne se quitte jamais bien, car si on était bien ensemble on ne se quitterait pas. » Pourquoi fallait-il se quitter toujours ? Alors qu'il se sentait souvent très bien ? Était-ce les autres qui se sentaient mal avec lui ? La moindre séparation, même avec une rencontre de bar, lui déchirait le cœur. Parfois il aurait préféré tuer les gens plutôt que de les laisser partir.

Pour Grisélidis ce n'était plus qu'une question d'instants. Et les instants sont d'une cruauté particulière puisque personne n'a jamais su exactement les mesurer. Les instants sont à la fois immobiles et fuyants. Un tour de roue, deux tours de cadran. Sentant la silhouette assombrie près de lui s'enfuir en elle-même avant que le vent de la nuit l'emporte à jamais, il regardait tour à tour l'horloge orange du tableau de bord et la roue bloquée du Moulin Rouge, sur la place Blanche. L'une le rassurait, l'autre l'inquiétait, l'une lui disait la vérité, l'autre des mensonges, mais laquelle ? Autour d'eux le paysage avait changé. De la Madeleine ils étaient remontés vers le nord de Paris, vers ces zones où Pierre avait ses quartiers d'hiver. D'autres habitudes que les nouvelles, plus anciennes, plus tristes.

Dans la voiture où elle occupait la place du mort, laissant Paul s'affaler sur la banquette arrière, Grisélidis n'occupait pas le même espace qu'au restaurant. Elle semblait rétrécie, une mandragore. La timidité bruyante qui caractérise les gens de la nuit l'avait reléguée dans l'intimité de la voiture à un rôle de passagère qui ne lui convenait pas. Elle étouffait dans une compagnie trop restreinte, le tête-à-tête eût été insupportable. Heureusement Paul, derrière, réagissait encore un peu, mais il était fatigué, le ressort manquait, l'heure du Soir 3 approchait et la banquette arrière de la Rolls était bien molle. Ils évoquaient en riant à mi-voix le passé proche. Paul surtout riait, Grisélidis, n'avait pas beaucoup d'humour, elle prenait les choses très au sérieux, même les plus légères, avec une veine comique dont elle avait appris à jouer.

Avant de quitter le restaurant clandestin, tout à l'heure, elle s'était donnée en spectacle, comme elle savait le faire. On avait monté la musique à fond et, oubliant Pierre et son pantalon ouvert, elle s'était élancée sur la table. En bon petit singe savant, elle avait joué le rôle qu'on attendait d'elle et dansé avec Jellybean, une artiste du Pink Platinium. Grisélidis ne l'aimait pas mais Jellybean était drôle en soirée, elle bougeait bien et elle osait des extravagances comme pisser dans les assiettes de camping sous les yeux de l'assemblée ou rouler des pelles à on ne sait qui, le tout en robe Givenchy couture et talons de dix-huit centimètres. Elles avaient chamboulé tout le restaurant de tata Jacqueline, sautant de table en table et entraînant dans leur sarabande deux autres filles, des Russes, qui avaient joué la surenchère, s'accrochant aux rideaux en un numéro effréné de *lap dancing*. Ensuite, il avait fallu redescendre des tables, Jellybean s'était pris les cheveux dans un lustre, tata avait crié parce que l'électricité datait de 1928 et qu'elle risquait de s'électrocuter, même la Chinetoque avait failli perdre son sang-froid, elle avait déboulé en pantoufles avec des ciseaux pour décrocher la fille du lustre, mais Jellybean criait plus fort, elle ne voulait pas qu'on lui coupe les cheveux. Paul s'était alors patiemment, courageusement, chargé de démêler les frisures des pendeloques. C'était pour cela qu'on l'aimait, Paul, et c'était aussi pour ça qu'il était fatigué. Peter avait payé la note du dîner, 6 000 euros tout de même, et on avait fini dans la Rolls sans trop savoir où aller. Il était 22 h 30, il y avait une fête chez les W, comme tous les soirs, mais ils habitaient à côté de chez Thérèse, 11, rue de Castiglione, et après toute une soirée à parler d'elle cela aurait déprimé Grisélidis d'y revenir. Restait Roissy, mais il était un peu tôt, et une fille de chez Dior qu'on venait d'avoir au téléphone, juste avant Janine. Elle avait proposé qu'on vienne la rejoindre dans une suite à l'hôtel de Disneyland Paris, elle avait du MDMA, mais Grisélidis n'avait pas envie d'emmener Peter, à supposer que lui ait voulu les accompagner jusque-là…

— Bon, so what ? Paulot, secoue-toi, on va chez Moune.

— C'est dommage, Paris n'est plus une fête et la place Blanche n'est plus la place Rouge depuis qu'ils ont démonté le panneau lumineux Coca-Cola...

— Bon, Paulot, on s'en fout de tes poésies, viens, on va chez Moune.

Depuis qu'elle était montée dans la voiture, Grisélidis n'adressait plus la parole à Peter Orlowsky. Elle l'ignorait, comme si en les conduisant il s'était transformé en chauffeur. Et semblait vouloir oublier qu'elle venait de le caresser longuement sous la table.

— Je vais pas chez Moune, j'ai envie de rentrer chez moi regarder mon DVD de *Showgirl* en prenant un potage. Ou alors je vais réviser un peu de latin, comme Jellybean.

— Tu fais chier, Paulot. Le caviar t'a pas suffi ? Tu es déjà énorme en ce moment, ta veste va éclater. Allez, viens chez Moune. J'ai pas envie de rester seule, tu sais que ça me rend folle.

— J'aime pas le caviar, j'ai envie d'un velouté. En plus, je travaille demain. Je suis en photo à neuf heures avec ton ex, la délicieuse Thérèse Legros et avec la non moins délicieuse Sofia Coppola.

— Encore ! Elles couchent ensemble ou quoi ?

— Tu parles. Si la vieille pouvait lui scier le clito, ça serait bien. Elle drague mon assistant comme une malade.

— Bon, j'en ai marre d'entendre parler de Thérèse Legros. Rideau pour ce soir, je me casse.

Pierre sentit l'air frais qui s'engouffrait par la portière ouverte, une gifle sur sa joue. Maintenant que tout était joué, il ne regrettait plus Grisélidis, loin de là. Comme un nombre incalculable d'autres avant elle, la petite avait fait son temps. Dans un moment Paul la suivrait, Pierre serait seul et il n'aurait plus qu'à aller chez Cazotte, lui déposer les clés de la Rolls et expliquer pourquoi elle était toujours aussi sale et sans batterie.

Grisélidis passa la tête par la portière, un génie qui ne veut plus rentrer dans sa bouteille. Quelques secondes plus tôt Pierre souhaitait qu'elle reste, mais déjà il ressentait du déplaisir à l'idée qu'elle veuille revenir dans l'histoire. Bizarrement, elle s'adressa enfin à lui, comme si en reprenant contact avec le trottoir elle avait perdu, avec sa dépendance, ses griefs à son égard :

— Si tu cherches encore un Cheval de Troie, voilà exactement le genre de pouliche qui fait faire des flaques à Thérèse.

Pierre suivit des yeux la direction indiquée par Grisélidis. Une fille brune vêtue d'un peignoir fumait une cigarette en tapant ses Stiletto sur l'asphalte pour essayer de se réchauffer. Elle semblait nue en dessous, détail qui fait un genre de fille à part : le genre qui a l'air nu en dessous. Elle arborait de longs cheveux noirs qui lui tombaient aux fesses, des élongations. On aurait dit une pute asiatique ou une danseuse du ventre. Quand elle se retourna vers la Rolls, Pierre reconnut Safia, dite Safir, ancienne gagneuse chez Cazotte désormais promue danseuse artistique au *Narcisse*. Une vieille, vieille connaissance de dix-neuf ans, originaire du Haut Atlas. QI proche de zéro, surnommée « J'fais pas l'anal », la phrase qu'elle prononçait le plus souvent, avec une autre ayant trait à son addiction au crack : « T'as pas du matos ? » Safir avait aussi acquis un certain renom comique auprès des filles du quartier parce qu'elle prétendait avoir eu une liaison sentimentale avec Jordy, l'enfant star devenu adulte anonyme.

Du berceau de Jordy au cercueil de Thérèse, pour une saute-ruisseau il n'y avait qu'un pas. Pierre appuya sur la commande de la glace électrique et siffla Safir comme on siffle un chien.

DEUXIÈME PARTIE

3

13, rue de Castiglione

— J'ai toujours voulu être aimée…

Thérèse vacilla et dut fixer les lumières pour ne pas fermer les yeux.

— J'ai toujours voulu être aimée…

Thérèse parlait toute seule mais elle n'était pas seule. Elle regarda le ventre de l'Américaine, un petit ventre de maigre qui gonflait et dégonflait sous la transparence du tissu précieux. Malgré tout son dégoût, elle ne pouvait voir ça sans fascination. La vie d'une autre était là, une bête sous un voile.

— J'ai toujours voulu être aimée.

Encore ! Une phrase en boucle, surtout stupide, c'est mauvais signe. Avait-elle parlé à voix haute ? Pourquoi a-t-on les yeux pleins de larmes quand on bâille ? La tête lui tournait, à cause des bougies et des radiateurs. Elle confondait le grand lustre, au-dessus, les reflets des mille et une flammes dans les fenêtres, avec les lampes de la rue de Castiglione. Elle ne savait plus si elle était triste ou si elle avait sommeil. Elle se serait volontiers couchée sur le divan pour y réfléchir, mais l'Américaine, dont elle sentait la cuisse près de la sienne, n'avait pas l'intention de décamper. Devant une offensive aussi peu diplomatique que la fatigue, rien ni personne n'a plus droit à la parole. Les cuisses pouvaient bien s'affronter, les voix s'envolaient entre les pendeloques du lustre comme la musique des Beach Boys, les cris de Justine et le bruit du fouet. Elle se laissa captiver par le jeu des étincelles et du cristal.

Inlassablement, l'Américaine renvoyait des paroles indéchiffrables, plus fort que les autres, ou plus près de son oreille, mais sans déranger tout de même les plis du rideau. Passé une certaine heure, dans cette maison, on cessait d'être vivant. Même le lustre avait l'air de n'en plus pouvoir. Avachi. Une à une, les bougies s'éteignaient, pleurant des larmes plus chaudes et plus durables que les nôtres.

Certaines pendeloques mal nettoyées dans l'urgence de l'accrochage avaient l'aspect graisseux de verres à liqueur qui séjournent toute une vie sur la dernière étagère d'une cuisine. Depuis quand ne lui avait-on pas fait sa toilette ? Cette manière de parler d'une chose comme s'il s'agissait d'un animal ou d'un enfant lui rappela Mémère. Pauvre Mémère ! Elle s'en voulait de l'avoir couchée si tôt. Les Japonais, arrivés les premiers, une demi-heure avant tout le monde, lui suffisaient bien, Mémère n'en ferait qu'une bouchée.

Une question de plus restait sans réponse. Impossible de retrouver le nom du palais napolitain d'où ce bazar avait été décroché. Palazzo Dragone ? Non, *Palazzo Dracula* ou une gentillesse de ce genre. À peine s'il tenait dans la pièce, on avait dû le passer par la fenêtre. Depuis qu'on le lui avait livré elle n'arrêtait pas de le regarder en se demandant s'il était vraiment si bien que ça. Mémère en avait horreur, mais Mémère n'aimait pas grand-chose, à part le nudiste. Elle dut serrer les dents pour s'empêcher de bâiller. L'idée de Mémère toute seule dans sa chambre avec le nudiste, un soir de Saint-Sylvestre, lui donnait envie de pleurer. Son appartement lui apparut comme un fatras déprimant, un décor de film en costumes.

— J'ai trop bouffé.

Depuis quelque temps elle mettait de l'importance à la physiologie ; l'estomac, le foie, les intestins prenaient une revanche de laide sur le cœur, l'âme, les sentiments, et même le ressentiment. Autrefois, les gens qui étalaient en public leurs embarras gastriques la faisaient rire. Muriel, la petite fiancée piquée à Marie-Hélène, celle qui se baladait nue dans les 400 mètres-carrés de l'avenue Foch, sans crainte d'exposer à tout vent le singe qu'elle portait entre les jambes, Muriel, donc, lui racontait que Darryl Zanuck n'avait que ça à la bouche. « Daddy », comme il fallait l'appeler au lit, lui faisait des confidences sur ses selles ou la couleur de ses urines. À l'époque, toutes les deux trouvaient ça impayable, un truc de vieux. À quand remontait la scène ?

Question du jour indice 115 : À quand remonte ma liaison avec Muriel ?

Réponse : Rien que la citation de Darryl Zanuck ne sent pas le frais. Daddy est mort la même année que cette pauvre Jean Seberg (1979 ?)... J'ai rendu l'avenue Foch au baron Empain en 74... 1973 ? Non j'étais à Rome.

Réponse (approximative) : 1972.

Le souvenir du singe de Muriel raviva un instant son attention. Où était-elle maintenant, Muriel ? Où es-tu passée, petite Muriel ? Où sont les singes d'antan ? Elle retint un nouveau bâillement. Les souvenirs, même sexuels, auraient tôt fait de la rendormir et, dans les zones de conscience qu'elle touchait, un singe ne valait pas mieux qu'un mouton.

Une grosse poire de cristal qu'elle ne lâchait plus des yeux commençait à la fatiguer.

— Comme toutes les boules.

Les blagues de gouine, qu'elle avait toujours trouvées pitoyables, lui venaient maintenant parfois quand elle se parlait à soi-même. Elles étaient prononcées en son for intérieur par une voix grasseyante qu'elle ne se connaissait pas. Elle n'aimait pas ça, et encore moins le soulagement sournois qui lui était venu en baissant le menton. Pour se sauver de l'avachissement, elle se concentra sur les illuminations de Noël, les faux lustres en guirlandes qui brillaient dehors, rue de Castiglione, au-dessus du vide. Elle fixa l'un d'entre eux comme un tireur d'élite. Si elle se laissait aller à l'oublier, à le confondre avec les autres, cela signifierait qu'elle piquait du nez pour de bon.

Le dîner ne passait pas. À cause des truffes et du Ricard, elle n'arrêtait pas de s'endormir et à chaque fois, au réveil, il lui semblait qu'on souriait à l'entour d'un air entendu. Tout le monde, même le personnel, même les Japonais. Elle ne supportait pas la pitié indiscrète de gens à qui elle n'accordait aucune privance. Dormir en public constituait à ses yeux, sans qu'elle sache pourquoi, la pire des faiblesses, une demande d'amour.

L'idée de se donner en spectacle lui faisait honte. Il n'en avait pas toujours été ainsi. Avant, il en fallait davantage pour la déconcerter, mais à son âge ce genre de sieste était ridicule. Il lui sembla entendre la voix de Grisélidis : « Jeune, ça fait junkie ; vieille... ça fait vieille » ; mais Grisélidis n'était plus là pour la surveiller.

Depuis sa fuite, elle élaborait des plans de travail, dressait des emplois du temps et multipliait autour d'elle les présences nouvelles, les visiteurs, les badauds, les Américains, les Japonais. N'importe qui pourvu qu'elle ne se sente jamais tranquille. N'importe qui, même Sofia Coppola et sa clique. D'autres se seraient isolés, elle en arrivait au point où elle aurait voulu s'encombrer d'inconnus jusqu'au bord de son lit. Il lui fallait être toujours seule et mal accompagnée, un peu comme Louis XIV.

— Un peu comme Louis XIV...

Quand elle rouvrit les yeux, elle avait oublié le cheminement de pensée qui l'avait menée là, et le nom de Louis XIV lui parut loufoque, une alerte, le genre d'association qui signifiait qu'elle avait plongé encore une fois. La faute des faux lustres : à force de vouloir danser pour elle, sur leur fil, étendus comme du linge napolitain au-dessus de la rue de Castiglione, ils finissaient par influencer ses pensées. Quoi de plus normal ? – Enfin, quand même, Louis XIV... Louis XVI passe encore, et Louis XV, mais Louis XIV ! Le masque cireux, la perruque à cornes, cette figure repeinte, les talons rouges...

Elle décida qu'il était temps de se redresser mais s'inquiéta que sa tête heurte le vrai lustre. Il pendait pourtant à plus de deux mètres au-dessus, mais elle n'avait plus conscience de son corps dans l'espace. Sa haute idée de soi prenait la forme d'une hallucination physique, elle craignait de sentir le poids de la lourde couronne de fer et de feu qu'elle ne pouvait plus voir mais qu'elle sentait suspendue comme un fléau. Une lutte immobile contre la torpeur l'empêchait d'essayer ses forces. La paresse corporelle qui enlisait les plus petits gestes la trompait sur l'ampleur de leurs conséquences. Elle était incapable de retenir ses paupières, alors des efforts plus importants ne pouvaient que dépasser la mesure et provoquer des catastrophes. Un poids énorme l'écrasait au fond du divan. Sans s'en rendre compte elle avait bien bougé mais dans le mauvais sens, pour s'enfoncer de quelques centimètres. Le divan s'ouvrait sous elle, et bientôt la terre incapable de supporter sa masse. Elle ne voyait même plus les lumières dans la fenêtre. Quand elle essaya de remonter elle sentit que des milliers de petites mains lui tiraient les cheveux vers le bas. On voulait qu'elle baisse le cou, ou bien étaient-ce des mèches prises dans les guipures du col ? La douleur la réveilla.

Elle n'avait pas tort quand elle se sentait s'effondrer. Un cratère s'était creusé dans l'assise. Justine était vraiment trop molle, voilà trois semaines qu'on lui demandait d'appeler Londres. Le divan massacre demandait des attentions particulières. Pour que le meuble reste dans cet état de demi-ruine si à son goût, il fallait s'en occuper avec un soin permanent. On avait dû courir l'Angleterre afin de trouver un artisan. Le plus dur était fait, elle avait réussi à entraîner le meilleur spécialiste du mobilier de chasse dans sa lubie après des mois de flatteries et des fortunes pour l'apprivoiser ; la petite n'avait qu'à lever son téléphone, mais non, rien. Il y avait aussi un motif de curiosité là-dessous. En éventrant l'assise d'autres pièces de la même origine, l'atelier d'Oxford street avait mis au jour un étrange appareil : de vieux lambeaux d'uniforme, une queue de poney, des journaux russes, et même une chevelure de femme. Au retour des meubles, les Anglais avaient joint leurs trouvailles, soigneusement rangées dans du papier de soie et des cartons numérotés. Elle se demandait depuis longtemps ce que contenait le divan trop bossu pour être honnête. Les bottes d'un baronnet ou la barbe d'une des naines de Rodolphe II ?

Elle dégagea une mèche coincée dans les broderies du col. Son doigt toucha au passage un appendice mou et froid qu'elle identifia comme un bout de bajoue, une excroissance inconnue du cou, ou un lobe d'oreille. Quelque chose lui disait que ce soir elle avait une tête de dindon. À cause de Rodolphe II et du dindon elle repensa à Louis XIV.

Elle aurait bien haussé le cou jusqu'aux fenêtres pompeuses à baguettes dorées qui transformaient chaque nuit le salon blanc en galerie des glaces. Elle voulait voir si elle ressemblait au portrait dont elle conservait la photographie : un profil de cire en médaillon du musée de Versailles, une sorte de masque mortuaire d'un mauvais goût espagnol où le roi a les traits pochés d'une vieille poupée placée sous cloche, comme une couronne de mariée ou une relique. Une grosse dame busquée avec une perruque… On était loin d'Alexandre, d'Apollon, des apothéoses du Grand Siècle. Cette nature morte humaine, œuvre d'Antoine Benoît, un célèbre modeleur de l'époque, s'apparentait à des travaux récents qu'elle avait exposés à New York l'année précédente, entre autres une *Marisa Berenson à la tête coupée sur coussin d'obsidienne*. Les préférés de Cindy Sherman. Avec le penchant à l'allégorie que suivait son œuvre depuis quelques années, elle avait même donné au portrait du roi un titre à sa manière : *Les Noces du Pouvoir et de la Mort*. Elle avait oublié de parler de cette filiation au crétin de *Vanity Fair*.

— Tobias m'a dit que Dasha et Roman vont ouvrir leur espace à Moscou en juillet.

À l'intonation, elle comprit qu'on lui parlait. La voix de l'Américaine se détachait du fond sonore, hésitante et hautaine. Ne sachant si elle allait être écoutée et ne voulant pas paraître attendre, elle flotta dans l'air avec un air faussement négligent. L'attitude de cette voix lui évoqua irrésistiblement le jour de l'ouverture de sa rétrospective à New York. La même conne attendait des retardataires devant l'entrée VIP et, forcée de piétiner là, ne voulait surtout pas donner l'impression qu'elle ne pourrait pas rentrer à l'instant si elle le souhaitait. Pour que ce soit bien clair, elle s'éventait avec son invitation malgré une température qui avoisinait les moins dix.

Thérèse ne répondit pas. Le monde s'était habitué à ses silences qui pouvaient durer plus d'une heure. De toute façon, elle n'aimait ni Roman Abramovitch ni cette salope de Tobias de chez Sotheby's. Quant à la Dasha ce n'était que la première putain à ouvrir une galerie géante à Moscou. Il y en aurait d'autres… Un non-événement de plus. Elle préférait s'intéresser à elle-même. La joue du divan empêchait la créature ramassée et méchante, la fillette hostile, la naine qu'elle était devenue après avoir joué les géantes tout à l'heure, de bien distinguer son reflet dans les vitres. Le meuble, un des plus grands exemplaires connus de mobilier massacre, venait de Bohême. La pauvre Américaine ignorait qu'elle était assise sur un canapé qui avait supporté le maréchal Goering et connu à cause de lui et de ses amis bien des accidents : une partie de l'appareil de bois noirci sous le feu l'avait changé en une bête cornue, cervidé inconnu ou scarabée géant. Elle crut deviner dans la grisaille des vitrages un élément de sa coiffure mêlé aux cornes rameuses.

Elle était toujours à la recherche d'elle-même, guettant les images qui pouvaient lui être livrées par les corps réfléchissants. À l'âge de seize ans, elle avait décidé qu'il ne s'agissait pas de coquetterie mais d'un besoin permanent de contrôler ses avatars. Son job, en fait... Le soin qu'elle apportait à ce qu'il est convenu d'appeler la décoration, mais qui tenait plutôt du décor, lui permettait de varier les fonds, les avant-plans et de conjuguer les harmonies. Depuis longtemps, ce n'était plus l'inquiétude mais la curiosité qui l'incitait à vérifier cheveux ou maquillage dans les glaces. À chaque fois qu'elle se confrontait, elle avait la surprise de dévisager une nouvelle nature morte humaine. Du coup, elle laissait faire les filles. Ces temps-ci, Justine s'obstinait à l'enfariner de poudre et perfectionnait une manière très à elle de poser sur ses chefs-d'œuvre d'un jour les postiches de travers en guise de signature perverse. Une façon comme une autre, pour la petite, de se venger des coups, des blessures, des infortunes qu'elle subissait.

Question du jour indice 116 (facile) : Quelle était l'année de mes 16 ans ?

Réponse : Néant... Impossible de m'en souvenir.

Elle se troubla, sa vision se troubla, tout se troubla autour d'elle, et néanmoins, néant-moins, contre le néant, contre tout néant et contre toute espérance aussi, comme quoi les mêmes mots, les mêmes idées comprennent la contradiction, l'apparition que formait son chignon à la Poppée, coiffure grise et ultra-serpentée s'encageant dans des volutes d'andouillers noircis, réveilla son envie de travailler.

Le remède, le seul. Oubliant son trou de mémoire, oubliant l'Américaine dont le silence attentif menaçait inutilement sa tranquillité, elle s'imagina la fraîcheur nocturne du studio. Il s'agissait d'une sorte de double fond de son appartement, bâti sur le même plan mais auquel le peu de hauteur des plafonds et l'état des peintures, des planchers et l'absence de chauffage, donnaient une tout autre atmosphère. Le diamantaire qui l'avait aménagé comme réserve en réduisant la hauteur du rez-de-chaussée ne devait pas mesurer plus d'un mètre cinquante. On y pénétrait par un escalier secret, un brise-cou. C'était son autre monde, le double obscur de celui-là, un espace parallèle détaché du réel, comme l'âme des glaces ou l'envers des murs de ce roman qu'elle avait lu enfant dans les brumes de Vermandois, *Peter Ibbetson*. Ce livre avait fait d'elle une jeune fille, elle l'aimait fixement sans l'avoir jamais relu et gardait une sorte de dévotion pour ce prénom, Peter. Peter, elle aurait voulu être un homme, s'appeler Peter et vivre une autre vie que la vraie, plus délicate, plus poussiéreuse, plus transparente, la vie des ombres derrière les murs. Celle des morts peut-être, on verrait bien. Aussi quand elle allait travailler à son art, au lieu de dire je vais à l'atelier ou au studio, elle disait toujours : « Je vais chez Peter. »

L'autre monde lui manquait, les esquisses de drapés en grisaille qu'elle avait commencées la veille pour le film de Sofia lui manquaient. Elles avaient dû les quitter en début d'après-midi, chassée par les galopades du traiteur que Justine, toujours emmêlée dans les délais, avait laissé venir deux heures trop tôt au-dessus de sa tête. La douleur et la fatigue ne lui auraient sans doute pas permis de continuer plus longtemps, mais elle ne voulait pas se l'avouer. Elle contempla son instrument de travail, la grande patte déformée tombée inutile entre ses jambes. Il fallait aussi penser à faire mouler par le fondeur les bracelets de mains coupées qu'elle voulait ajouter aux costumes des bourreaux dans le film de Sofia. Pour ne pas voir ses doigts tordus par les rhumatismes, elle s'agaça d'un peu de poussière de charbon restée coincée sous la griffe du pouce. Faute de manucure disponible (Justine avait oublié d'appeler le Ritz), il avait fallu s'en remettre à… Justine. Autant dire à une charcutière.

Question du jour indice 117 (rattrapage de la précédente) : Quel est le numéro du standard du Ritz ?
Réponse : 316 30 30 !

Avec Justine, la manucure sanguinaire, un remake du rôle de cette pauvre Catherine Deneuve dans… dans… dans… *Répulsion,* c'était garanti : toujours plus d'une heure de supplice et un résultat qui incitait à replonger les mains dans la barbotine. Elle aurait préféré se retrouver seule dans la nuit du studio à manier la craie, la colle, les chiffons et la cendre avec ses doigts mouillés et ses estompes cylindriques, à creuser les plis et ouvrir les fentes. Depuis le double portrait de Ashley et Mary-Kate Olsen en fées clochettes que lui avait commandé l'année dernière le musée de San Diego, elle n'avait jamais retouché à cette technique de hauts-reliefs en chiffons. Un type d'œuvre qui plaisait moins, se vendait moins et demandait paradoxalement plus de temps que les autres médias des protocoles. Le genre de plaisir d'artiste du dimanche qu'on remettait toujours et qui contribuait à entretenir la promesse d'une sincérité retrouvée. Un peu comme la peinture à l'huile pour le pauvre Damien Hirst. Dire qu'elles avaient ricané le matin même avec Mémère en lisant une interview pathétique de l'artiste dans le dernier numéro de *Fortune* ! Elle pouvait bien se moquer des autres... À son âge, ce genre de retour aux travaux manuels relevait de l'Alzheimer.

À la mi-décembre, elle avait reçu à New York les résultats des tout nouveaux tests ADN. C'était officiel. Son taux de *plaques séniles* (tout un programme !) avait explosé.

> *Question du jour indice 118 : À combien se monte mon taux de plaques séniles ?*
> *Réponse : ?*

Alzheimer, le mot fatal. Pour éviter de le prononcer, elle l'appelait le Grand A, the Big A comme disait Jackie Kennedy en lui parlant de celui de sa mère. Un savant (il y en a encore), lui avait appris que le Grand A était le nom que le psychiatre Jacques Lacan donnait à « l'autre », cette instance terrifiante, « castratrice ». La rencontre entre *Jacques* Lacan et *Jackie* Kennedy, entre le gâtisme et la peur des autres lui avait paru symbolique.

Question du jour indice 118 bis (pour faire oublier la précédente) : Quand et où ai-je rencontré Jackie Kennedy ?

Réponse : En septembre 1964, à New York, chez son amant, Charles Addams, le créateur de la célèbre Addams family. Comme nous visitions la collection d'objets de torture du Moyen Âge de Charles Addams, Jacqueline Bouvier Kennedy m'a confié qu'elle s'identifiait à Morticia Addams. Elle ne plaisantait qu'à moitié.

Question subsidiaire (pour montrer que ma science est intacte) : Quel est le numéro sous quoi est immatriculé le fameux tailleur rose de Jackie, taché de cervelle humaine, aux Archives nationales de Washington ?

Réponse : NOV 22 63.

Question super-subsidiaire (trop facile) : Pourquoi a-t-on refusé de me prêter cette pièce lors de ma rétrospective de 2005 au Whitney Museum ?

Réponse : Pressions de la famille, plus précisément de Caroline Strossberg qui m'a toujours détestée.

Question finale : Date de la mort de Jackie ?

Réponse : 19 mai 1994.

Autour d'elle ou plutôt derrière elle, car le divan massacre s'opposait au salon, elle entendait la rumeur du monde. Entremêlés, fondus à la voix de l'Américaine comme des barbelés à la chair d'une poupée, résonnaient les rires, le fouet, les cris de douleur et, par derrière, le prurit d'une joie toujours plus maligne : les guitares hawaïennes, la surf music des

Beach Boys. L'Américaine parlait maintenant de l'immobilier à New York, des subprimes et du peu d'incidence de la crise sur le secteur immobilier de luxe de Sotheby's. La voix, qui avait choisi en désespoir de cause le mode sentencieux, semblait s'éteindre par moments comme si la personne qui parlait s'éloignait et se rapprochait tour à tour. À qui la conne faisait-elle cette conférence ? Aux extras du traiteur, aux fauteuils, aux Japonais ? Elle l'imagina marchant de long en large, lancée dans un monologue comme ces comiques qui occupent les immenses scènes de Las Vegas. Jusqu'au moment où elle se rendit compte que les bâillements qu'elle contenait lui bouchaient les oreilles.

Le temps ne s'accomplissait plus de la même manière. Combien de cire allait s'écouler du lustre, et combien de lustres avant la fin de l'histoire, avant la mort, sa mort et non celle d'une autre ? Elle allait mourir et personne n'y prenait garde. Tout le monde continuait à vivre, à courir la prétantaine, et personne ne se mettrait jamais à sa place. Même Justine, si elle le lui demandait ne pourrait sacrifier sa vie en échange de la sienne. Et pourtant Dieu sait si Justine l'aimait… La certitude de sa mort était un phénomène récent, six mois peut-être qu'elle avait enfin compris qu'elle allait mourir.

La chaleur conjuguée des radiateurs, des bougies et des gens autour la faisait crouler. Le Ricard et les truffes revenaient se mélanger dans sa bouche. Quand elle se redressait, elle sentait son cou s'amollir et la fonte peser sous ses paupières. On aurait dit que ses yeux voulaient tomber par terre ou à l'intérieur d'elle-même, tels ceux de la poupée des *Malheurs de Sophie*. Pour endiguer la torpeur, la coulure interne que chauffaient mollement les youkoulélés et les guitares hawaïennes, il fallait qu'elle se concentre sur du sérieux, sur un excitant spirituel plus fort que l'art.

Glissé dans le lien de cuir qui lui enserrait en doloire le poignet droit, un mot doux reçu le matin même la mettait aux anges. C'était un chèque d'indemnité pour la destruction d'une œuvre prêtée : *Les Sept Dormantes en robe à smocks*, une œuvre de 1982, exemplaire de la période palermitaine des *sleeping beauties,* ces petites filles mortes dont le conglomérat cireux s'empoussiérait quelque part dans les sous-sols de Saatchi. Après l'incendie, la Loyd lui remboursait près d'un demi-million de livres sterling sur ces têtes blondes métamorphosées en figurines de film d'horreur, *Chapman Brothers* avant l'heure…

Il lui arrivait encore de s'émoustiller en constatant que de pareilles chimères pouvaient valoir 450 000 livres sterling. Elle toucha du bout de l'index le morceau de papier plié, avec une petite émotion d'avare rassurée de voir qu'il n'avait pas bougé.

Au contact sans chaleur du papier, la chair de son poignet lui sembla douce et soyeuse comme le ventre d'une enfant. La peau, quoiqu'un peu détachée, roulant avec trop de complaisance sous la pulpe du doigt, avait gardé son grain d'autrefois. Elle commença de se caresser d'un geste circulaire. Son pouce mal remis des sévices de Justine effleura trop vite la tranche de papier plié et s'infligea une fine coupure, première punition. Elle suça aussitôt la blessure dans l'espoir d'attirer un peu de sang dans sa bouche.

Une angoisse de vieille femme chassa le bien-être qui lui était venu du contraste entre la petitesse du chèque plié en quatre, qu'elle serrait maintenant entre le pouce et l'index, et l'énormité de la somme d'argent dont il était le transmetteur. Quelque chose de tiède lui chatouillait l'entrejambe. Pour aller voir, il aurait fallu relever toutes sortes de fétiches, des ceintures, des guipures, des dentelles, des plumes, des morceaux de ferraille qui s'accumulaient autour de sa taille comme les têtes naturalisées à la ceinture d'un guerrier de l'Amazone. Elle se contenta de serrer les cuisses. Le prurit s'intensifia, elle dut remuer les jambes pour le calmer. L'échauffement de ses chairs l'une contre l'autre ne provoquait pas d'irritation acide. Il ne s'agissait pas d'urine mais d'un jus savonneux. Le fluide qu'elle sentait glisser à la commissure des grandes lèvres, entre la vessie et le clitoris, avait la souplesse solide et soyeuse d'une bulle de savon. Pendant tout le temps que cette idiote de Justine la manucurait, elle avait mariné dans son bain et il était possible qu'un résidu de savon liquide resté à l'intérieur de son sexe s'échappât des heures plus tard. Lors de cunnilinctus, Grisélidis avait été victime de plusieurs incidents de ce genre. Jamais en peine d'inspiration, la petite avait surnommé ce phénomène « le tsunami » puis, après la crise de septembre, « la bulle spéculative ». Il faudrait qu'elle change de marque.

Question du jour indice 120 ? ? ? ? : Quel est le nom du savon liquide incriminé ?

Réponse : Bagatelle ? Non, idiote, quelque chose comme barcarolle ou Sofitel. Cavatine ? Martorel ? Savonarole ? Saporo ? Savora ? Salmonelle ? Salmigondis ? Savorelle… non, Saforelle. Il était moins une. Enfin, ça vaut toujours mieux que de la pisse.

Elle s'accrocha à son chèque, comme si la sécheresse du papier allait la préserver de l'écoulement interne qui l'affectait. Un réflexe de cabinets. Sa dernière syncope avait-elle provoqué un relâchement vulvaire ? Catastrophes en chaîne… Cela voulait dire qu'en deux ou trois mois elle était vraiment devenue une loque. Ou alors l'argent… L'argent était une pensée qui la visitait souvent aux cabinets. En vieillissant, songea-t-elle avec ce sens de la formule qui lui venait dans les états comateux, en vieillissant on se sent partout comme aux cabinets. À l'aise. Surtout si l'on est riche. À la différence des objets qu'elle accumulait dans ses collections, de l'alcool, des filles ou de la salade de pommes de terre aux truffes, l'argent ne l'encombrait jamais. Au contraire, il semblait s'assimiler mieux avec l'âge. Trop vite parfois, d'où une avidité qui l'aurait refroidie comme tout appétit si elle s'était remarquée, mais qui restait décente dans la mesure où elle ne lui demandait aucun effort. L'argent rentrait seul, à foison. La vitalité dont il était porteur n'avait rien d'organique. Au contraire, il lui conférait une légèreté arrogante dont l'expression de *bulle spéculative*, qu'on entendait dans toutes les bouches à propos de tout, de rien et de l'art contemporain, rendait bien compte. Le fait de vivre dans cette bulle atténuait la sensation de lenteur, de mollesse, de balourdise, le ralentissement physique et intellectuel qui la peinait par ailleurs. La spéculation particulière dont elle était l'objet ajoutait à son euphorie. Des bruits avaient couru récemment à propos de son état de santé. Loin de nuire à sa cote, ils avaient eu un effet booster, selon le principe que le marché de l'art désigne sous le nom de *Keith Haring's syndrom.* On parlait de Sida. À soixante et onze ans ! 1936 ! Un an de moins que Bardot, c'est pourtant simple ! Il est vrai qu'on pouvait s'emmêler, elle en affichait officiellement soixante et un pour le *Who's Who*, cinquante-neuf si l'on en croyait la notice de ce flatteur de Germano Celant pour le catalogue du Whitney. Ordinairement, les femmes artistes ne trichent pas sur leur âge mais elle n'était pas un artiste ordinaire, et surtout elle aimait profondément mentir. Question chiffres, la conjoncture boursière lui profitait. En moins de cinq mois, elle avait doublé la partie immergée de son capital.

Plutôt que d'agiter les cuisses, ce qui faisait résonner les chaînes et les médailles d'une de ses ceintures comme une clochette de lépreux, elle commença à bouger le bassin d'avant en arrière, profitant d'une nodosité de la bourre ou d'un ressort pour essayer de calmer sa démangeaison. En touchant le lien qui enserrait le chèque, il lui vint l'image d'une éléphante au zoo se frottant l'arrière-train sur un tronc lardé de clous. Presque en même temps, elle sentit passer près d'elle, derrière elle, le parfum trempé de sueur de Lindsay.

Question du jour indice 120 : Depuis quand Lindsay est-elle à Paris ?
Réponse : Depuis hier.

Question du jour indice 120 bis : Où ?
Réponse : Hôtel Bristol.

Question du jour indice 120 ter : Combien ?
Réponse : Ce soir à 21 heures, au dernier relevé, j'en étais à 35 000 euros, argent de poche compris. Il est probable que depuis la note se soit alourdie en room service, en téléphone et en drogue.

Question du jour indice 121 : Pourquoi ?
Réponse : L'imposer comme caprice du jour dans le rôle de la Sultane.

Question du jour indice 121 bis : Lindsay comment, déjà ?
Réponse : Bonne question.

Lindsay parlait à quelqu'un… à Justine peut-être ? La petite avait encore oublié de lui donner l'e-mail de Christopher. Encore un bout de papier qui valait des fortunes. Tout, depuis un moment, la ramenait à l'argent, même Lindsay. Par hasard c'était Christopher, un lointain cousin de Lindsay, spéculateur, homosexuel et cocaïnomane comme sa cousine, qui gérait ses avoirs à New York. Gestionnaire de fortunes ou plutôt *funds guru* ainsi qu'il aimait à se baptiser, Christopher la poussait à des excentricités que personne n'osait plus depuis la crise des subprimes, avec un vrai goût pour le contracyclique, les coefficients bêta et les ventes à découvert. L'esprit des cataclysmes, un homme sans la lourdeur, une voix, un souffle, un signal e-mail, Christopher était sa plus belle rencontre depuis longtemps. Tout bien pesé, elle tenait plus à ce jeune pédé sans visage (elle l'imaginait avec les joues de Lindsay et ses beaux yeux de génisse) qu'à toutes les Justine du monde. Une nouvelle hiérarchie s'établissait à mesure que sa fortune augmentait. Elle s'enorgueillissait de devenir plus lucide, tout en se rendant compte que son obsession financière escomptait toute sa vision du monde. La liberté qu'elle mettait dans d'autres passions, comme les collections d'art, en avait souffert. Il arrivait que le démon du placement l'influence, elle qui n'avait jamais acheté que selon ses penchants.

Le lustre échappait à cette logique, c'est aussi pour cela qu'elle s'était entêtée. Le lustre était un achat à l'ancienne. En levant la tête pour le vérifier une fois de plus, elle le retrouva à sa place, très loin de sa tête. Surtout, ses yeux croisèrent ceux de Lindsay.

Debout ! Elle embrassait Lindsay debout, maintenant, attrapant à pleines mains les grosses joues épaisses de fond de teint. Elle tenait ses grosses joues de génisse contre ses dents et, en même temps, elle regardait sa propre main, un crabe séché, son poignet serré d'un mince bracelet d'ocelot qui touchait l'oreille de Lindsay. C'est fou ce que les filles célèbres ont les cheveux rêches et la peau grasse. Trois jours plus tôt, à Los Angeles, Mariah Carey avait exactement la même tessiture, le même parfum, les mêmes cheveux. Des clones. Elle embrassait Lindsay comme si elle allait la dévorer vivante. Tout le monde les voyait et tout le monde s'était tu. Même l'Américaine et même Sofia, sûrement, où qu'elle soit. Fière de son coup, elle adorait surprendre par un geste rapide alors qu'on la croyait somnolente, abrutie par l'opium, l'Alzheimer, le Ricard.

Elle se rassit d'un coup en choisissant un coin moins défoncé du divan, un coin recouvert par un drapeau à tête de mort. Elle prit le temps, avant que tout ne redescende, de vérifier que son chèque était toujours au bout de l'autre bras, sous l'autre lien, pas l'ocelot, non, le cuir et les clous. D'où avait-elle attrapé cette manière militaire de se dresser comme un diable tout en imprimant une demi-torsion à son buste avant de faire claquer sèchement ses pommettes contre la chair florale et décomposée des filles, toujours un peu grasse, qui lui plaisaient ? Histoire de dire à tout le monde, et surtout à Sofia et ses séides qui détestaient Lindsay – on la jugeait « vulgaire », comme si elles-mêmes ne l'étaient pas : celle-là me plaît, je l'ai choisie, je vais l'aimer. C'était un mélange, une attitude composite à mi-chemin entre un vieux militaire d'origine écossaise ami de son père et un prince polonais homosexuel rencontré en partouze chez les Ruspoli. Elle avait toujours admiré les officiers de cavalerie et cherché, jeune fille, dans l'imitation de leur manière, quelque chose qui cassât la gracile fragilité que lui conférait un visage à la Rosetti monté sur un corps d'amazone. Une comédie où une blessure de guerre, son pied malade, avait son rôle à jouer.

Dans un flot, elle entendit Lindsay qui parlait de Lindsay à tout le monde. Volubile. Merveilleuse. Toujours cette sincérité édénique qui la singularisait.

L'hyper conscience des gens qui ont abdiqué toute réserve. L'hyper Justine, la Sultane du film, ce devait être elle et personne d'autre. La phrase que Lindsay prononça, elle n'était pas certaine de sa traduction, ressemblait à ça :

— On doit penser pour soi-même, résoudre ses propres problèmes (...) Moi je ne peux pas. La plupart des gens peuvent assumer et analyser leur vécu, mais moi, je n'y arrive pas (rire). La moitié du temps j'oublie ce que je fais. Même ce dont je me souviens n'est pas toujours vrai (...).

Lindsay in Wonderland ! Une sœur ! Une grande petite sœur de vingt-cinq ans. Elle avait toujours cherché dans l'amour des sœurs plus jeunes qu'elles affinent et affermissent sa vision du monde par leurs prises de risques. Les paroles de Lindsay étaient plus rassurantes que toutes les bonnes paroles des psychologues. Une droguée alcoolique autodestructrice arrivait à vingt-cinq ans à la même maîtrise abandonnée des choses d'ici-bas qu'elle à soixante et onze. Elle ne voulait pas des gens sains, elle aimait les malades, elle ne souhaitait pas qu'on la prenne en pitié, elle préférait qu'on l'accompagne. Elle voulait être aimée par des folles comme Justine ou Lindsay. Cette idiote de Grisélidis l'avait quittée, elle avait eu peur. Excès de raison, manque d'intelligence. Hollywood était formidable pour ça. Il y a plus de gens audacieux à Hollywood, de filles merveilleuses, de génies, de *prix Nobel*, comme elle appelait les simples d'esprit, que partout au monde et surtout à New York. Pourquoi ? Parce que là-bas les gens ne sont pas snobs. Ils sont gâteux à vingt-cinq ans, mais ils ne sont pas snobs.

Maintenant qu'elle avait commencé d'embrasser Lindsay, elle avait envie de jouir d'elle tout de suite. L'argent, là, avait posé son empreinte. Et la maladie aussi. Elle avait toujours été un « cul d'artichaut », disait Mémère, mais depuis quelques mois ce turnover prenait des proportions terribles. Trois ou quatre par jour ne lui auraient pas suffi. En dépit du caractère pervers de son art et de l'image qu'elle donnait à voir, sa sexualité avait gardé une certaine fraîcheur paysanne (son côté Taureau) mais elle devenait de plus en plus exigeante. Sous Grisélidis, dans les dernières années de sa soixantaine, le sadisme et les obsessions morbides (son côté Scorpion) avaient pris une importance grandissante. Du coup, elle n'arrivait au spasme qu'exceptionnellement et plus jamais comme avant ; en revanche des idées sexuelles la peuplaient sans qu'elle puisse les contrôler et l'empêchaient parfois de travailler, une totale nouveauté. Ainsi cette fixation sur Lindsay qu'il allait bien falloir mettre en pratique un jour sous peine de devenir une vieille rêveuse, une onaniste, « une éplucheuse de lentilles », disait Mémère. Dans cette affaire, la situation favorisait les opportunités : Lindsay essayait de s'imposer sur le casting en dépit du dégoût que manifestait le monde entier à son égard. Elle n'avait comme soutien qu'un des coproducteurs, même pas Tarentino, l'autre, l'Ukrainien, le vicieux. Il avait suggéré à Sofia d'accepter sous réserve que les coups de fouet soient réels. Lindsay était d'accord, Lindsay était toujours d'accord pour tout.

Comme tous les gens intelligents, Lindsay était vraiment gentille, et comme toutes les filles bien, Lindsay aimait la cravache. Même pas un sourire de Sofia. Certains jeunes sont tellement pompeux. On dit que c'est à cause de la récession économique… Dans le cas de Sofia, cette gravité était plutôt à mettre au compte de la prétention économique.

Elle avait recommencé à se frotter discrètement sur un ressort du canapé pour essayer de calmer la démangeaison provoquée par le liquide savonneux. En se levant, elle l'avait senti descendre le long de sa jambe jusqu'à sa botte, plus bas même. À force de frottements, la démangeaison avait diminué, laissant place à un échauffement diffus. La zone entière était devenue à la fois calorique et insensible. Cet état agréable n'était pas stable, il ne persistait que grâce à la dynamique de contact entre la surface innervée, l'espace intime et le tissu rêche, sans chaleur et sans vie. Un pareil rapport ne lui apportait que peu de soulagement, puisque seul un des deux corps en contact produisait les forces nécessaires au phénomène. L'autre n'était que mort, absence, inertie. La langue de Justine serait mieux venue, ou celle de Lindsay. L'idée de Lindsay forcée de lapper le jus savonneux pour décrocher son rôle la fit presque défaillir. Aucune initiative n'était à attendre d'un canapé, même défoncé. Il allait bien falloir s'arrêter de remuer et laisser renaître l'insupportable. L'avalanche d'idées sexuelles lui donnait envie d'y fourrer la main mais la présence du monde autour d'elle le lui interdisait. Sans déranger l'Américaine, elle s'essaya à serrer les cuisses en se déhanchant légèrement afin de mettre en contact les deux rives de chair enflammée. Il ne lui restait qu'à prier pour qu'aucun liquide résiduel ne se répande au long du sillon jusqu'à des zones sismiques animées par d'autres muqueuses ultrasensibles.

Elle reconnut la sonnerie du portable de Lindsay (*oh ! Pompadour*, un air de comédie musicale). Tout le monde parlait de Lindsay maintenant, même l'Américaine. Des horreurs… Il était question d'un vol de vêtement qu'elle avait commis en décembre lors d'une soirée chez une amie à Beverly Hills, avant son internement au Wonderland Center, une maison de repos de Los Angeles. Cette histoire relatée par la presse lui avait déjà à plusieurs reprises fourni matière à rêveries. Thérèse aimait les scénarios de vols et de punitions, depuis la pension un de ses jeux favoris était de tenter les filles en laissant traîner des objets susceptibles de les attirer, espérant les confondre ensuite… Elle avait cru repérer qu'une des petites assistantes des Américaines avait de jolis yeux de voleuse. Fantasme de riche.

Question du jour indice 121 : À combien se monte ma fortune ?

Réponse : No limit. En estimation basse, plusieurs centaines de millions.

En l'espace de quelques années, elle était devenue aussi riche que les producteurs de cinéma ou les industriels à qui elle disputait les Lindsay des années soixante-dix. Par rejet du milieu homosexuel féministe, par amour du luxe et du romanesque, elle avait toujours aimé les filles qui aiment l'argent. Les call-girls, les filles à portefeuilles. Ce genre de goût ne rend pas heureux, il rend ambitieux. Quand elle avait envie de rêvasser, elle prenait un plaisir de revanche à évoquer les filles d'autrefois, surtout celles qui s'étaient refusées, les bêcheuses, les « oiseaux », comme elle les appelait dans son jargon personnel, mais aussi les autres, celle qui avait donné le singe une fois ou davantage, toutes ces fausses prédatrices, des victimes, en fait, qui ne savaient monnayer que leurs charmes. Pauvres oiseaux, pauvres singes ! La tête qu'elles feraient aujourd'hui en voyant le montant du chèque qui lui enserrait le poignet !

Elle ressortit d'un coin de mémoire où elles étaient soigneusement rangées une petite liste sauvée de l'oubli : Claudine, Claudia, Claudie, Élodie, Lee, les sœurs B., Nicole, Canada, Marisa, Hélène, Françoise, Ushi, Nénuphar, Dalila, Colette, Sofi, Holly, Fishnet, Daniela, Ewa, Nancy, Geneviève, Ingrid, Apollonia, Susan, Ingeborg, les deux Muriel, Marie-Hélène... La Sultane ! J'allais oublier la Sultane. Pauvres oiseaux, pauvres singes, qu'étaient-elles devenues ? Des seins fripés, des ventres mous, des aigries... Certaines étaient mortes en route comme la Sultane ou Véronique, les autres finissaient ruinées, gâtées, gênées, ou seulement rentières. Potière à Ibiza, voyante extralucide ou mémère à chien. Elles ne rentraient plus rien. Des petits placements, des sueurs boursières. Elles faisaient l'argent sous elles. La première incontinence, le moment où on cesse de rapporter et où on commence à coûter, à se prendre en charge, à lâcher du capital. Toutes les belles, les bien foutues, les moins tordues qu'elle ; même les placières, les maquignonnes comme Claude... Elle se frotta encore un peu sur le ressort, au bord du spasme au souvenir de ce qu'avait raconté Gérald à Mémère. Les malheurs des autres la faisaient jouir. Surtout ceux des vieilles sorcières comme elle. Claude s'était ruinée en Nouvelle-Calédonie avec un obscur projet d'élevage de chevaux. Un truc de pensionnaire, de mal-aimée, les chevaux... *Le malheur dans le crime*... Tous ces culs vendus pour en arriver là ! Roupies de sansonnet. La misère. Même Marayat, l'auteur d'*Emmanuelle ou l'antivierge*, l'Eurasienne dont elle avait été si amoureuse à Rome en 66-67 et qui l'avait tant fait souffrir, ne rentrait plus rien ou presque.

Question du jour indice 121 ter : En quelle année ai-je vécu à Rome chez les Dado Ruspoli ?

Réponse : 1971. Donc j'étais amoureuse d'Emmanuelle en 71, pas en 66, en 66 c'était Mary Woronov, à New York.

Question du jour indice 122 : Quel était le nom du personnage joué par Mary Woronov dans le film Chelsea girls *?*

Réponse : Hanoï Hannah.

Question du jour indice 122 bis : Quel est le nom de l'artiste qu'Emmanuelle m'a présenté plus tard à Bordeaux et qui m'a donné envie de vivre comme lui, mais avec davantage d'argent ?

Réponse : Pierre Molinier.

Trois bonnes réponses successives méritaient un triple Ricard mais il lui était impossible de se relever. *Emmanuelle*… Même si les droits rentraient encore, ils ne faisaient pas le poids. Elle, c'était du lourd, des millions et des millions et des millions d'euros, un troupeau de veaux d'or arrivant sans cesse de partout. Entre l'argent et le malheur des autres, elle allait jouir, quand son plaisir tourna court. Le portrait de Claude en vieille femme seule, redevenue entre les mains du personnel hospitalier la pensionnaire qu'elle avait été dans sa jeunesse chez les sœurs, la renvoyait à son propre avenir. Elle s'imaginait mal à l'Hôpital américain, loin de sa grande tanière de la rue Castiglione, des objets, des collections, des filles.

De nouveau elle se sentait mourir. L'effet de l'argent ne durait jamais longtemps, c'était un produit à descente éclair, comme la Dexedrine que les filles les plus cinglées de sa jeunesse s'injectaient dans les cuisses. Même quand elle arrivait à monter, ça ne montait plus comme avant. Des hauts, des bas ; rien. Tout au fond : une pente douce… Pénélope ; les Parques ; Mémère et son tricot. Le chèque n'avait plus rien de magique, un bout de papier dont la somme lui survivrait sûrement. Pour qui, pour quoi ? Sa prime d'assurance à elle, la grande figure de cire, à combien monterait-elle si elle s'écroulait là comme Dracula au petit jour, répandant la cendre qui la remplissait tout entière aux pieds de l'Américaine ?

Elle était seule au monde et l'héritage n'irait à personne. Plus même à Grisélidis. Elle l'avait rayée la semaine passée de tous ses papiers notariaux. Un second enterrement. Elle hésitait à faire une fondation. Coquetterie ridicule… Et où ? Chez elle, à la campagne dans le château de ses pères, à Vermandois ? Le tombeau des chiens, construit par Pierre de l'Orme, deviendrait une sorte de Grévin bis ou de musée des horreurs de Madame Tussaud. Pauvre village ! Pauvres mortes ! Et Mémère ? Qui s'occuperait de Mémère ? Il fallait que le notaire s'active (!) pour récupérer l'acte de naissance de Justine.

Question du jour indice 123, euh 124 (125 ? ? ?) : Où et quand est née Justine ?

Réponse : À Marcinelle (Belgique), le 12 mai 1990. Taureau ascendant Scorpion, comme moi.

Un téléphone sonna et elle entendit la voix de quelqu'un qu'elle connaissait bien, à qui elle venait de penser à l'instant, mais qu'elle ne savait plus nommer… Justine ? Le mot lui sembla vide. Une enveloppe sans rien à l'intérieur. Qui était Justine ? Un vide qui parlait au vide… à quel vide ? à moi ?

— Thérèse, j'ai Janine au téléphone. Elle demande si elle peut venir accompagnée de deux amis, elle voudrait vous les présenter.

Comment dit-on : Je ne veux pas ? Comment dit-on : Je ne veux plus rencontrer personne ce soir, ni jamais ? Comment s'opposer aux autres ? Un mot court ? Impossible de se le rappeler. Il y a un jeu qui contient ce mot dans son titre : *ni oui ni... ni oui ni ni ? Nini ?* Comment se refuser aux autres ? Pas moyen de retrouver le mot « non ». Elle eut envie de pleurer, de laisser tomber, de se brûler la tête avec le vieux browning de Mémère.

Avant de finir à terre, de mourir sur les arabesques de la moquette verte à festons dorés commandée par blague à Londres chez un fournisseur du Ritz et qu'elle n'aimait plus depuis qu'elle avait vu la même dans les toilettes d'un palace de Kuala Lumpur – preuve qu'il faut jamais rien acheter par blague –, son regard s'accrocha aux ergots incarnats de sa voisine de divan – l'Américaine, toujours...

La rage la ressuscita. Salope. Non contente de lui casser les oreilles, celle-là menaçait maintenant de l'aiguille de ses chaussures une jambe nue, la sienne, une jambe aussi dissociée d'elle un instant plus tôt que celle d'une femme sur les genoux de qui elle se serait tenue assise. Pourtant c'était sa jambe, la bonne, une jambe nue et parfaite, celle de Marlène Dietrich au même âge, se répéta-t-elle une fois de plus en forçant la courbure d'une cheville dont l'os blanchissait la peau sans casser la comparaison. À force d'agiter les cuisses, la jambe droite s'était dégagée des oripeaux et apparaissait nue jusqu'à la ceinture basse.

La jeunesse de cette nature morte humaine la soulagea. Elle s'aimait tant, elle se connaissait si bien, si intimement, qu'elle ne pourrait jamais s'oublier. Impossible. Même gâteuse, elle était un premier couteau, un aigle, une beauté, un monstre. Devenir folle, oui, mais rester soi-même dans son corps.

Elle mirait d'un regard de modeleuse de cire le fuseau de sa cuisse, creusait les fossettes latérales pour faire ressortir le muscle. Comme une sœur orgueilleuse, l'autre jambe, la mauvaise, la préférée pourtant, la raffinée, celle qui exigeait les soins, les cannes et la torture des instruments, restait dans l'ombre, dans son nid, sous le fer et les plumes. Moitié Talleyrand, moitié Dietrich, se dit-t-elle à voix basse avec cette complaisance pour les choses anciennes qu'on montre à l'heure de s'endormir. – *Moitié Tallrrrand, moitié Dietrrrich*, cette phrase lui rappelait Cornélie Rostopchine, et cette manière bien à elle que la vieille gouine antiquaire, petite nièce de la comtesse de Ségur et ancienne maîtresse de l'Ange Bleu, avait de lui dire cela à seize ans… En… En… 1952 ! Cornélie la suborneuse. Toute une époque de gouines antiquaires disparues : la bande à Suzy Solidor et à une autre folle, copine de Mémère, qui s'était fait couper les seins par commodité. L'amazone aux seins coupés…

Question du jour indice 124 ? : Quel est le vrai nom de l'amazone aux seins coupés ?

Réponse : Violette Nozière, non ; Violette Trefusis, non ; Violette quelque chose… Violet Morris !

Cornélie Rostopchine… Elle avait rêvé d'elle l'autre nuit. Dans son rêve, Cornélie vivait rue de Castiglione, mais au milieu de ses objets à elle, Cornélie : le capharnaüm de l'avenue George-V. Les souvenirs de Marlène, les robes de Travis Banton pour *L'impératrice rouge*, le mobilier grotesque en cuir de bison, le nécessaire à opium, le knout et la selle de cuir fauve que lui avait offerts Nazimova, la rivale lesbienne de Rudolf Valentino... Dans son rêve, Cornélie voulait absolument lui enfoncer sa langue dans la bouche, mais elle se refusait car elle craignait que l'organe de la vieille tribade ne gonfle et l'étouffe.

Question du jour indice 125 : Qui m'a emprunté la robe de Alla Nazimova pour Leslie Caron dans le Valentino *de Ken Russel avec ce pauvre Rudi (Noureev) et n'a pas pu me la rendre parce que j'étais en prison ?*

Réponse : Shirley Russell.

Question du jour indice 126 : Quelle est la date de naissance de Cornélie Rostopchine ?

Réponse : 11 novembre 1891, Scorpion ascendant Taureau, soit quatre-vingt-dix-huit ans et demi avant Justine.

Question du jour indice 127 : Qu'est-ce que cela signifie quand cent ans d'écart séparent la première maîtresse de la dernière favorite ?

Réponse : Que l'on est vieille, riche... et en forme.

Tiens... La voix de Justine, la jolie voix de Justine :

— Thérèse, pardonnez-moi, il y a Janine qui voudrait passer avec deux amis à elle.

Non. Le sésame de la liberté s'était rouvert. *Non* : le combat contre les autres, la lutte, la guerre, la seule manière de rester soi-même. *Non*, *non* et *non*. Encore fallait-il arriver à dire le mot, maintenant qu'on avait remis la main dessus. Impossible : l'organe de la parole n'appartenait plus à la zone d'influence du cerveau. Elle ne savait plus commander à sa voix. Aphasie ?

Faute de réussir à parler, elle aurait pu refuser d'un geste de la main, mais voilà qu'elle se sentait incapable de relever la tête d'un centimètre ou même de ciller ; à peine parvenait-elle à garder l'œil sur les pieds de sa voisine. Le rouge qui garnissait le talon des mules de l'Américaine avait pris une intensité diabolique. À la place du langage articulé lui revint une bêtise, un ersatz vraiment minable, un rossignol, une conversation qu'elle avait subie lors d'un dîner, à propos du chausseur Christian Louboutin et de la *signature* que constituaient les semelles vermillon. Une marque de fabrique volée, au dire de la conne, au violet d'Yves Saint Laurent. Elle n'avait pas répondu. Non qu'à l'époque elle ait perdu l'usage de la parole, mais parce qu'elle jugeait ce genre de considérations risibles.

Qui était cette conne ? Cette question ne méritait même pas de numéro. De toute façon elle avait oublié le numéro de la précédente. Payait-elle le prix de ses silences ? Sont-ce nos défauts qui demeurent quand tout s'efface ? Elle avait tant de fois condamné les autres à attendre.

À chaque fois qu'elle remuait les cils, toutes les idées présentes disparaissaient. Sa mémoire ressemblait à une ardoise qu'on efface par mégarde d'un coup de manche. Elle se souvenait au moins qu'il s'agissait d'une conne. Tant qu'on ne prend pas les vessies pour des lanternes, tout va bien. Des connes, elle en connaissait tant. Elle en avait connu tellement, et il lui en restait encore tant à découvrir. Peut-être pas tant que ça… Les copines de Janine, si elle n'arrivait plus à dire non, ou alors du personnel hospitalier, si elle continuait à perdre la boule à ce rythme. *Les connes de l'Hôpital américain*, un titre prometteur pour le dernier roman. L'heure arrive où l'on rencontre la dernière conne.

Elle s'efforça, quand même, par vice, pour se fustiger, de retrouver le nom de l'anti-Louboutin, en suivant les arabesques du tapis. Les connes s'y surimprimaient comme les visages de son *Portrait approché de la furie Mégère*, collage sur papier à impression bleue (*circa* 1980), ancienne collection Arturo Schwarz.

Elle avait envie de fermer les yeux pour mieux contenir son attention, mais elle avait peur de pleurer ou de disparaître. Pourquoi ne pas s'étendre un peu ? Elle imagina le contact de son ventre, de ses seins, de sa motte sur les genoux d'à côté, aigus, froids, terribles, pires que le fragment de Lamborghini où elle avait posé un autre portrait décapité, le dernier en date, celui de la *Rihanna au ruban noir* (2007), collection Rihanna Fenty.

Si vraiment elle avait voulu se soigner, elle savait une méthode bien meilleure qu'un catalogue mental raisonné de son œuvre (qui risquait plutôt de l'endormir définitivement sous une dalle de marbre) : il suffisait de se contraindre à parler. Facile à dire ! Au lieu de quoi elle oscillait de la tête, à la limite de la rupture d'équilibre comme un ballon sur le nez d'un phoque. Comparaison saugrenue, elle se mit à chercher quelle arabesque, quel tapis volant de Kuala Lumpur ou d'ailleurs avait bien pu la mener de Louis XIV à un phoque.

Les pieds de la voisine ne lui facilitaient pas la tâche. Leurs oscillations avaient cessé de constituer une menace. Ils avaient en même temps perdu tout souvenir de leur forme antérieure. Ils étaient devenus ronds et rouges, autres ballons, toupies qui conspiraient à l'hypnotiser.

Autour d'elle tout la trahissait et adoptait petit à petit le parti du gâtisme. Il aurait vraiment fallu qu'elle participe à la conversation mais la parole lui semblait un usage à rapprendre en entier. Plus rien ne venait, aucun mot. Ce qui se disait près d'elle lui était devenu étranger, elle ne reconnaissait pas les sons. La femme oubliée, l'autre, celle du dîner, l'anti-Louboutin, celle dont elle cherchait le nom sans plus savoir pourquoi, usait à son égard du charme maternel des créatures de rêve. Faute d'avoir récupéré un nom et un visage, elle en avait profité pour devenir quelqu'un d'autre, flou, une sorcière du passé qui l'attirait vers le vide et non l'inverse. Non seulement Thérèse ne retrouverait pas son identité mais la route suivie à sa recherche lui avait fait perdre le chemin de la réalité. En suivant certaines traces on se laisse égarer. La femme oubliée lui paraissait d'autant plus proche que l'autre, l'Américaine d'à côté, avait cessé d'être hostile. Petit à petit, une fusion s'opérait entre les deux. Le parti des pro-Louboutin et celui des no-Louboutin, des Américaines, des Françaises, des vivants, des fantômes, des mères et des étrangères, tendaient à se confondre. Le chiffre *deux* avait d'ailleurs perdu tout sens. L'union équivoque des contraires n'était qu'un symptôme de l'empoisonnement dont la réalité était victime. Elle en était témoin mais elle ne savait plus résister. Une caresse de la cuisse voisine lui parut soudain désirable, comme si quelque chose de doux, de chaud, de maternel, s'insinuait entre les siennes. Elle ressentit le besoin de s'ouvrir à la tiédeur animale de la chair de l'autre mais aussitôt elle se cabra, et se réveilla.

La douleur la sauva du rêve glaireux où elle s'enfonçait. Une arthrose de la hanche que les gouines appellent vulgairement « la maladie des gouines » lui bloquait certains gestes depuis ses soixante ans. Elle souffrait tant qu'elle était obligée de s'étendre sur le flanc pour s'offrir aux caresses. Bien sûr, la sorcière oubliée n'était pas au courant de ce détail. Lui écarter les cuisses, quelle idée ! Si elle n'était pas en train de s'endormir, si une autre, la future occupante de son corps, la gâteuse, n'était pas en train de lui voler la place pour la ridiculiser en offrant un avant-goût de sa déchéance aux Japonais d'en face, elle aurait bien dû savoir qu'aucune douceur, aucune décharge, ne pouvait plus découler pour elle du geste d'écarter les cuisses. Les morts, les présences intérieures, les incubes, les succubes, tous les agents dormants qu'elle fréquentait depuis un moment avec plaisir dans des rêves se dénonçaient au réveil par leur anachronisme. On aurait dit des parents de province, des amis de jeunesse perdus de vue qui croient vous combler avec des blagues d'autrefois, des gestes, des attentions désuètes...

autant de miroirs tendus au vide qui trahissaient la nature de ces vampires et révélaient leur essence narcissique, leur manque de substance.

Elle eut un second sursaut de révolte qui appuya sur sa douleur articulaire encore plus vivement que le premier. Décidément, elle haïssait les rêves, le flou, l'illusion de tendresse qu'on se fait à soi-même... Elle avait besoin de réalisme, de retrouver les choses telles qu'elles sont, non telles qu'on les désire. Pour ça il aurait fallu arriver à rouvrir les yeux, à faire le point, à restaurer la vision nette, dure, qu'elle portait encore il y a quelque temps. Une exactitude de vue précieuse, un œil d'expert peu à peu précisé par l'expérience, le fruit d'années et d'années d'illusions perdues, de vérités percées à jour, d'amour des autres, de souffrances aussi ; le regard de l'âge adulte ; celui qu'on acquiert tard, qu'elle pensait ne jamais perdre mais que la maladie venait troubler irrémédiablement. Ce pauvre Carmelo Bene disait toujours : « Quand on devient vieux, on devient fou ou on devient con. »

Elle savait aujourd'hui que pour elle les deux se rejoindraient. Les défauts de mémoire immédiate se doublaient d'un étrange phénomène de hantise, était-ce le manque de sommeil, depuis quelque temps elle percevait des présences autour d'elle, des voix, des parfums, des auras. Les morts, les oubliés venaient lui gâter le goût de la vie éveillée. Elle sentait l'odeur, la chaleur même, le fluide de gens qui n'existaient plus, ils étaient assis près d'elle, plus vivants que l'Américaine.

Cornélie, la Sultane... Surtout la Sultane, à cause du film.

Question du jour indice 136 (approximatif) : Où et quand ai-je rencontré la Sultane ?
Réponse : En avril 1975, dans la salle d'attente du docteur Ferdière 3, rue du Dôme à Paris.

Question du jour indice 137 : Où et quand ai-je vu la Sultane pour la dernière fois ?
Réponse : En septembre 1976, au Brummel's, rue François-Ier à Paris.

Question du jour indice 138 : Quel est le dernier mot que m'a dit la Sultane ?
Réponse : Merci.

Question du jour indice 139 : Que lui ai-je répondu ?
Réponse : Ne me remercie pas trop vite.

Le téléphone de Justine sonna une nouvelle fois et Justine lui reposa la même question d'une voix tendue, agacée, prise entre l'insistance de l'une et le silence de l'autre :

— Thérèse, pardonnez-moi, il y a Janine qui voudrait savoir si elle peut passer avec deux amis…

No way. Un nouveau genre d'engourdissement la gagnait. Pour éviter d'affronter la douleur, le poids de la fatigue avait déplacé son centre de gravité. Au lieu qu'elle la penche dangereusement vers les genoux de sa voisine, c'était l'échine qui maintenant se tassait, pressant les organes internes. Elle s'avachissait sur le divan, glissant du bassin vers l'avant de l'assise au risque de dénuder ses cuisses et de presser sur la vessie jusqu'à pisser sous elle, comme ça lui était arrivé, le mois dernier, à l'opéra Bastille, à une première de *Tannhäuser* où elle avait un peu trop bu de champagne.

Elle accouchait d'un cadavre. Entre les jambes qu'elle était forcée d'ouvrir pour se retenir de glisser, pointait une cause matérielle de son avachissement : un tissu brun posé sur l'assise qui dérapait sur la soie. Au sommet des plis apparaissaient les orbites vides d'une tête de mort. Un pavillon noir du XIXe siècle, un cadeau de cette pauvre Jackie.

Une bouffée d'euphorie lui monta à la tête, l'espace d'un flash, comme à chaque fois que Jackie y revenait faire un tour. L'hormone du snobisme... Un autre dérèglement mental. Tout sauf un gage de santé. La vanité se niche dans une zone sécurisée du cerveau : le carré VIP de l'hippocampe. Elle survit à d'autres fonctions sociales, le contrôle des sphincters ou l'esprit de famille. Son copain Gégé Abramovitch (sans lien familial avec l'oligarque) lui avait raconté que peu avant de mourir sa mère ne le reconnaissait plus, elle lui disait « bonjour madame » ; mais elle se souvenait très bien d'avoir été à Lafite chez les Rothschild. La vieille dame avait bassiné tout l'hôpital avec ça jusqu'à ce qu'elle perde l'usage de la parole. À la fin, la langue paralysée fourchait un peu, elle disait Lafrite ou Lafuite mais Rothschild, non, impeccable, jamais une hésitation, jusqu'au matin de l'aphasie. Elle ne savait plus le sens des mots les plus simples à retenir comme *pain, amour* ou *fils*, mais Rothschild, oui. Voilà ce qui reste quand on a tout oublié, une mémoire hyper reptilienne qui surmonte ce genre d'état, comme les cheveux et les ongles continuent de pousser après la mort…

Une maladie qui commence dès l'adolescence. Toujours au téléphone, la voix de Justine avait repris un ton plus doux, plus élégiaque… elle avait abandonné le sujet « Thérèse » pour d'autres considérations qui la passionnaient davantage.

— Ah, tu sais, j'ai croisé Camilla al Fayed avec Allegra Fortuny à la soirée Kisa au Bristol… Si, je te jure. Elles sont réconciliées… Si, si, je te jure… Olympia Scarry me l'avait dit mais je ne pouvais pas le croire…

Thérèse se redressa en commençant par le cou, à la façon d'un animal. La masse du lustre ne l'oppressait plus du tout, au contraire il lui semblait remonté très haut. Au lieu de l'écraser, la chaleur des bougies et des radiateurs fluidifiaient ses humeurs. Par leur lutte incessante contre la gravité, les flammes lui montraient l'exemple. Elle s'accrochait à elles. Le plongeon chez ceux d'en bas l'avait requinquée. En même temps que la motilité de son cou, elle retrouvait les fonctions neurobiologiques qui permettent d'accéder aux autres et aussi de se défendre d'eux, de leur fermer l'accès de son intimité. L'Américaine – sa voix s'était éloignée, sans doute avait-elle tourné la tête vers quelqu'un d'autre – parlait du Maroc, « un pays magique », et d'un nouveau lieu, un hôtel de luxe au milieu du désert. « It's to die for », disait-elle d'un ton pénétré.

Sofia ? Sofia ? Sofia… Oui, Sofia. Elle n'avait pas envie de laisser Sofia venir en elle, et maintenant c'était trop tard. Au moins cette pince avait-elle fini par la secouer. Autant le nom de Jackie la morte participait d'une sorte de complaisance, de rêvasserie, d'arrangement gâteux avec le souvenir, c'était un snobisme sans obligation, trop confortable, un Lafite ou un Lafuite à la portée de n'importe quelle gaga comme la grand-mère de Gégé, autant celui de Sofia la forçait à se reprendre en main ici, maintenant, tout de suite. S'endormir devant des gens n'est jamais souhaitable, mais devant des New-Yorkaises, là, on touchait le fond. Quant à s'endormir sur les genoux de Sofia, mieux valait ne pas y penser, même en rêve.

Elle redécouvrait toutes sortes de présences qui l'avaient empêchée depuis tout à l'heure de se coucher sur les genoux de sa voisine ou, comme elle y avait songé un moment, de se laisser glisser par terre et de se mettre en boule, la tête sur un coussin, pour dormir. Ces êtres, dont certains semblaient presque humains mais d'autres plus monstrueux, moins aboutis, formaient une bande indistincte, une petite troupe sauvage dont l'Américaine jouait les corybantes. Le gros animal à six pattes qui lui faisait face, quelque part du côté du mur aux Fuseli, n'était en fait qu'un conglomérat de rédacteurs du *Vogue* Japon assis sur les crapaudines en peau de dragon de l'impératrice du Mexique. Le monstre bicéphale en ombre chinoise, sur le paravent peint par Sert pour Johnny et Baba de Faucigny-Lucinge : deux connes de chez *Christie's* occupées à jacasser. Le mille-pattes à cornes, un groupe de trois tapettes, gardes d'honneur de Marc Jacobs, dont l'un levait les bras sur la musique des Beach Boys…

Quelle chance de les avoir tous autour d'elle ! Elle avait l'impression de reprendre possession de soi à mesure qu'elle remettait des noms ou des étiquettes sur la cour qui l'entourait. Aucun ne lui évoquait le moindre souvenir, le plus pauvre attachement, un quelconque sentiment durable, mais ils possédaient en commun la qualité d'étranger. Le contraire des violeurs d'intimité, des goules, des Cornélia, des Sultane, des anti-Louboutin dont la nuit remplissait ses sommeils.

Elle avait souvent entendu reprocher à des artistes célèbres de s'entourer d'imbéciles et de snobs qui les pourrissaient. Bizarrement, ces jugements étaient le fait des pires oiseaux qu'elle avait rencontrés, des rigoristes, des ratés. Elle avait reniflé très vite la stupidité du grief, avant de se convaincre que la compagnie des parasites était en fait un bon garant d'intégrité. Sous réserve de les renouveler régulièrement, comme l'eau des fleurs. Non qu'ils étanchent la soif d'égards (insatiable) mais parce que les étrangers, les nouveaux venus, les clients voient les choses telles qu'elles sont. C'est le regard intime qui déforme. Passé un certain cap, l'amour ou ce qu'on appelle ainsi devient un sentiment morbide, le principal fauteur de déchéance. On est mieux servi par le jugement de gens qu'on ne connaît pas. Ils comparent votre état actuel et votre réputation, vous forçant ainsi à vous maintenir à niveau. Un training indispensable, l'équivalent des réunions de consommateurs pour un produit courant. Une des conditions de la survie artistique, qui montre qu'on est toujours dans la course, consiste à s'entourer le jour et la nuit de gens qui ne vous aiment pas. Des serviteurs, des policiers, des bourreaux, jamais d'amis, jamais de parents.

Grâce au regard des autres, au grand A réconcilié, elle redevenait elle-même, cette construction, cette installation, ce système autonome, cette machine célibataire qu'elle avait mis tant d'années à mettre en place. Elle sentait remonter la confiance en elle, en ses choix, en ses goûts.

Elle leva la tête vers le lustre, il ressemblait de nouveau à l'apparition qui l'avait bouleversée en vitrine de l'antiquaire Pietroducci. Ce caprice, c'était tout ce qu'elle aimait : le côté vampire du mobilier de l'époque des deux royaumes. Les dorures, les barocoquineries, le théâtre, quelque chose de corrompu et de gai qui faisait ressembler les palais à des maisons de passe, et les altesses à des actrices vénitiennes. N'en déplaise à Mémère...

Mémère... Ça allait mal avec Mémère depuis le départ de Grisélidis. Sans s'en rendre compte, Thérèse ressassait depuis plusieurs heures la rage secrète qu'elle avait ressentie quand sa nourrice avait dénigré le lustre, tout à l'heure, pendant que les transporteurs peinaient à l'accrocher. Mais aussi quelle idée de le lui montrer, de forcer tous ces hommes à traîner ce poids énorme jusqu'aux pieds du lit d'hôpital, si laid avec ses moteurs électriques et les vibrations de ses orientateurs. Aussitôt relevée en position assise, grognante, dolente, mal réveillée, Mémère n'avait qu'une idée en tête : *Ne touchez pas au nudiste*. Le nudiste avait droit à tout son amour. Elle le chérissait d'autant plus qu'on voulait lui imposer de la bimbloterie de mauvais goût. Comme si Mémère avait bon goût avec son déambulateur, son lit électrique, ses pantoufles pieds sensibles, sa collection de livres club achetés au mètre, sans oublier les magazines qu'elle laissait traîner partout : *Voici*, *Closer*, *Bon Week*, *Public*, *Détective*... L'autre jour, avec la femme de ménage, elles avaient posé en évidence un article sur l'Alzheimer. Histoire de bien la saper. Salopes...

En lui montrant le lustre, elle savait à quoi elle s'exposait. Qu'incriminer sinon elle-même ? Ou la fatigue d'avoir été chassée du studio, la bêtise de Justine, l'inquiétude de devoir recevoir encore du monde, des officiels, des Américains... Il avait fallu qu'elle se fasse humilier devant témoins.

Depuis, la rancœur constituait la matière profonde, le fond commun de toutes ses réflexions. Le Ricard n'avait qu'aggravé les choses. Elle ne digérait pas à cause d'elle. Mémère l'empoisonnait depuis tant d'années, elle lui survivrait sans doute, en attendant elle lui gâcherait les derniers instants de souveraineté qui lui restait si elle ne se décidait pas à vivre seule. Elle avait dans la bouche cette liqueur amère, une saveur grumeleuse de lait tourné, de sein trop sucé qui vient après avoir dormi un moment. Sa seule faiblesse, à part la maladie, s'appelait Mémère. Comme celle de Jackie autrefois, la voix de Sofia, ou de n'importe quelle Américaine, lui indiquait la voie à suivre. Débarrasse-toi de Mémère ! Quand ce dernier attachement, cette pauvre racine serait tranchée, elle dormirait mieux la nuit et ne souffrirait plus de tous ces malaises. Mémère l'empoisonnait ; un organisme parasitaire lui suçait la moelle depuis toujours sous prétexte qu'elle lui avait donné un peu de lait à boire quand tout le monde, même sa mère, avait décidé de la laisser mourir. En ce qui la concernait, la dette était payée.

Le projet de se débarrasser de Mémère était une idée fixe qui lui revenait sans qu'elle n'ait jamais pu se décider à passer à l'acte, elle le savait mais se laissait prendre au jeu. Elle avait accompli depuis longtemps les démarches nécessaires, elle avait même trouvé une maison de retraite médicalisée non loin de Vermandois où un lit attendait la vieille depuis le mois de janvier de l'année précédente. Elle payait une fortune sans pouvoir se résigner à organiser le déménagement.

Même la menace des New-Yorkaises ne suffisait plus à tuteurer sa tête. Il était temps qu'elle se lève, sinon elle allait sombrer de nouveau. Il fallait se méfier de la deuxième offensive, cette fois, elle pouvait se mettre à ronfler, à baver, à péter... Inch' Allah...

Debout ! Au moment où le monde, qu'elle avait toujours dominé de sa haute stature, reprenait sa place naturelle, à ses pieds, quelqu'un, une autre voix, anglaise celle-ci – *la patate chaude dans le gosier*, aurait dit Mémère –, là-bas, là-bas, à l'autre bout du salon blanc, quelque part du côté des gens en bonne santé, de la jeunesse, du paradis perdu ou plutôt du pandémonium de John Martin (l'achat de Noël dernier, le prédécesseur du lustre : 250 000 pounds – un vingtième d'une de ses œuvres à elle –, à la vente Mosley à Londres), près d'une cheminée à décors de chimères, anglaise elle aussi, en profita aussitôt pour l'interpeller :

— Thérèse ! In French, how do you say *a losing game* ?

— Je dirais *: un jeu perdu d'avance.*

4
Un jeu perdu d'avance

Thérèse, elle s'appelait Thérèse, la pintade anglaise avait eu la politesse de le lui rappeler, Thérèse avait répondu du tac au tac. Tout fonctionnait, même si la formule prenait un goût amer au contact de sa méditation précédente. Il y a des gamines qui ont du culot. La héler comme ça, à travers la pièce, pour lui poser une question de professeur de langues ou d'interprète ! Une pisseuse de dix-neuf ans. Il faut vraiment être sûr de soi. Pamela ? Davinia ? Allegra ? Médora ? Godiva ? Quelque chose comme ça… Un prénom d'Anglaise… Ils étaient tout un clan, là-bas, à faire bande à part près du feu et des chimères. Les Londoniens, les Casiraghiens, toute la petite clique de Mario Testino, qui aimait bien s'embarrasser de ce genre de filles de pair. Une escorte toujours renouvelée. Plus fringante que celle de Thérèse. Plus servile aussi. Un caprice de gay rastaquouère : sous prétexte d'en faire des muses, transformer en grouillots les filles de la noblesse européenne. Le bât sur la licorne.

Louis XIV toujours… ou Brummel… ou Cecil Beaton. Je lui donnerais bien des leçons de politesse et puis aussi des leçons de langue, mais sans *s*, à cette petite pairesse !

Debout, en vigie, la tête bien droite sur le mât de son cou, Thérèse se rassura sur plusieurs points. Sofia, d'abord : combien d'inutilités dans le salon blanc en ce moment ? Trente, quarante personnes… Mais pas de Sofia.

Où était-elle passée ?… En cuisine ? Aux toilettes ?

L'autre Américaine, celle qu'elle avait failli confondre avec Sofia dans son demi-sommeil de tout à l'heure, la fille aux Louboutin n'était plus, vue de haut, qu'une petite chose, une pâle copie, un truchement, une représentante qui se prenait pour une ambassadrice, comme toujours. La voix de son maître…

La conversation s'ensablait dans les dunes des Hamptons. Edward, le journaliste de *Vanity Fair*, habillé en cow-boy de film d'avant-guerre par un jeune créateur texan, évoquait les effets de la crise boursière sur les reventes des propriétés. En moyenne 20 % de décote, parfois plus. La fin de l'exercice 2007 laissait prévoir le pire pour 2008. Peter Beard n'arrivait pas à vendre sa propriété de Montauk. Personne ne voulait de son bungalow à 26 millions de dollars. Le bruit courait qu'il avait perdu beaucoup d'argent dans la faillite des Amaranth funds, en 2006.

La fille aux Louboutin regardait ses pieds en hochant la tête, on aurait dit un nécromant lisant de sombres prédictions. Son statut d'expert. Deux fois déjà qu'elle ouvrait la bouche pour dire quelque chose. Mais elle devait y renoncer, soit qu'Edward le bègue eût encore fait une fausse fin, soit que la vérité dont elle était porteuse fût si cruelle qu'elle préférait ménager encore un peu les gens venus l'écouter. Même les Japonais sagement rangés en rang d'oignons sur les crapaudines avaient l'air de s'attendre au pire. Leurs visages exprimaient une gravité extrême, à la limite de la souffrance.

— Un ami me disait récemment : Cindy, my love, comment veux-tu que je dépense 40 millions dans une maison alors que je vais licencier 2 500 personnes !

Ça valait le coup d'attendre pour lâcher ça ! Le ton était parfait. Les chiffres aussi, too much is never too much. Une leçon de tempérance tout droit descendue du Beach Club de Southampton. Qui avait bien pu appeler cette chose « my love » ? Sûrement pas un billionnaire. Ou alors un billionnaire gay. Il y en a de plus en plus. Ce n'était pourtant pas le genre d'un gay de se soucier d'un plan de licenciement, même pour faire semblant. Pauvre Cindy, elle aussi devait avoir du mal à trouver un acquéreur. Pire que la propriété de Peter. *Cindy Crawford*... S'appeler ainsi, quel courage ! Elle aurait pu changer de nom. Comme elle avait dû souffrir de la présence de l'autre, de celle qu'il fallait bien appeler *la vraie Cindy Crawford*. Cette Cindy-là, c'était plutôt la sœur de Cendrillon. Elle avait beau diriger le secteur immobilier de Sotheby's et avoir épousé le producteur (gay) de Tarentino, elle restait une pimbêche du Maryland. Il n'y avait qu'à voir ses talons déborder des mules.

À tous égards, l'homonyme rendait des points à l'originale, à commencer par les cheveux, son premier défaut du point de vue de la vigie malveillante qui se tenait debout derrière elle. Ils rappelaient cette blondeur médiévale qu'on dirait trempée d'une décoction d'urine tant elle ressemble à la teinte de certains poils. Le coiffeur avait beau en tirer les racines, leur pauvreté accusait un crâne sinistre. Mince et molle, la chair des bras nus approchait la couleur des peaux de porc tannées de Wim Delvoye, tatouages en moins, marbrures en plus. Comme certaines belles à peau claire vieillissent salement ! Le suif coule. Affreux ! Justine finirait comme ça. *Remember your future,* la vraie Cindy Crawford les avait pourtant prévenues. On comprenait mal que ce cadavre aimât autant s'exhumer au Maroc, le soleil devait lui causer de ces inflammations qui font douleur à voir…

L'énergie du réveil. L'afflux de sang au cerveau… *l'aluminium,* aurait diagnostiqué Jacqueline. Un genre de rage qui la prenait par moments. Il lui semblait maintenant que l'autre Pamela, Godiva ou je ne sais quoâ, avait fait exprès… Ce *losing game* n'était pas une impudence de petite licorne idiote, mais une perfidie. Prends-toi ça, ma vieille…

Elle appuya le front sur le carreau de la fenêtre pour se calmer avant d'y vérifier son postiche. La paranoïa aussi était un symptôme d'Alzheimer, même si on l'avait toujours connue à cran. Une vraie bête sauvage, une mygale plus nerveuse que celle que lui dessinaient les multiples rouleaux de son chignon-méduse-à-la-Poppée. Qui avait oublié le mot qu'elle avait lâché à l'ambassade des États-Unis, au moment de la mort de cette pauvre Jackie ? Il n'avait pas fait rire une autre Anglaise, une autre Pamela, Pamela Harriman, née Digby, lady Pamela Digby, ex-Churchill, presque Agnelli et tout à fait redoutable, son hôtesse d'un soir, au 2, avenue Gabriel : « *Par la faute d'Estée Lauder et de quelques soldats morts, toutes les Américaines se prennent pour des ambassadrices quand elles ne sont que des représentantes.* » Cette fusée, inspirée par le Ricard, la tristesse, l'arrogance du succès, et sûrement déjà cette rage-là, Mémère, la haine des femmes, une forme aiguë de misogynie qui touche les femelles dominantes, lui avait valu trois ans d'interdiction à New York. Jusqu'à la mort de l'ambassadrice au spa du Ritz en 97. Quel aria ! Rien de grave n'en avait résulté. Des dollars, comme toujours. Elle avait profité du bannissement pour développer le marché asiatique avec son marchand suisse, un type adorable, qui lui aussi avait perdu sa culotte sur les fonds alternatifs Amaranth. Comme Peter.

À ce propos, Christopher n'avait jamais répondu à son e-mail. D'après Juan, il fallait vendre les Carlyle, et vite. Elle tapota sur le postiche-pouf qui soutenait sa coiffure, à la différence du marché, l'édifice semblait très solide, du béton. On pouvait reprocher bien des faiblesses à Justine, mais elle avait la main sûre. Un peu trop parfois. Grâce à la petite, Thérèse Legros avait eu l'honneur ambigu d'être recensée par le *New York Post* en mai dernier comme une des personnalités « cherchant à attirer l'attention par leur hairstyle ». Les autres nominés étaient cette pauvre Isabella Blow (jusque-là rien de grave, pas de quoi avaler de l'herbicide), Suzy Menkes du *Herald*… mais aussi Donald Trump, Don King et Phil Spector. Quelques mois plus tôt, elle avait eu droit à un autre hommage du même tabac, une journaliste l'avait surnommée « la femme la plus mal habillée d'Europe depuis la mort de Marie-Laure de Noailles »…

Les Beach Boys. De tous les bruits alentour ils étaient le plus désagréable… La main de Sofia. Sa manière de lui voler sa maison, de montrer qu'elle se sentait chez elle partout. Il faudrait penser à changer de disque. Elle avait envie d'écouter une scène de folie, *Anne Boleyn*, *Norma*… Seule, en bas, avec ses œuvres en cours, dans la fraîcheur de l'outre-monde. À la place, il fallait supporter les Japonais, les conversations d'agent immobilier, les petites Anglaises, la musique de Sofia. Bien une idée de Sofia : Sade v/s Beach Boys… En même temps, ça valait bien Marie Antoinette v/s New Order. Et le tout au Yémen. On était en plein baroque postmoderne, comme dirait un critique. Pourquoi avoir accepté de mêler son nom à ce projet ? Elle n'avait plus l'âge de jouer les Schnabel. L'idée de s'associer avec la Coppola lui avait paru bonne, à cause de tout ce qui venait derrière : une cover de *Vogue US* garantie, *Vanity Fair* et compagnie. Elle avait besoin de rassurer New York. New York a toujours besoin d'être rassuré. Pas plus craintif qu'un tyran. On lui avait proposé les décors et les costumes du *Couronnement de Poppée* pour l'ouverture de l'opéra de Shanghai, mais l'opéra, la culture n'étaient pas son affaire, trop pédé, trop flou-flou, trop ringard. Et puis les Niaks, elle n'en pouvait plus. Trois ans de tournée. Elle aimait mieux jouer à la poupée avec une fille de tyran.

De l'autre côté de la vitre, comme dans l'autre monde, il faisait encore pleine nuit. Les lustres se reflétaient dans les flaques, chamarrant la rue d'étoiles de pacotille. On semblait resté du côté des ténèbres. Impossible de lire au miroir de l'asphalte le léger blanchoiement, la pointe d'aurore dont elle s'était inquiétée tout à l'heure, en plein marasme, à cause d'une faiblesse passagère des éclairages de rue. Encore une idée folle, une lubie de somnambule à quoi elle n'avait pas repensé depuis.

Le bonheur d'un peu de vie à dépenser en plus se gâcha de cette nouvelle alerte. Un nouveau symptôme d'Alzheimer. Avait-elle rêvé ? Comment avait-on pu la tromper sur l'aube ? Avec tous ces gens encore ici… En plein hiver où le jour se lève vers huit heures et demie… Elle qui n'avait jamais eu besoin d'une montre. Même le matin au réveil, elle avait toujours su à l'instant près à quoi s'en tenir. L'horloge du dedans ne connaissait pas de repos. L'alcool, l'amour ou le travail ne la troublaient guère. Des détails, une cloche, un cri d'enfant, une exacte mesure de la luminosité solaire, la mémoire de tous les cadrans qui lui étaient tombés sous les yeux dans la journée, suffisaient à la cadencer. Thérèse était fière de ce sens de l'heure, il flattait une prétention à l'intelligence qui lui faisait prendre un simple trait d'anxiété pour un don quasi surnaturel ; et voilà que la machine se déréglait. Profitant d'une minute d'inattention, l'angoisse avait creusé une avance de plusieurs tours de cadran. Ça lui rappela une histoire qu'elle avait lue récemment dans *Newsweek* : un malade prévenu d'un accident cardiaque parce que sa Rolex s'était mise à avancer. Le mouvement perpétuel avait accéléré à l'impulsion du galop sanguin.

Le coup de fouet qui la réveilla tout à fait fut l'apparition d'une poupée blonde, dix mètres plus bas, sous les arcades d'en face. Janine ! Que foutait-elle chez les voisins ? Au fait, que foutait-elle à Paris, à traîner avec des amis, alors qu'on la disait bouclée à la clinique Montevideo en désintoxication ? Quant aux voisins, ils étaient censés être à Phuket, avec les cons.

— Justine ! ! ! Il y a Janine en bas qui sort de chez les voisins. Appelle-la ! Non, pas sur le portable, idiote ! Ouvre la fenêtre. Ça suffira bien.

Justine vint à l'ordre. Avec le panoramique affolé du reflet s'engouffrèrent des nouveaux venus porteurs d'ondes bénéfiques : l'air de la nuit, une fraîcheur humide, l'odeur de la pluie, le bruit mouillé des rares taxis sur le macadam, le sifflet des grooms de l'Inter-continental…

— Janine ! cria Justine. Janine ! ! !…

Puis la petite siffla entre les doigts avec une aisance un peu louche qui jurait savamment avec son allure, la haute coiffure à la capricieuse et les vêtements coûteux, aériens, dédaigneux que lui avait offerts Thérèse. Janine, sifflée, leva la tête dans son col de singe. D'ici, sous la lanterne, sur un trottoir mosaïqué aux armes d'un chemisier célèbre au siècle dernier, on aurait presque pu admirer ses yeux bleus de Polynésienne. Des yeux bleus de Polynésienne ! L'internationale des femmes de plaisir que chantait Marayat…

Thérèse s'appuya de la main droite sur l'épaule de Justine comme sur un meuble chaud. Elle voulait vérifier que Janine était bien toute seule, elle ne voulait pas se brouiller avec des collectionneurs importants comme les Mordoret en recevant leur protégée acoquinée d'un tiers. Peut-être la petite junkie s'était-elle enfuie de la maison de repos ? On disait à droite à gauche, à Paris, que le contrat Mordoret allait à son terme pour cause de toxicomanie indécente, les Mordoret détestant ce genre de publicité. L'association sentait le sapin.

— Justine ! Appelle-la… Non, pas par la fenêtre, idiote ! Sur le portable. Dis-lui de monter seule… Je suis trop vieille pour rencontrer des gens nouveaux.

La tête lui tournait, les yeux de Janine dansaient devant elle comme des papillons d'opium… Depuis quand les vahinés ont-elles des yeux myosotis ? Depuis que des administrateurs, des militaires, des femmes de militaires, des Bretonnes ou des Lorraines de Tuamotou offrirent aux îles de la Société des enfants comme Janine. En échange, la Polynésie avait cédé à Janine un masque calme, un peu doux, un peu lourd, et l'air tout distingué qu'elle prenait dans la rue. Même hyper défoncée, hyper lasse, hyper finie, Janine sauvait toujours son flegme, une pose d'enfant unique qui s'ennuie avec les autres et qui donnait envie de lui arracher son singe, de dévoiler l'autre, de l'ouvrir et de l'exposer aux tortures qu'on brûlait de lui faire subir.

Aussitôt Janine ferrée sous l'arcade, Justine se déroba à une caresse de Thérèse pour aller se réfugier auprès de Lindsay et d'un groupe d'invités.

Déséquilibrée, la boiterie aggravée d'un sentiment d'abandon, Thérèse serpenta quelques pas dans son sillage jusqu'au dossier d'ébène tourmenté d'un prie-Dieu qui avait appartenu à l'impératrice du Brésil.

Comme quelques autres meubles disséminés dans la grande pièce, le prie-Dieu était boulonné dans le plancher. Cela permettait de s'appuyer sur le dossier sans faire broncher l'assise et, pour Thérèse, de reposer sa jambe. Elle avait abandonné la canne pour les mêmes raisons qui lui faisaient craindre de siester en public, et aussi à cause de Mémère et de la répulsion que lui causait son exhibitionnisme d'invalide. Mémère au déambulatoire prenait au contraire un plaisir malsain à ahanner en public et à laisser trôner un peu partout l'objet chromé étiqueté *NF.*

Afin de savourer la rage qu'elle sentait revenir en elle à la manière d'un lent orgasme, Thérèse voulait rester seule le plus longtemps possible sans avoir à parler… un exploit. Depuis qu'elle s'était levée, les yeux obstinément baissés, elle avait repoussé au moins une dizaine d'assauts ; par bonheur tout le monde n'avait pas le sans-gêne de la petite lady Godiva. Il lui fallait quand même une ferveur mystérieuse retournée sur elle-même, l'application d'une pietà sur un nouveau-né ou d'une vieille femme sur un prie-Dieu, pour échapper aux solliciteurs. La rage lui tint lieu de protection, elle se réfugia dans une intimité si profonde qu'elle eut l'impression de retrouver le ventre de l'étrangère qui lui avait donné le jour. Elle aimait sentir les effets physiques de la bile noire sur ses organes intimes et notamment l'estomac. L'amertume, l'acidité qu'elle laissait agir, lui procuraient une sorte de chatouillis agréable au début, semblable à l'effet mordicant de certains solvants très corrosifs au moment où on les répand sur une chair fragile, celle des seins, des aisselles ou de l'entrecuisse. La douleur vient après, mais pendant les premières secondes la fraîcheur, le pétillement sont les marques bénignes de l'atrocité qui va suivre.

La moindre volonté d'indépendance de la part de Justine la rendait furieuse. La rage restait une force intacte ; l'usure du temps ne l'avait pas entamée, au contraire. Depuis sa maladie, l'irritabilité avait pris chez elle un caractère forcené, la rapidité et la violence avec lesquelles elle s'emportait rappelaient ces colères d'enfant, de vieillard ou de dément que l'impuissance physique rend à la fois épouvantables et ridicules. Pour augmenter la souffrance, elle encorna son bas-ventre sur la pomme d'ébène du meuble mexicain. Ce cilice improvisé l'autorisa à lever les yeux sur le monde, la douleur induite la garantissait de toute évagation. Elle chercha Justine des yeux pour réveiller l'autre pointe, à l'intérieur, égrenant petit à petit le chapelet d'obstacles qui les séparait : des crânes, des cheveux rendus flous par le contre-jour, des têtes posées comme des trophées sur le velours d'une immense banquette qui provenait du mobilier du Sphynx, un célèbre bordel du boulevard Edgard-Quinet. Dans le claque d'autrefois, ce meuble du style pseudo-égyptien en vogue en 1799 servait à exposer la marchandise humaine. Ce soir, dans le grand salon blanc, il était devenu ce qu'il fallait se résoudre à appeler, « en toute simplicité », comme dirait Mémère, un « canapé télé ».

Embusqué derrière la vitrine des porcelaines de la collection Mosley, un moniteur de télévision arrivait à se faire remarquer, en mal, comme souvent avec l'électroménager. En guise de divertissement à des gens avachis qui ne savaient pas quoi se dire, il offrait un vieux film espagnol : *Les Infortunes de la vertu*. Romina, fille de Tyrone Power et l'interprète de *Felicita*, y était attachée à un poteau et malmenée par des moines italiens. Les dialogues, en version française, ne se laissaient pas facilement saisir à cause de l'iPod de Sofia, négligemment installé sur le pouf-cocotte américain de satin crème (un cadeau de Bunny Mellon) qui diffusait en concurrence un autre fond sonore plus bruyant, américain celui-là. Il s'agissait, comme l'avait expliqué à Thérèse un DJ catalan venu de Barcelone dans l'équipage Coppola, d'un vieil enregistrement nocturne des Beach Boys, une vague prise studio recueillie à la sauvette, où proliféraient d'interminables conversations entre les musiciens. La bande était intitulée *Cocaïne tracks,* ce qui expliquait la forte nasalité des voix, l'intensité factice et le décousu des propos.

Autour de la télé ils étaient tout un petit groupe ; ils auraient pu s'intéresser à n'importe quoi à condition qu'on ne leur demande rien. Elle ne les voyait pas mais elle savait déjà que ça ne valait pas la peine d'y chercher Sofia. Il s'agissait de nobodies, de pièces rapportées, comme le seul dont elle reconnut le profil en ombre chinoise derrière les porcelaines. Un coiffeur, réputé « culte », l'allure d'une véritable cloche, amené par on ne sait qui, Justine vraisemblablement car elle se frottait à lui. Le pauvre était si lugubre et prétentieux qu'il aurait pu encaisser toute une conversation en japonais pourvu qu'on ne le dérange pas. Lee, la sœur de Jackie, l'avait fait remarquer à Thérèse : les coiffeurs nouveau genre ont des silences de poètes maudits. Impossible de leur tirer trois mots, bien contente qu'ils n'égorgent pas les clientes comme les barbiers de la Mafia.

Justine s'était lancée vers son poète en trébuchant sur des bottes de cuir rouge au fourreau large et souple qui faussaient sa démarche. Elle se tenait maintenant presque couchée sur lui. Elle avait ses règles depuis hier, ce qui accentuait sa fragilité émotionnelle. Thérèse remarqua une fois de plus que la présence d'un mâle lui rendait l'échine plus souple. Son bas-ventre gonflé par les troubles de l'ovulation s'offrait sous l'effet d'une poussée des hanches ou d'un travail inconscient de la croupe. Cette lascivité molle avait le don de la mettre hors d'elle. Elle aimait les filles jeunes à cause de leur appétit, de leur *chiennerie,* et du plaisir qu'elle prenait à le brimer ou à en repousser l'assouvissement afin de les voir souffrir. La féminité avait chez elle un caractère secondaire, les basses rivalités et les jeux de dupes à quoi se livrent les filles en présence d'un homme lui apparaissaient d'autant plus clairs qu'ils ne lui étaient en rien naturels. Le désir bestial d'une fille pour un mâle lui semblait un processus excitant à observer, un spectacle obscène ; il lui arrivait de ressentir des spasmes rien qu'à espionner le jeu d'une de celles qu'elle imaginait, non sans exagération, taraudée par le besoin de se faire prendre et, dans le même mouvement, il lui venait l'envie de couper court à toute intensité d'un coup de langue ou de rasoir.

Sur l'écran géant du moniteur saturé de vermillon, l'acteur américain Jack Palance, attifé d'une moustache de mélodrame qui accentuait les méplats de sa face de Khazar, le faisant ressembler au masque de cuir d'un bourreau ou d'une marionnette lyonnaise, se penchait aujourd'hui comme en 1972, quoique avec plus de bavures, sur sa Justine de cinéma. En pendant de ce tableau, la Justine de chair et d'os, celle que Thérèse considérait comme sa propriété, offrait au garçon coiffeur le vent de son haleine et les différentes vapeurs odorantes qu'exhale la chair humaine lorsqu'elle est encore en période de pousse. Les petits coups d'œil inquiets qu'elle jetait derrière elle ne faisaient que la rendre plus coupable et plus excitante.

Des idées de stérilisation forcée, de ligature et d'excision traversèrent la tête de Thérèse avec cette fugacité orageuse que prenaient chez elle les chimères obscènes. Quelques jours plus tôt elle avait fouillé l'ordinateur personnel de l'enfant pour y trouver de quoi nourrir sa jalousie. Elle avait été comblée en y découvrant plusieurs textes émanant d'un site sadomasochiste intitulé *Eunuch archive*. Il y était question d'excision. Dans des scénarios fantasmés, de jeunes lesbiennes masochistes se faisaient volontairement mutiler les parties honteuses. La fureur génitale diffuse qui prenait Thérèse quand elle fouillait les affaires de ses filles, excitation de voleuse ou d'empoisonneuse, s'était enflée au point de manquer éclater sous elle.

La vraie histoire de la Sultane avait porté ses fruits. Thérèse parlait très peu de son passé, mais à certaines heures il lui arrivait de se livrer. Jardinière avertie, experte en fleurs vénéneuses, elle savait la puissance germinative que prennent certaines confidences sur une âme échauffée et sensible comme celle de Justine. En découvrant le pot-aux-roses sur l'ordinateur de la petite, elle avait ressenti ce plaisir vif et de courte portée qui s'offre comme une montée de drogue ou d'adrénaline aux esprits retors, aux prédateurs patients qui prennent le temps et la peine de tendre des pièges aux autres. L'idée que cette petite Belge joyeuse, à peine sortie de l'âge des premiers flirts, puisse se laisser écarter les genoux et s'ouvrir à de telles horreurs lui avait tiré des grognements de joie.

— Thérèse, c'est assez mal à propos que tu fais l'innocente avec moi !

Un instant, elle crut qu'on s'adressait à elle mais c'était la bande sonore du film qui avait profité d'un court passage à vide des Beach Boys. *Les Infortunes de la vertu*, une copie Betamax du navet espagnol, bizarrement en version française, avait été envoyée de New York par Federal Express. Comme si on n'avait pas pu trouver le DVD sur Amazone... Ce qui aurait évité de remuer ciel et terre pour dénicher un lecteur aux normes américaines. Sofia s'était prise de passion pour le réalisateur, Jess Franco, et ne se lassait pas de passer ce film en boucle. Thérèse, que l'âge préservait de ce genre d'affectation, n'en pouvait plus de subir de pareilles séances chez elle. Elle n'aimait pas les gens qui apportent avec eux leur musique, leur film préféré, leurs coiffeurs cultes, leurs céréales bio et, de manière générale, imposent leur fantaisie du moment à leurs hôtes. Même sous prétexte d'un travail. Ce sans-gêne enfantin éteignait l'intérêt qu'aurait pu éveiller chez elle l'objet en question. Les goûts trop envahissants ne pouvaient l'émouvoir, et puis le penchant moderne pour l'imposture, les mauvais films, les parodies l'agaçait. Elle trouvait lâches les poses qui se réduisent à jouer les raffinés en traitant tout à la blague. Elles trahissaient à ses yeux la peur du ridicule, un vice français très bien exporté.

— Justine, tu peux me chercher la vidéo du S.A.D.E. de Carmelo Bene sur Youtube ? J'en ai besoin pour l'impression du T-shirt de *L'hyper Justine*.

Justine avait-elle soupiré en levant les yeux au ciel ou Thérèse avait-elle rêvé ? Le prie-Dieu trembla de rage sur son assise boulonnée.

Question du jour indice 140 : Quand suis-je allée à Rome pour travailler avec Carmelo Bene ?

Réponse : En juin 1974.

Question du jour indice 141 : Pourquoi ?

Réponse : Pour échapper à Claude et à mon destin de putain.

Question du jour indice 142 : Quand suis-je revenue ?

Réponse : En janvier 1975.

Question du jour indice 143 : Pourquoi ?

Réponse : Pour retrouver Claude et mon destin de putain.

Question du jour indice 144 : Pourquoi ?

Réponse : Parce que j'étais tombée dans l'héroïne à cause d'Emmanuelle.

Question du jour indice 145 : Qui s'est occupé de mon âme à mon retour à Paris ?

Réponse : Le docteur Ferdière.

Question du jour indice 146 : Comment ai-je récompensé le bon docteur ?

Réponse : En séduisant sa patiente préférée dans la salle d'attente, en la mettant dans la chnouf et en la vendant à un réseau de prostituées.

Question du jour indice 147 : Suis-je sûre que la Sultane avait besoin de moi pour tourner ainsi ?

Réponse : Qui sait ?

Pauvre Carmelo ! Le plus grand histrion depuis Antonin Artaud. Un vrai pur, celui-là, qui savait faire la différence entre le kitsch et le baroque. « Le goût, c'est le contraire de la peur », lui disait-il toujours. Nulle autre époque de sa vie ne paraissait à Thérèse si lointaine, si gaie, si morte que les quelques mois passés dans un grenier du Trastevere à coller des chiffons sur les résilles de métal argenté trouvées dans un surplus américain. « Tout çaaa pourrr le marrrquis de Saaade », répétait Carmelo avec des intonations à la Maria Malibran. Vue d'ici la cambuse de ce clown narcissique lui paraissait un paradis perdu.

Question du jour indice 148 : Quel était le titre original de **L'hyper Justine** *?*

Réponse : **La Figlia della Furia.**

Question du jour indice 149 : qui l'avait trouvé ?

Réponse : Carmelo, quand je lui ai raconté l'histoire de la Sultane en le revoyant à Paris à l'Odéon en 1996 pour le **Macbeth horror suite** *donné à Paris à l'occasion du centenaire de la naissance d'Antonin Artaud.*

Question du jour indice 150 : Qui a changé le titre ?

Réponse : Je ne sais plus, peut-être Quentin Tarentino, parce que je lui ai raconté l'histoire au moment de la mort de Russ Meyer (Alzheimer) en 2004.

Ce n'était pas seulement *L'hyper Justine*, cette accumulation de fétiches sans foi ni loi, qui poussait Thérèse à comparer le présent et le passé, l'hyper Justine contre S.A.D.E. ; l'artiste authentique – Carmelo (artiste authentique, qu'est-ce que ça veut dire le 28.01.2007 ?) – et *l'imposteuse* – Sofia (Impostrice ? Est-ce que ça se dit ? Est-ce qu'imposteur peut se décliner au féminin ? Depuis le temps, il faudrait que l'Académie y pense). Ce n'était pas seulement la bonne vieille rivalité du passé et du présent, du bon vieux temps et du temps moins bon où l'on se sent vieux, pas seulement la fatigue et l'ennui de devoir supporter Sofia et sa clique jusqu'à plus d'heure rue de Castiglione. Non. C'était juste une question de lumière.

La vraie Sultane, la nature exacte, la présence au monde, les quarante-sept kilos, les sept litres de sang de cet être vivant mort depuis trente ans lui étaient redevenus familiers d'un seul coup un an plus tôt, en rencontrant chez Hédiard une autre vieille femme, comme elle. Françoise, ancien mannequin couture chez YSL dans les années soixante, puis mannequin volant chez Claude dans les années soixante-dix. Elles avaient évoqué la Mini Cooper bicolore, bleu et gris métal, de Françoise, un appartement de la rue Jean-Goujon, une après-midi de juin avec la Sultane, un fou rire à cause d'un chauffeur d'autobus qui regardait leurs jambes à toutes les trois de son perchoir, Thérèse cachait son pied sous son sac, la Sultane lui avait montré ses seins. Deux destins opposés. La lumière d'alors lui était revenue. Comme si on avait rallumé quelques secondes avant d'éteindre de nouveau. La mort de la Sultane, la prison avaient changé le rapport entre l'intensité du monde et celle de sa vie intérieure. À mesure que l'une s'était éclairée, l'autre s'était assombrie. Les poupées avaient tout dévoré.

Elle connaissait chaque séquence du film de Jess Franco sans s'être assise devant une seule fois.

Quelqu'un avait rouvert une fenêtre ou la porte de l'escalier. Paralysée par le trac frissonnant que donne l'air du dehors lorsqu'on a failli dormir, elle se résigna à guetter l'apparition, entre deux scènes de cul, d'un Klaus Kinski embastillé dans une geôle de papier rocher, affublé d'une chemise à jabot de Nylon et d'une plume d'oie en plastique. *El marqués de Sad*, disait la jaquette.

Pauvre Sade. Un pervers dans une prison de carton tourmentant des créatures imaginaires, un vieil enfant. Un peu comme moi, se dit-elle en contemplant, à travers une vitrine placée au centre de la pièce qui contenait un castelet de marionnettes acheté à Prague, sa propre prison, son théâtre de marionnettes : ce grand salon blanc qui magnifiait aux yeux des autres ses inclinations et ses penchants.

Un peu comme moi. Quelle midinette ! Sade, lui, avait payé. Pour elle l'heure du châtiment arrivait. Même ce pauvre Kinski valait mieux qu'elle. Au moins il était mort fou mais intact. Sa prison ! Il y avait de la naïveté dans son apparat, autant de mauvais goût que dans les décors d'un film gothique italien. Et pourtant... Les porcelaines de Lady Mosley étaient authentiques, assez dégradées par le temps pour convenir à cette esthétique « broken beauty », sa marque distinctive selon le mot d'une journaliste du *Herald Tribune*. Les peintures anglaises, au mur, étaient aussi merveilleuses que les anglissimes beautés qu'elles immortalisaient. Les deux ou trois tableaux de grand format, dont deux Fuseli, un John Martin et le fameux portrait de Louisa Beckford sacrifiant à la déesse infernale par Romney, étaient sinon du meilleur goût, du moins d'un aspect bizarre qui enlevait toute incertitude. Le paravent géant de José Maria Sert ? Une espagnolade, selon le mot de Degas, affreusement mordorée mais d'un joyeux orgueil. Et au milieu de tout ce fatras, dans une ancienne vitrine provenant de la Palazzina cinese, un fantôme du Trianon ou de Galliera, immobile, grisaillé par un éclairage indirect, une œuvre ancienne de première importance selon ses hagiographes, le grand mannequin de cire aquarellisé de Mme de Lamballe portant tout l'attirail d'une aspirante à l'éventration, un *pouf au sentiment*, une perruque ornée de plumes d'autruche couleur poussière ; une sublime robe, dite *à la polonaise aux ailes* avec *son parfait consentement* de soie azur, son caraco perle à plis Watteau, et ces manches ruchées que, dans le langage mignard de l'époque, celui de Gentil Gilbert ou de Fabre d'Églantine, on surnommait « les petits bonshommes ». Tout était vrai, tout était beau, mais tout lui paraissait ce soir maniéré, comme elle... « *Afféteries* », se dit-elle. Il faudrait qu'elle cherche ce mot dans le dictionnaire. Ou alors *maniérisme* ?

— Marie-Thérèse ?

Un fantôme dans le canapé télé ? Dis-moi si tu es mort ou vivant... Cette barbe sent le pourri. Gégé ! Gégé Abramovitch ! Notre Bébé Bérard à nous, en plus sale encore si la chose est possible. Le pauvre Gégé Abramovitch avait bien du mal à s'extraire de la banquette du Sphynx, les jarrets faibles, le ventre glougloutant de champagne. Une longue et craquante génuflexion avant de se remonter en s'appuyant sur les genoux d'un ou plusieurs minets, plusieurs de préférence, le plus possible ! Gégé, un de ceux qui prenaient plaisir à l'appeler *Marie-Thérèse*, membre (passif) de la vieille garde rapprochée, ceux qu'on n'avait pas fait empoisonner ou jeter aux murènes. S'ils étaient nombreux à se vanter de fréquenter *Thérèse* bien peu connaissaient Marie-Thérèse Adélaïde Atalante.

— Marie-Thérèse, comment s'appelait la pute chinetoque que ce fou de Klaus Kinski avait amenée au mariage de la fille d'Hélène Rochas avec Armel Issartel ? C'est en le voyant à la télévision que je pense à elle… Elle était chez Claude, non ?

Jasmine ou Yasmine, Jasmine O… Mais ça non, elle n'avait pas l'envie de ressusciter un nom pareil, un singe de plus, une misère dans la milliasse de noms, prénoms, signes particuliers, singes et autres néants qu'elle avait en tête. Celle-ci l'avait trahie. Une perverse. Un Judas sidaïque. Une des rares personnes qui lui avaient fait du mal, avec Mary Woronov, Emmanuelle et † Tina Lutz (épouse Chow). Décidément, les Eurasiennes ne portent pas bonheur.

Question du jour indice 151 : Quelle est la date de mon emprisonnement à la centrale de Clairvaux (Aube) ?

Réponse : Février 1977.

Question du jour indice 152 : Quelle est la date de ma remise en liberté ?

Réponse : Janvier 1979.

Question du jour indice 153 : À qui dois-je mon apprentissage d'ouvrière en pantoufles dans une maison centrale ?

Réponse : Yasmine ou Jasmine.

Question du jour indice 154 : Qu'est devenue Jasmine ou Yasmine ?

Elle est morte.

— Marie-Thérèse, pourquoi Juan n'est pas avec nous ce soir ? Ça ne lui ressemble pas. Tu sais qu'il va toucher ses quatre-vingt-treize ans le 4 janvier ? Un petit Capricorne, comme moi. Mais pas du même millésime.

Juan. Un *essayeur* de chez Claude devenu un fidèle, un amant, un ami. Quatre-vingt-douze ans. Il en avait presque soixante à l'époque, mais on ne s'en doutait pas. Et elle, qui aurait pu se douter qu'elle avait soixante et onze ans et demi ? Ça aussi, tout le monde l'ignorait. Même ce pédé livide qu'elle connaissait depuis trente-cinq ans et qui croyait avoir des choses à divulguer à l'équipe de *Vanity Fair*. Elle se fichait qu'on le sache mais elle aimait l'idée qu'on ne le sache pas.

— Justine ! ! !

Comment être une héroïne de soixante et onze ans, Alzheimer ou non ? Que reste-t-il encore à vivre ? Quel roman ? Si le roman de son passé l'ennuyait, que dire de celui qui lui restait à vivre ? Soixante-dix ans ça passe encore. Comme tous les accidents, le choc de la nouvelle décennie avait provoqué une poussée d'euphorie. Mais soixante et onze… En même temps, le roman actuel lui semblait meilleur que jamais. Plus passionnant. Moins passionnel. Indicible, sauf par un talent de premier ordre. Marlowe, Christopher Marlowe : *Faustus is gone !* Encore un héritage de ce pauvre Carmelo. Moins riche en événements, plein de noms propres, de bruit et de fureur, mais sans autre personnage que soi-même. Plus intérieur, plus complexe. Un fracas. Le passé n'y était présent qu'en forme de bribes, de questions du jour, de singes. Elle n'ignorait pas qu'on jasait sur elle, surtout depuis la rétrospective du Whitney. Le plus fort était qu'en croyant la vieillir, on la rajeunissait, et qu'en croyant la salir, on oubliait des taches. Leurs crachats ? Des plumetis. Ces secrets-là, comme tout ce qu'elle gardait en elle, l'enrichissaient et, par-dessus tout, elle aimait s'enrichir. S'habiller de ses secrets, se vêtir, se corseter pour appauvrir les autres, les dénuder.

— Justine ! Tu peux réessayer d'appeler Juan chez lui, s'il te plaît ?

Le prie-Dieu bougea sous elle. Sous son poids ou celui de ses secrets ? Un paquet de feuilles imprimées posées sur l'assise commença à vibrer et son portrait apparut, une photo d'Annie Leibowitz, miniature d'elle-même… à fouler des pieds…

C'est fou comme la vivacité d'esprit ne lui allait plus, depuis cinq minutes qu'elle était levée elle avait l'impression que son esprit jouait faussement, comme sous Dexedrine. Elle ne se parlait plus vraiment à soi-même. De nouveau, elle vivait pour les autres, tout ce qu'elle se disait lui paraissait influencé par eux. Petite fille, elle changeait d'attitude quand quelqu'un la regardait, adulte, elle avait appris à se murer. Pour sonner juste, pour retrouver le vrai roman, la musique, la musique intérieure, le regard du sourd, il aurait fallu se maintenir dans la solitude, entre le piquement de nez et l'éveil, un état intermédiaire et non crépusculaire. Voilà l'intérêt de la maladie en sa phase actuelle, sa pertinence ; le reste, les personnages, le *name dropping*, elle avait déjà donné. Même le crime. La création seule, les poupées, les protocoles lui restaient chers. Mais quand on ne croit plus aux illusions tout en manquant de certitudes sur le réel, il est difficile de travailler. Or c'est là que le travail devient vital. Les états intermédiaires que lui apportait la somnolence lui paraissaient au fond les seuls états intéressants. *Faustus is gone*. L'art commence là où on ne parle plus pour les autres. Même plus pour les diables. On devient comme les gouttes d'eau, la rosée, les nuages. Pythagore. Tout le reste, sommeil, veille, romans, n'est que fariboles, fadaises ou facéties. Elle regretta le studio, la solitude, les poupées. Mais les gens servent surtout à ça : à avoir envie qu'ils partent pour jouer à la poupée.

— Justine, tu te rappelles du numéro de Juan ? Bagatelle 66 66, euh non, 224 66 66 ? Euh non, 42 24 66 66 ? Euh non, 01 42 24 66 66…

Question du jour indice 155 : Depuis combien de temps suis-je ici ?

Réponse : Une éternité.

5
The Amazon's fairy queen meets marquis de Sade in Sofia's nightmare

L'article de *Vanity Fair* s'ouvrait sur la photo d'Annie Leibowitz : la vitrine du studio, en bas, et elle, Thérèse, le pied-bot en valeur sous les plumes, entourée de quelques-unes des cires. Le titre, mais aussi le sous-titre, annonçait la couleur : *Marie-Thérèse Adélaïde Atalante de Vermandois.* La manière dont Edward se gargarisait avec ces mots si français lui avait fait honte pour lui. Marie-Thérèse, qui avait sali le nom des Vermandois dans l'affaire Claude, avait cru devoir s'appeler Legros pour devenir soi-même. Legros comme Mémère. La gloire venue, le vrai nom avait transpiré parce qu'elle avait laissé faire ; elle était fière, au fond, et les Américains, preneurs. Les beaux noms français leur paraissent des marques. Du haut luxe qui s'achète cher, la fortune familiale y passe allégrement. La puissance acquise n'y suffit pas. Anna Wintour a couru en vain après un Montalembert. Depuis cinq ans, Thérèse avait laissé filer l'information. Il fallait bien rattraper le dérapage Digby, l'affaire des « représentantes ». Depuis son succès mondial, le nom complet de Vermandois était A list aux États-Unis. Iris Stein, une auctioneer de chez Sotheby's, ex-maîtresse du fils de Jackie, devait sa carrière non à ses excellentes qualités, ni même à son amant Kennedy, mais au fait qu'elle portait ce nom de jeune fille : Iris de Vermandois. Une lointaine cousine. Ce que cette pauvre Claude n'avait jamais réussi avec ses claudettes, Thérèse y était parvenue avec des poupées : lancer des carrières. Mieux que les Kennedy ! Pauvre Iris Stein… Lorsque le président de Sotheby's Europe avait pioché sur une évaluation le nom d'Iris de Vermandois et qu'il avait fait le rapprochement, il avait immédiatement confié la vente Shapiro à Iris Stein, suicidée depuis pour cause de cocaïne. La malédiction des Vermandois. Plus ancienne que celle des Kennedy…

— Justine ! Justine ! ! Justine ! ! ! ! tu as eu quelqu'un chez Juan ?

Il fallait essayer d'oublier le manège de Justine dont elle voyait le flanc et le blanc d'un sein couler vers le petit coiffeur sous l'emmanchure de soie brûlée à l'acide (un cadeau qui lui avait quand même coûté 4 000 euros). Thérèse lui interdisait les soutiens-gorge. Elle aimait l'idée que les seins lourds de la petite fille maigre s'abîment, s'affaissent et qu'elle souffre à l'idée de leur affaissement en même temps que de leur poids et des brûlures aux mamelons que lui occasionnaient les tissus trop rêches, les fils de métal du scapulaire.

— Justine, je suis inquiète. Réveille la nièce de Juan, elle s'appelle Carmen del Orifice, tu trouveras le numéro dans le Bottin espagnol.

— Carmen del Orifice, quel petit nom charmant !

— Gégé, tu devrais arrêter le champagne, ou alors ne plus nous parler. Quand tu ouvres la bouche c'est épouvantable, on dirait une praire pourrie…

— Salope !

— Je t'en prie, ferme ton orifice.

— Salope ! Tu sais que chez les jeunes *socialites* (prononcé à la Gégé Abramovitch : chouchoulaïtesse) tout le monde t'appelle comme ça : « cette salope de Thérèse » ? C'est devenu une épithète homérique, comme Nausicaa aux bras blancs, Achille aux pieds légers…

— *Oderint, dum metuant.*

— Tu peux traduire, s'il te plaît, je n'ai pas ton âge, je ne parle pas latin.

— *Qu'ils me haïssent, pourvu qu'ils me craignent.* C'est la devise de ton compère Caligula. Toi qui fréquentes l'élite de la jeunesse, tu devrais savoir que le latin redevient à la mode.

— Ah bon, où ça ? Chez Monseigneur Lefèvre ?

— Non, au Japon.

— Qui t'a dit ça ?

— Jellybean.

— L'ex-amant de Madonna ?

— Non une jeune artiste… du Pink Platinium, qui me prête son corps pour les essayages.

— Les essayages de godes ?

— Je t'en prie.

— Elle fait du latin ?

— Oui, c'est la mode à Tokyo à cause du film *Sebastiane*, de Derek Jarman.

— Ah, ce pauvre Derek Jarman. Tu sais qu'on avait un projet de bijoux nazis avec lui et ce pauvre Robert (Mapplethorpe), en 73 ? quand il vivait chez cette pauvre…

— Caterine Millinaire… ? Ça fait beaucoup de faux pauvres, tu ne trouves pas ?

— Mais nous sommes tous de vrais pauvres, chérie, à part toi. Si le latin revient, les bijoux nazis, tu crois que ça marcherait aujourd'hui ? J'en ai encore dans ma cave.

Elle s'attaqua à l'article qu'elle n'avait pas eu le courage de regarder, par orgueil, honte de soi, ou dégoût de ce que la langue des autres disait d'elle. Il s'agissait d'une enquête fouillée. Un sujet de douze pages. La cote de Thérèse sur le marché de l'Art était à son apogée, une collaboration avec Sofia Coppola pour un projet d'adaptation de la Justine de Sade constituait une AAA priority. L'éditeur de *Vanity*, cette andouillette AAA de Graydon Carter, lui avait délégué Edward, un cow-boy XXL, sorte de Rock Hudson séronégatif qui avait autrefois présidé aux destinées des bureaux parisiens du groupe Fairchild. Avant, on disait qu'il avait été éditorialiste à Radio-Vatican. Sûrement auprès d'un vieux cardinal amateur de Tom Mix et de rodéo. Une grosse vache avec des testicules. Il ne lui manquait qu'un lasso. Elle sentait le regard d'Edward posé sur elle depuis qu'elle avait ramassé les précieuses pages. Contre toute déontologie elle les lui avait extorquées et il était inquiet que cela s'ébruite. À son âge ! Que les hommes sont lâches ! Quel petit garçon ! C'est ça qui devait plaire. La chemise Western, les bottes, l'énorme carcasse, le steak entre les pattes et le petit scout masochiste à l'intérieur. Un garçonnet qui se cherche… Il s'était assis sur l'accoudoir d'un canapé tout contre trois vieilles bêtes : Gégé Abramovitch, Jimmy Douglas et Patrice Calmettes. Qu'est-ce que pouvaient bien lui raconter ces vampires ? Ils parlaient d'elle, comme de bien entendu. Thérèse avait rencontré le petit Edward (1 m 90) à l'époque Fairchild, il lui avait été présenté par la grande Ingrid Sischy (1 m 57), alors éditrice d'*Artforum*. Mauvaise introduction car Thérèse et Ingrid Sischy se haïssaient depuis toujours. À la différence des homosexuels mâles, il n'existe aucune solidarité de chapelle chez les gouines. Au contraire : la rivalité féminine, la névrose, l'emporte sur la complicité perverse.

— Marie-Thérèse !

— Oui, Gégé ?

— Tu as combien sur ton compte en banque ? C'est Jimmy qui se demandait ça tout à l'heure.

— Tu devrais vraiment arrêter le champagne, tu commences à avoir la langue encombrée.

— Salope !

L'interview avait mal commencé. Edward lui avait demandé des détails sur la Sultane, « l'amour de jeunesse » à qui elle devait « toute son inspiration » pour le scénario. Agacée du mot « amour », très usurpé pour la Sultane, « inspiration » qu'elle trouvait ridicule en général, et « scénario », toujours dévalorisant, Thérèse avait buté sur la question. Hostilité, lassitude de parler de la Sultane, de la vraie, de la fausse, mais aussi parce qu'elle était honnêtement incapable de se souvenir d'elle. Elle ne le méritait pas. La Sultane n'avait pas d'importance en soi, même si sa mort avait servi de fondement à la seconde vie de Thérèse. Le lien secret qui unissait le départ d'une carrière artistique, le scénario d'un film (qui en constituait hélas la fin possible) les derniers protocoles et la vie hasardeuse d'une prostituée occasionnelle des années soixante-dix ne pouvaient être révélés. Il en allait d'une charte déontologique beaucoup plus contraignante que celle de *Vanity Fair*. Le secret d'une œuvre, le secret d'une vie… Hormis son aspect scandaleux, la révélation du mystère annulerait toute la part ésotérique qui constituait la structure interne, la moelle des protocoles de ces dernières années. Et puis il aurait fallu parler de Mémère…

Il existait bien un fusain sur papier craft daté 1976, représentant la Sultane jambes ouvertes sur un lit de la villa Villejust, rue Paul-Valéry. Thérèse l'avait intégré au protocole *Cut story number 3*, et l'original se trouvait dans une collection privée en Colombie. Mais la charte de *Vanity* ne tolérait que des visuels photographiques, rien de pornographique. Edward lui avait réclamé des instantanés, elle avait dû répéter une fois de plus qu'elle n'en possédait aucun. Pour les anecdotes, elle l'avait renvoyé à l'article paru dans le *Nouvel Observateur* à l'époque du massacre, peut-être même qu'il était illustré par une photo.

Ensuite il avait fallu parler des protocoles, la version publique, le baratin habituel. Combien de fois avait-elle prononcé les mêmes mots ? En deux ans de tournée pour son exposition, à New York, à Londres, à Tokyo, à Sydney, elle les avait servis à tout le monde. Même les journalistes coréens les avaient eus dans leur assiette. Une autre prenait la place dans ces moments-là, une sorte de représentant de commerce en articles de luxe. Une Américaine. Art and commerce… À force de merchandising, de vulgarisation, la part exotérique de son travail, celle qui faisait sa fortune, commençait à l'écœurer.

La vérité sur les derniers protocoles, la part obscure du projet *L'hyper Justine,* sujet qui la préoccupait exclusivement depuis quelque temps, ne pouvait être dite, pas à la presse américaine en tout cas. *Cut story number 5* n'était pas vraiment pour leur plaire, surtout avec les récentes campagnes contre les mutilations sexuelles féminines. En bon journaliste, Edward tournait autour sans lever le loup mais, pour une initiée, l'article entier remuglait une odeur de sang, de sacrifice et de mort. Il n'y était pas question de la prison ; ni même vraiment de Claude. On la citait, sans plus. Grisélidis avait loupé son œuvre de dénigrement. Ce n'était pourtant pas faute de l'avoir criée et décriée sur tous les toits de Paris. En ce qui concernait le Yémen, Edward avait bien fait son travail : il avait retrouvé l'article du *Nouvel Observateur,* la photo non. Bizarre. Elle reconnut des mots : *Le Brummel, Sanaa, Les filles de Madame Claude…*

Question du jour indice 155 bis : Quand ai-je commencé la série Cut story ?

Réponse : En janvier 1998, au moment de l'affaire Palomino-Barrio à Perpignan.

Question du jour indice 156 : Pourquoi ai-je choisi les mutilations et les éventrations comme motif d'inspiration ?

Réponse : Une tradition familiale remontant à la princesse de Lamballe, remise au jour par les exactions dont Mémère a été victime en septembre 1944 à Soissons.

Question du jour indice 157 : La mort de la Sultane est-elle à l'origine du processus Cut story ?

Réponse : Oui et non. Les éventrations pratiquées par les Chouannes dans les rues de Nantes, celle dont fut victime la princesse de Lamballe, m'ont fascinée dès la fin des années quarante, à cause des collections Beckford, à Vermandois. L'affaire Tate-La Bianca, puis plus tard l'affaire Getty quand j'étais à Rome, l'affaire dite de « l'éventreur du Yorkshire » et la mutilation du baron Empain, mon propriétaire de l'avenue Foch, m'ont aussi beaucoup aidée. De manière générale chaque malle sanglante qui se découvrait dans une gare ou au fond d'un bois me semblait envoyée à mon adresse.

Question du jour indice 157 bis : La féminité se réduit-elle à un fétiche ?

Réponse : Pour moi, oui.

Tremblements. Poltergeist. C'était quoi encore ce nouveau symptôme ? Était-ce la chimère qui venait de lui traverser l'esprit : confier Justine à Juan demain, il l'emmènerait à Nice, chez un médecin brésilien transsexuel qui pouvait lui faire la totale pendant son sommeil ? Plus de règles, plus d'avenir… De la paille. Plus d'enfant, des mandragores. On donnerait les entrailles, les ovaires, les trompes à manger à un chien devant elle. On les passerait d'abord au mixeur. Et il ne lui resterait que de la paille pour pleurer.

Les feuillets de *Vanity* tombèrent à ses pieds en jeu de cartes sur un tapis vert à motifs d'or, qu'elle avait tant aimé dans la vitrine de Bellanger et auquel elle trouvait maintenant, aussi, une ressemblance avec une vieille moquette d'hôtel de luxe. Deux ou trois présences rendues floues par l'éblouissement se précipitèrent pour l'aider à les ramasser. Elle n'avait jamais su remercier, elle n'essayait plus depuis déjà longtemps. Edward tendait le cou, elle voyait le moment où il allait fondre sur elle sous prétexte de l'aider mais en réalité pour essayer de récupérer sa copie.

Ma vie est un roman, mais comme les romans m'ennuient, je ne la raconte pas.

Quelle idée de coller cette phrase prétentieuse en légende sous un portrait d'elle. Heureusement qu'elle se trouvait en mauvaise compagnie sur la photo : avec Marayat Andriane (honorée sur la légende de son nom de guerre : *Emmanuelle Arsan*), à Rome, chez le prince Ruspoli. Au moins on pouvait se dire que le « roman » en question était un truc porno. Rome, Dado Ruspoli, Emmanuelle, ça sentait le fagot. Pas mal pour casser le côté gouine maniérée de la photo d'ouverture. L'avantage de la *V.F.* On évitait, en apparence, l'effet commun de la notoriété qui est de vous rendre ridicule. Même les passages où elle parlait de son travail lui paraissaient moins creux que d'habitude. Attention à l'anglais. L'interview avait été fastidieuse. Les lignes gondolaient sous le verre de la loupe.

— Qu'est-ce que tu peux ressembler à Marisa Berenson sur cette photo ! T'as quel âge ? C'est qui près de toi, c'est Emmanuelle ?

On venait de lui arracher la page des mains et de lui donner en échange un coup de masse glandulaire à vague forme de sein dans le dos, manière de bourrade affective qui manqua la faire chuter. Sophie, membre d'honneur de la vieille garde rapprochée, sa plus ancienne amie avec Juan, Sophie, la dernière gouine de la soirée par ordre de préséance mais la première par ordre de poids, aurait pu faire une crédible doublure de Jean Gabin. Un bon casting. Question casting, Sophie s'y connaissait. À l'écouter, elle qui était agent de comédiens depuis la fin des années cinquante avait couché avec toutes les actrices françaises et nombre d'étrangères. Thérèse s'était souvent émerveillée de constater à quel point certaines personnes disgracieuses pouvaient être sûres de leur séduction. Elles s'étaient rencontrées au Carrol's, une boîte homo, en plein mai 1968. Sophie l'avait fait rire en lui énumérant trois façons différentes qu'ont les filles d'ouvrir les jambes, avant de lui ouvrir les siennes sans doute, et encore, on n'en était même plus sûr.

— Dis donc, ta blonde, là-bas, Justine de Sade, elle se frotte la chaganne sur le petit merlan ou je me trompe ? T'es plus jalouse ? T'es devenue tournicoteuse, comme Emmanuelle ?

Pourquoi certains homosexuels ressentent-ils le besoin de parler grossièrement ? Indice de perversité, mauvaise conscience, goût du caca, syndrome de Gilles de la Tourette ? Mystère, elle n'avait jamais compris ce penchant pour l'ordure, découvert très jeune auprès de Mémère et des copines de Cornélie.

— Justine ! ! ! Tu as eu la nièce de Juan ?

— Carmen del Orifice !

— Couché, Gégé ! Justine, c'est pas ton vrai nom, quand même ?

Justine ne sut pas quoi répondre à Sophie. Justine ne savait jamais quoi répondre, c'était pour ça qu'elle était Justine. Une rougeur permanente de blonde, de Belge. Un effroi qui semblait ne jamais la quitter et l'enveloppait comme une brume de chaleur, communiquant à toute sa personne un tremblement, une moiteur, une odeur... Thérèse la sentait d'ici, et la grosse Sophie aussi sûrement, très sexy et avec cela maladroite, à tel point qu'on pouvait croire à de la perversité. Des mains qui tremblaient, les doigts suant d'émotion. Elle mouillait tout sous elle, faisait tout tomber tout le temps, peut-être pour le pur plaisir de s'agenouiller. Comme là, pour ramasser le portable. Et que je montre mon dos et la naissance de mon cul... Une chair pleine de veinules, froide, moite, odorante. Pas parfaite, un peu grasse, un peu épaisse pour un tel visage d'ange. Une punition. Donnait envie de s'essuyer les pieds dessus. Une pure victime, surtout quand elle remonte et qu'elle trébuche sur ses galoches. Des auréoles sous les bras même en hiver et un peu de bave au coin des lèvres. Porphyr, le dogue allemand de Sophie, aimait bien. Il devait sentir aussi des épanchements plus intimes et il n'arrêtait pas de lui fourrer sa truffe dans la fourche. Il attendait sa pâtée, les bêtes ont de l'instinct. Il la traitait en cosaque, comme tout le monde. Et Justine, terrorisée par le chien, par Sophie, par les regards. Sûr que si quelqu'un le lui demandait elle baisserait son pantalon et se retrouverait en culotte, jambes nues, stupide devant le chien. Avant que Sophie soit partie il faudrait penser à lui faire faire un essayage. Thérèse avait envie de la voir se dépatouiller du molosse devant la grosse gouine avec sa molle culotte qui lui rentrait dans le singe, toujours un peu ouvert, à vif, tremblotant, mouillé, comme sa bouche.

— Marie-Thérèse, tu sais qui j'ai croisé au Bourbon, hier après-midi ?

— Non, Gégé.

— Leslie Caron.

— Ouh là... Tu ne lui as pas demandé ce qu'elle avait fait de la robe de Nazimova qu'elle m'a piquée en 76 ?

— Nazi quoi ?

— Nazimova, crétin.

— Connais pas. Sophie, tu crois qu'elle est plus vieille qu'Hélène Rochas ?

— Hélène a quatre-vingt-huit ans, cinq ans de moins que Juan, à mon avis Leslie est plus jeune.

Ce genre de questions pouvait les tenir une soirée entière... À la recherche d'informations, Sophie fouillait son sac comme une gamine qui cherche une antisèche. Thérèse la regardait faire en se demandant quel critère avait pu pousser une créature pareille à acheter, pour la première fois de sa vie, un accessoire féminin. L'embonpoint ? La mémérisation des soixante-dix ans ? La lassitude de perdre le contenu de ses poches sur les banquettes de boîtes de nuit quand elle était saoule ?

— Leslie est née le 1er juillet 1931 à Boulogne-Billancourt !

— Comment tu sais ça, Sophie ?

— Parce que j'y étais, ma petite Thérèse.

— Mais non, Sophie vient de regarder sur son Bleubleurry.

La langue engourdie par l'alcool et les anxiolytiques, Gégé n'arrivait plus à prononcer certaines consonnes.

— Pas Burberry, Blackberry, vieille truie.

— Cochonne toi-même, ma grosse, tu t'es vue avec Janine !

— Pas Janine, Justine, crétin.

— Excuse-moi, je confonds tout le monde dans le harem de Marie-Thérèse.

Sophie répondit du tac au tac, toujours plongée dans sa recherche Internet :

— Si elles avaient des queues tu ne les confondrais pas !

— Justine a une queue, non ? C'est ce qu'on m'a dit…

Sans daigner répondre, Sophie continuait de pianoter dans son sac à main. Bloquée sur ce spectacle sous l'effet d'un nouvel engourdissement, Thérèse se demandait ce que ce truc difforme pouvait bien contenir à part un téléphone. Une trousse de beauté ? Des accessoires ? Une arme à feu ? Le Bottin mondain ?

Hélène n'a pas quatre-vingt-huit ans mais quatre-vingt-un cette année.

— Non, c'est pas possible.

— Écoute, Gégé, sur le site ils disent qu'elle a été la plus jeune P-DG de France à la mort de Marcel en 55. Vingt-huit ans ! Vingt-huit ans en 55 ça nous fait soixante-dix-huit en 2005 et donc quatre-vingts aujourd'hui.

— Alors, elle s'est mariée à douze ans, comme une Africaine !

— En tout cas, elle n'a pas changé.

— Personne ne change, mon chou, nous non plus on n'a pas changé !

— Tu as raison, Gégé !

Le fait d'avoir moins de dix ans d'écart avec Hélène Rochas et cinq avec cette momie de Leslie Caron donnait le tournis à Thérèse, elle faillit se prendre les pieds dans le chien qui ronflait, le museau bien calé sur un oreiller en crochet, cadeau de ce pauvre Rudolph Noureev (soixante-neuf ans seulement s'il avait vécu). Incroyable comme les animaux passent vite de l'excitation au sommeil… En arrière-fond, Justine parlait en espagnol. La petite avait le don des langues, un des rares talents d'énergumène qui fît défaut à Thérèse. Elle préférait les langues mortes. Corrompue par la présence de Gégé et des autres pharaons, elle pensa à l'autre usage du mot langue. Elle avait déjà fait cette association tout à l'heure, langue contre langues, mais avec qui ? À certaines intonations de Justine, elle comprit que quelque chose de grave était arrivé. Encore un mort ?

— C'est le problème des gens qui sont connus très jeunes. Ça fait tellement longtemps qu'on entend parler d'eux qu'on a l'impression qu'ils ont cent ans. Leslie a tourné ses premiers films à seize ans.

— Ma mère a soixante-seize ans. Leslie, je l'ai vue hier, elle fait beaucoup plus vieille.

La mère de ce débris de Gégé n'avait que cinq ans de plus qu'elle. Elle avait dû l'avoir à douze ans, livré avec la barbe festonnée de débris alimentaires et les dents pourries d'origine. La conversation devenait insupportable. Et Justine qui s'était éloignée pour téléphoner plus à son aise… Pauvre Juan, elle le revoyait lors de leur dernière rencontre à la vente Krishna Riboud, chez Christie's, avec un nouveau postiche acheté à Londres et le baise-en-ville Hermès vintage en croco mandarine qu'elle lui avait trouvé chez Didier Ludot.

Question du jour indice 158 : En quelle occasion ai-je offert à Juan sa serviette à billets de banque ?

Réponse : Pour le passage à l'euro, en… en… ? L'Europe est un sujet si ennuyeux que l'on n'a pas envie de se rappeler des dates.

— Ça, c'est le problème des gens qui ont fait trop de lifts.

— Non, c'est pas ça, c'est ceux qui ont commencé les lifts trop tôt. Comme Valentino.

— Rudolf Valentino ?

— Non ! Valentino Garavani, tartiflette !

— Si Hélène est de la classe 27, moi je suis née en 80. Comme Justine.

En disant ça, Sophie avait enlacé la petite. Toute cette conversation d'avant-guerre pour en arriver là. Incroyable comme ses amis gays âgés aimaient faire étalage de leurs années en trop, de leurs kilos en trop, de leur carnet d'adresses d'outre-tombe. Exhibitionnisme ? Désir d'écraser l'autre ? Mépris ? Plaisir solitaire de se fouiller, d'ennuyer le monde, de dégoûter, ou simple tentative maladroite de séduction ? Même mystère que pour les mots grossiers. Thérèse vit les ongles de la grosse gouine pincer la chair blanche, tirant le ventre déjà un peu blet hors du tissu fragile. Bizarrement le spectacle ne la rendit pas jalouse comme l'espérait sûrement Sophie, il la déprima. Elle trouva Justine moins belle. Certains vous dégoûteraient de vos propres inclinations. La petite grimaça de douleur, Porphyr, ressuscité, n'en pouvait plus. Quant à l'oreiller en crochet piétiné par les grandes pattes noires, il n'avait jamais mieux mérité le surnom que Mémère lui avait trouvé, en pieux souvenir du donateur *: une serpillière à foutre*.

Thérèse sortit sa dure voix de gouine, la voix Legros, celle de Mémère :

— Justine est de 90. Lâche-la, grosse salope. Justine, laisse le chien tranquille, tu as eu... ?

À qui Justine devait-elle téléphoner ? Pour qui s'inquiétait-on ? L'inquiétude seule restait, flottant dans l'air, mais plus l'objet, de sorte qu'elle se transforma : elle devint de l'angoisse. De quoi parle-t-on ?

Thérèse ne comprenait plus la conversation. L'idée de la mort de Juan avait chassé la réalité. Ces gens, autour d'elle, lui paraissaient des morts, des démons, des vivants, des animaux, des fleurs. Où était-elle ? À qui appartenaient ces objets, ces tableaux ? Qui suis-je ? Où sommes-nous ? En quelle année ? À Paris ? À Rome ? À New York ? Qui suis-je ?

Inexorable, inaccessible à toute question fondamentale, le chœur de plus en plus lointain des vivants, des morts, des fleurs, des animaux continuait à dire l'avenir, c'est-à-dire le présent en parlant du passé. Eux avaient un point de vue, un point fixe, une identité. Ils existaient encore… Mais leur existence n'intéressait plus Thérèse et les voix s'éloignèrent comme celle de l'Américaine aux Louboutin…

— Carmen del Orifice ! ! !

— Pas de lift avant cinquante ans. C'est connu.

— Écoute, Leslie a dansé avec Fred Astaire !

— Quoi ? Qui a baisé avec Fred Astaire ?

— Pas baisé, dansé, ça ne va pas toujours ensemble, tout le monde n'est pas un ancien taxi boy comme toi, chérie…

— Non, c'est pas Fred Astaire…

— C'est elle qui faisait des ballets nautiques ?

— Mais non, idiote, ça, c'était Ginger Rogers…

— Esther Williams !

— J'ai dîné avec Ginger Rogers au Privilège.

— Et moi avec Gloria Swanson.

— Très drôle !

— Non, sérieux… C'était à l'Espace Cardin… Un dîner organisé par Michel Guy. Le chauffeur de

Gloria avait garé sa voiture devant l'Élysée. Il refusait de bouger. Il leur expliquait qu'il s'agissait de la voiture de Mme Swanson. Pour lui, elle était plus importante que le président des États-Unis. Alors tu penses, le président français…

— C'était qui le président de la République à l'époque de Michel Guy ?

— Elle trimbalait son chauffeur ?

— Giscard.

— Qui ?

— Gloria Swanson, tartiflette !

— Toujours, et sa voiture. Comme Leonor Fini. Ils prenaient le *Queen Elisabeth*, jamais l'avion.

— Giscard à la barre !

— Porphyr a la gaule ! ! !

— Je croyais qu'elle était championne de natation ?

— Porphyr a la gaule ! ! ! Porphyr a la gaule ! ! !

— Giscard à la barre ! ! !

— Silence ! Vous allez faire peur aux Japonais…

— Elle est où, Mémère ? Eh, Marie Thérèse, elle est où Mémère, où tu l'as cachée, Mémère ? ? ? On n'a pas honte de Mémère, nous. On l'aime, Mémère. On aime les vieilles soupières, on la préfère aux Sarkozy…

— Mémère à la barre !

— Mais non, elle était danseuse, tu confonds Leslie Caron et Kiki Caron.

— Marie-Thérèse, ça va ? J'ai une nouvelle qui va te ressusciter, tu sais qu'avec Jimmy on a vu Grisélidis au restaurant clandestin pas plus tard que tout à l'heure avant de venir chez toi : une poubelle. La pauvre Grisette nous a sorti son numéro habituel, avec un bonus : il paraît qu'elle a épongé un mec sous la table. Tata Jacqueline ne veut plus entendre parler d'elle, elle est tricarde.

— Bah, quand on est bourré on aime bien avoir une queue dans la main.

— Moi, j'ai pas besoin d'être bourré !

— C'est bien le plus gros mensonge qui est sorti de ta bouche pourrie. T'as entendu, Marie-Thérèse… Marie-Thérèse ho, ho ! Gégé n'a pas besoin de se faire bourrer. Alors à quoi y sert, Karim ? À changer tes couches ?

— C'était qui le mec ?

— Je sais pas, un mec en Rolls genre arabe. Pas mal.

— Un émir ?

— Pas vraiment, plutôt un hareng du Sexodrome comme ton Karim, chéri. Marie-Thérèse, ça va, tu es sûre ?

Thérèse avait failli tomber. Le poids de ses bijoux, le poids de ses cheveux. Elle avait dû se poser sur le prie-Dieu. Elle avait entendu la peau de dragon craquer, mais elle tenait bon. Le dragon aussi. Boulonné. Elle regarda les fantômes, les fleurs, les animaux, reconnut Gégé, ce vieux Gégé… C'est sur lui, sur ce point fixe, cette pauvre étoile qu'elle s'accrocha des yeux pendant que Justine allait chercher de l'eau, une serviette, quelque chose pour lui rendre vie.

La nouvelle que venait de lui chuchoter Justine l'avait agenouillée.

Faustus is gone.

— Hé, Marie-Thérèse, c'est Grisélidis qui te met dans cet état ?

Grisélidis n'était pas morte. Elle la trahissait donc elle vivait, et tant mieux. D'entendre parler d'une *Grisélidis* comme de quelqu'un d'extérieur à elle, quelqu'un qui avait une vie propre, résonnait étrangement, mais rien à voir avec la mort. L'histoire lui paraissait triste parce qu'il manquait la fin. Elle ressentait la frustration d'un roman perdu à l'hôtel ou dans l'avion, d'une nuit pas terminée, d'un rêve rompu, d'une poupée volée. Elle toucha le scapulaire accroché à sa poitrine, qui contenait le bout de doigt coupé. Une *perte de matière*, elle avait appris le terme aux urgences où la petite s'était fait recoudre. Ici, la matière n'était pas perdue pour tout le monde. Il est vrai qu'à tous les sens du terme Grisélidis avait perdu sa matière peu à peu. Trop de cocaïne, trop de caractère, pas assez de soumission.

Pas comme Justine…

— Tu es bien prise, mon ange.

Les cheveux de fée, séchés par les laques successives, fragiles, brisés, fourchus, s'étaient accrochés dans les agrafes, les bijoux, les reliquaires de Thérèse pendant que la petite se tenait penchée pour lui passer la gaze humide sur le front, évitant les paupières lourdes et les joues fardées. Les deux visages étaient réunis par les cheveux de Justine comme par une toile d'araignée. Tout occupée à se dégager sans déranger la toilette de Thérèse, la petite commençait à rougir de sa position. Le sang affluait sur ses joues, les colorant comme une brûlure. Protégée par le voile châtain gris, Thérèse ne put s'empêcher de profiter de cette intimité pour baiser près de la bouche la chair à l'odeur de pain chaud. Elle en recueillit un peu de sel et de sueur qui lui rendirent des forces.

Justine se laissa faire avec la bonne grâce indifférente d'un petit chien.

Justine se dégagea et Thérèse put se retourner sur celui qui avait osé prononcer le nom de Grisélidis devant elle. Un interdit susceptible d'entraîner une peine d'exclusion définitive. Elle nota que le coupable avait le teint coloré et qu'il la regardait de l'air qu'elle détestait : il guettait les signes de faiblesse mentale que laissait craindre, ou espérer, son long silence.

— Dis-moi, Gégé, tu es rouge comme un gland ! L'apoplexie n'est pas loin.

Rouge comme un gland, voilà qu'elle s'y mettait aussi. La faute à Juan. *Apoplexie*, le mot lui sembla soudain aussi daté qu'eux tous. Gégé, au moins, n'aurait pas le temps de faire sous lui, ou alors une bonne fois pour toutes. La truffe plantée dans les truffes.

Redevenue vivante, redevenue méchante, elle le fixa pour accélérer la chute d'un regard de jeteuse de sorts. Ouvrant sa barbe sans trouver rien à répondre, Gégé lui montra des dents couleur d'asticot. Cette belle âme qui devait nicher quelque part dans un ventre durci par les gaz s'échapperait par le fondement, comme de bien entendu.

La présence de la mort la rendait nerveuse. Pourquoi ces momies étaient-elles là à se pavaner, à péter sur ses divans ? Ils n'étaient pas connus, ils étaient pauvres, les pédés encore davantage que Sophie, ils buvaient tout le champagne et cherchaient à attirer l'attention. Joli tableau. Voilà les rares amis de jeunesse qu'elle n'avait pas sacrifiés, parce qu'ils l'avaient soutenue à sa sortie de prison, en 1979. Sophie, impulsive et généreuse, avait même fait cinq mille kilomètres depuis Saint-Barth pour venir la chercher avec de la drogue et de la vodka plein la boîte à gants de la Golf GTI. Thérèse n'oubliait jamais un bienfait, ni une trahison. Elle avait tort : aucun ami n'était fiable, tous étaient au contraire épouvantablement mortels. Ceux-là en tête de liste. Des poubelles, des outres à vin.

Excédée par son cercle de morts, Thérèse chercha, désespérée, un refuge. Cindy et Sofia avaient disparu. Lindsay aussi… et la chair fraîche qui n'arrivait pas.

— Justine ! Janine s'est perdue dans l'escalier ?

— Non, elle est passée chez les W, elle vient de m'appeler, elle arrive, d'ailleurs…

— Emmène-moi dans la chambre des filles, j'ai besoin de réfléchir. Demande à Janine si on ne peut pas emprunter quelqu'un aux voisins. N'importe qui, même Kate ou Naomi. Ça rassurera les Américaines. Il faut aussi que tu retrouves Sofia, elle doit faire des photos demain avec Annie. Vérifie qu'elle s'en souvient. Tu as eu l'Hôtel-Dieu ? Hé ! Gégé, Juan s'est fait agresser tout à l'heure, il est à l'Hôtel-Dieu.

— Quoi ?

— Juan s'est fait attaquer, quasi en bas de chez moi. Il est dans le coma à l'Hôtel-Dieu.

— On y va ?

— Non, Jimmy, c'est fermé les hôpitaux à deux heures du matin, tartiflette !

— Pas l'Hôtel-Dieu, moi j'y suis allé en pleine nuit !

— Parce que tu étais en garde à vue !

— Mais non, j'étais pas en garde à vue…

— C'est la série noire, il y a trois jours c'était Katleya…

— Qui ? Katoucha ?

— Non ! Katleya !

— Hé, je reviens des chiottes, il y a la queue…

— Attention, chéri, ne va pas pisser dehors, un serial killer rôde dans le quartier.

— Comment il s'appelait déjà, le tueur de vieilles dames ?

— Guy Paulin !

— Non, ça, c'était une tapette.

— Le tueur de vieilles dames aussi.

— De toute façon il n'y a plus que des tapettes…

— On va s'en griller une sur le balcon ?

Comme nombre d'anciens fumeurs, Thérèse ne supportait plus l'odeur du tabac. Anticipant la législation qui allait entrer en vigueur trois jours plus tard, le 1er janvier 2008, elle obligeait ses invités à s'enrhumer au milieu des fleurs et des massifs de buis. Trois pharaons homosexuels mal renveloppés dans leurs vêtements fripés et leurs cols de chemise couleur de pansement sale se hissèrent sur le fameux balcon. Gégé Abramovitch dominait les deux autres momies de sa stature d'atlante. Pour contredire sa barbe fleurie et son ventre de gorille, il portait sur les épaules, en capeline, un pull-over en mohair d'une teinte approchant la chair d'une certaine orchidée (d'après lui). Vu d'en bas, de sous les arcades, ils formaient une guirlande de nymphes d'un autre genre que celle qui avait charmé Pierre al-Hamdi quelques heures plus tôt.

— Hé, regarde cette Rolls ! Une Camargue orange modèle 75, il n'y en a qu'une à Paris…

— La bagnole au coin là-bas ?

— Oui, tu te souviens pas, elle appartenait au patron de l'Aventure.

— Dani ?

— Non, Izi Spighel… Tu sais, celui qui a été assassiné dans mon immeuble, rue des Vignes.

— J'ai bien connu Izi et sa ravissante épouse Florence, ils venaient souvent dîner chez moi, mais toujours en Mercedes.

— Tu as raison, la Rolls n'était pas à lui mais elle était parfois garée dans mon box. Je me suis plaint à la concierge. En fait, elle appartenait à un ami d'Izi, un associé occulte.

— Zemour ?

— René Juillet ?

— Non, un autre, j'ai oublié son nom.

— Je l'ai pas connu.

— Moi si, à cause du box. Un porc. Un nom comme Casquette, Capote ou Carotte. Je me rappelle qu'il gérait un établissement vers la porte de Champerret, rue Pétrone. Ça s'appelait, attends, ça va me revenir… *Le Monde moderne*.

— C'était quoi ?

— Un bordel.

6

La chambre des filles

La *chambre des filles,* elle s'était renfermée dans *la chambre des filles.* Il y a des lieux où l'on s'entend vivre. La respiration reprend sa place, le bruit du monde cesse. Depuis l'enfance, Thérèse aimait les recoins. Elle avait fermé la porte blindée recouverte de cuir et s'était assise sur la chaise de force. Enfin elle avait pu vérifier ce qui s'était passé sous elle. Rien de grave, comme toujours, plus de peur que de mal. Elle s'était séchée avec les linges propres empilés à l'ordinaire près de la bassine en ferraille et des instruments d'écart. Elle avait replacé les guipures, les lambeaux, les diverses pendeloques qui formaient sa toilette et ses ceintures, puis elle avait jeté le linge sale par terre, sur le linoléum couleur tabac, près des chiffons tachés de rouille sanglante et d'une pince qu'on avait oublié de ranger.

La pièce était une chambre forte de bijoutier. Elle ne mesurait guère plus de dix mètres carrés et n'offrait aucune ouverture sur le monde extérieur autre que la porte blindée et un ancien conduit pneumatique dont Thérèse, relevée de ses soins, ouvrit le volet pour écouter ce qui se passait dehors, du côté de l'entrée, de l'air frais, de la jeunesse qu'elle entendait monter les escaliers en chahutant.

On appelait cette pièce la *chambre des filles* parce qu'elle offrait le confort d'une alcôve, et aussi à cause d'une collection de pastels anglais qu'on avait réservée, là, à l'abri du jour.

1/Lot 149B5. Vente Christie's. Portrait d'Angelina Fawcett par Maria Cosway (1759-1838). Miniature en pastel réalisée à la demande de son protecteur Lord Sandys.

Thérèse ne voulait pas céder à la tentation de se coucher dans l'alcôve. Elle s'en refusait l'usage en dehors des protocoles. Dionysos a ses mystères… Elle s'appuya des deux mains sur le mur tendu de maroquin usé, commença à relire les notices des pastels. *Angelina Fawcett,* une des hétaïres du Régent, ressemblait à Janine autant qu'un portrait d'ancêtre. À croire que certains types de femmes retrouvent toujours les mêmes emplois en dépit des formes différentes que prend la grâce physique aux yeux du monde. Les traces de sang séché qui étoilaient le verre donnaient à *Angelina Fawcett* l'aspect d'une vérolée ou d'une femme défigurée par le vitriol. Thérèse gratta une gouttelette isolée sur la marie-louise et la croûte sombre se colla sous son ongle. Portant la main à ses lèvres, elle reconnut le goût salé et ferreux qu'elle aimait lécher sur les blessures de

Justine. Désormais attentive, elle commença à détailler toutes les traces brunes qui étoilaient la paroi, jusqu'au masque de cuir qu'elle avait fait tailler dans la selle de Nazimova. Les dents de métal actionnées par un ressort étaient ouvertes, menaçantes. Elle crut apercevoir des traces brunes sur certaines lames, mais il pouvait s'agir de rouille. Hormis les paranymphes, personne ne pénétrait jamais dans la *chambre des filles*, et personne ne se serait avisé de nettoyer ces crocs aiguisés en rasoir.

Janine venait d'entrer dans le hall. Thérèse reconnut la voix autoritaire, nasale, très Mordoret, très Rothschild, qu'elle prenait en représentation. Derrière un volet de cuivre s'ouvrait le boyau de l'ancien système pneumatique. Les sons y résonnaient comme dans le conduit d'une oreille. On ne voyait rien mais on ne ratait rien de ce qui se passait à l'autre bout, dans la galerie d'entrée où les jeunes, les gens en bonne santé, les Casiraghi, les petites Godiva, avaient rejoint Janine… « Justine ! ! ! Le champagne est tiède ! » Voilà que Janine imitait tout à fait le ton Mordoret. On aurait dit Natacha, en plus criarde. Sans doute la présence d'un ou deux bébé Rothschild ou d'une al-Fayed quelconque à côté d'elle. Des oiseaux. Quel concert ! Cinq minutes qu'on avait froué Janine par la fenêtre, ou alors deux, trois heures, on ne savait plus. Les questions du jour n'étaient plus à l'ordre de la nuit. Deux, trois minutes ou deux, trois heures, on s'en fiche, impossible de répondre.

— Je me souviens mieux de notre première rencontre.

La vraie voix de Marie-Thérèse, celle qu'elle utilisait au studio ou la nuit, seule dans sa chambre, pour se parler à soi, pour se surveiller, se poser des colles ; plus sourde, plus douce aussi. Plus besoin de jouer les cheftaines, comme avec les filles, les Justine, les Janine.

Janine. Elle se rappelait en effet très bien leur première rencontre. Deux ans plus tôt, Janine était déjà telle que, sortie tout armée, embaumée avant l'heure par les Mordoret. Ils lui avaient loué l'appartement de la rue Saint-Florentin, l'avaient habillée, coiffée ; instruite aussi, à leur manière. C'est-à-dire qu'ils lui avaient donné des instructions. Elle n'avait plus de famille ; jamais entendu parler d'une autre attache que les Mordoret. Elle passait Noël chez eux, toutes les fêtes avec eux, toutes les vacances avec eux, tous les soirs elle dînait avec eux, d'ailleurs elle devait être avec eux chez les voisins. Encore qu'entre les Mordoret et les W... En général, Janine était libre à dix heures. Les seuls éléments antérieurs aux Mordoret qu'on connût sur Janine, une enfance à Tahiti et aux Philippines, un père aide-gouverneur ou sous-commandant, Thérèse les avait appris par la bande, avant de la rencontrer. Thérèse était curieuse, elle écoutait les filles, et puis, à l'époque, elle avait bonne mémoire. Rien qu'à la manière dont le nom de Janine était prononcé par Grisélidis et ses copines, Thérèse avait tendu l'oreille. L'instinct. Cela faisait partie de son art, de son métier de chasseuse, cette curiosité.

— Tiens. Une voix d'homme que je ne connais pas. J'avais pourtant donné des consignes à Justine. Du désordre en perspective.

Du désordre en perspective... Les fils de cuir hérissés de pointes d'acier et de fragments de verre brisé du knout de Nazimova, l'autre cadeau de Cornélie Rostopchine avec la selle, pendaient au-dessus du masque, lui dessinant un genre de coiffe océanienne. Il lui sembla voir des cheveux blonds accrochés à certaines pointes. Avant qu'on la lui amène un soir, elle avait déjà réuni suffisamment de matériaux pour savoir que cette *Janine* possédait une qualité par elle recherchée : une tournure, un je-ne-sais-quoi d'aérien et de corrompu, une blancheur de peau qui laissait espérer des marques durables et des complications cicatricielles infinies, une beauté malsaine de fin d'Ancien Régime, une odeur de cave, de prison, un remugle du Temple ou des Carmes.

Thérèse avait découvert pendant les travaux d'approche que Janine l'intéressait, mais elle n'aurait pas su quoi faire d'elle. Trop de caractère sous un air soumis, un peu comme Grisélidis. Désormais elle n'avait pas envie de s'encombrer de toxicomanes ou de fortes têtes, elle allait seulement la traiter ou la faire traiter par l'olisbos à bec de canard.

— Toujours cette voix, qui est-ce ?

Elle s'était rapprochée de la grille de cuivre pour mieux espionner. Elle avait toujours su qu'elle traiterait avec Janine, alors pourquoi pas ce soir ? Une saine punition pour la Justine au petit coiffeur. À la différence de Grisélidis, Justine se montrait pudique, sensuelle, jalouse. Elle rendait ce genre de figure plus excitante puisqu'il fallait l'y forcer et qu'elle s'y mortifiait facilement. En termes de manège, on appelle cela l'*escaveçade*. Thérèse honorait toujours les gens inspirants, un vieux reste des années soixante-dix. Emmanuelle, experte en manège humain, donnait à ces idylles d'un jour le joli nom de *cavatine*. Aujourd'hui on dirait un *one shot*. Avec Thérèse, le mot pouvait paraître ambigu. *One shot, one cut, final cut, director's cut*… Que l'anglais est lapidaire ! et donc ambigu ; c'est là son point commun avec le latin. Un obstacle l'avait retenue jusque-là de traiter avec Janine : les Mordoret. On n'avait pas hâte de se mélanger avec eux. Natacha, surtout, la dégoûtait. Chatte pourrie. En revanche, elle trouvait Janine de plus en plus inspirante, *une muse,* comme disent les journalistes. Un fitting s'imposait. Pour la scène du traîneau dans le film de Sofia Coppola, elle avait envisagé de la coupler avec Justine. Justine et Janine, ça sonnait bien… *Les Infortunes de la vertu*.

Toujours ce bel organe dans le couloir, trop doux pour être saisi, mais assez grave pour être irritant, il lui faisait l'effet révulsif de ces caresses dans le dos que certains hommes se permettent au moment de vous installer à table.

Il fallait montrer qui était le chef de maison. Thérèse prit sa voix la plus méchante :

— Justine !

Elle guetta la porte close. À la différence d'une simple oreille, le conduit pouvait aussi servir de bouche. Un matin où elle avait oublié de verrouiller le volet de cuivre, le facteur avait été effrayé par des hurlements que la poire d'angoisse n'avait pu étouffer.

Le fitting, l'essayage sont toujours de bons moments pour faire prendre l'air au singe. Il fallait que Justine arrive. La tête lui tournait, elle avait besoin de s'accrocher aux murs. Avait-elle le droit de s'appuyer sur le bois boulonné au sol de la chaise de force plus de deux minutes ? Réponse : non. Elle caressa les sangles de toile et les menottes de cuir de la chaise de force, étoilées elles aussi de traces brunes. Elle devait tenir. Ce genre d'atteinte, lui avait dit le médecin, « était un train qui s'en allait comme il était venu ». Toujours des images triviales... un reste de dix-neuvièmisme propre à cette profession. Rationalisme et machine à vapeur... Ce soir, jour de fête, elle en comptait quand même une « rame » toutes les cinq minutes. Elle s'entendait respirer, un souffle d'asthmatique.

2/Albinia, comtesse de Buckinghamshire (1738-1816). Portrait d'une des filles du marquis de Bristol, fantaisie dans les tons bleutés. Ancienne collection Fitz-James.

Albinia, c'est joli comme prénom, bleuté, d'un goût anglais, romanesque, comme tous les prénoms en *a* : Pamela, Belinda, Perdita, Médora, Allegra, Olympia... Marina... Chez les Françaises de l'époque, la même influence romaine, quoique d'un ton plus cristallin, annonçait l'Empire : Corinne, Caroline, Pauline, Marine, Marceline, Joséphine, Aline, Justine... Janine. Justine et Janine : deux petites vertus quand même : plutôt les infortunes du vice que celles de la vertu... Infortunées, elles l'étaient toutes les deux avec cette chair blanche qui appelait l'inhumation...

— Non, l'humiliation.

L'excitant, chez Janine, c'était cette fragilité que lui conférait son état de fille entretenue par un couple, sa dépendance absolue à l'argent des Mordoret, telle qu'on ne pouvait l'imaginer sortir de leurs griffes. Elle était déjà castrée, celle-là. Une esclave. Une eunuque.

— À qui appartient cette voix ?

Une jolie voix quand même, il fallait le reconnaître, grave, chaude, avec quelque chose de provençal dans l'ironie des finales. Sade devait avoir ce genre d'organe. Une belle voix, une vraie voix d'homme qui changeait des Japonais, des jeunes drogués et des pédales américaines. Eût-elle été la chose d'un homme seul (cette voix par exemple), Janine aurait pu prétendre à une fin normale, une rente, un mari, des enfants, mais là, entre les deux, elle se trouvait confisquée à la vie. Stérilisée par Natacha Mordoret, un cobaye. Aucun sens de la réalité, les yeux crevés sur le monde, un rossignol. Obligée de rester chez elle dans cette cage, pas même luxueuse, un appartement d'étudiante, une prestimonie d'où elle pouvait être expulsée à chaque instant, occupée à ranger ou à nettoyer, car elle avait développé dans sa captivité des troubles obsessionnels.

— Tu comprends, lui répétait souvent Grisélidis, Janine laisse 15 000 euros par mois chez Maria Luisa, elle n'a pas le goût des enfants et elle n'aime pas la baise, juste le shopping et la drogue… Elle n'a jamais travaillé, il n'y a pas de solution à son problème… Pas de remède à son mal.

— Si, moi, peut-être.

Thérèse, une vieille gouine célèbre de soixante et onze ans, crédit bancaire : *no limit.* Janine y avait sûrement pensé d'elle-même, surtout depuis la défection de Grisélidis. Cela se sentait à la manière dont elle pliait sous son étreinte quand Thérèse l'embrassait. Au coin de sa bouche, jamais très loin, à ses yeux troubles qui disaient « Goûte-moi, je serai bientôt sur le marché. »

— Justine ! ! !

3/ Henry Singleton (1766-1832). Portrait de Lady Hamilton en tenue antique. Pastel en miniature. Ancienne collection Wall.

On dirait un Prud'hon. Fou comme les coiffures avaient changé vers 1790. La Lady Hamilton qu'elle avait rencontrée à l'Esquinade de Megève, en 59, accompagnée de François Giulietto et de Merete Stroyberg, n'avait rien à voir avec cette gitane aux yeux obliques. Pourtant elles avaient des points communs : à cent cinquante ans d'écart, les deux avaient commencé au bordel. Aujourd'hui, c'était plus difficile, même sans venir de si bas. Marché saturé, il n'y avait plus que des putes, presque comme à Londres ou à Moscou, toutes les filles sont des professionnelles. Alors les occasionnelles… Janine aurait beau lui offrir ses commissures, rien à faire : Thérèse n'était pas preneuse. Trop abîmée, trop sucée déjà, pas assez à elle. Elle aimait bien l'emprunter aux Mordoret de temps en temps après dix heures, l'heure où ils la laissaient tirer sur son fil d'or, juste pour voir dans quel état elle allait leur revenir le lendemain matin, avec quelle taille de cernes, quel genre de souillure ils pourraient renifler, analyser, soupeser, gratter de l'ongle. En général, Janine ne voulait pas sortir, il fallait passer chez elle, rue Saint-Florentin. Thérèse, la grande Thérèse, appréciait ces visites peu protocolaires de reine en virée chez une bergère. En général elle la trouvait en négligé, avec des pantoufles molles et des bas opaques à la Balthus. Le mieux était de s'asseoir, de la regarder bouger, ranger ses affaires, nettoyer les tasses de tisane, les verres de vodka ; étaler sur le sol les centaines d'effets que les Mordoret lui offraient sans arrêt. Thérèse la regardait aussi priser sa came et l'écoutait parler, se confier, suivre l'évolution de son mal à travers les espérances poncives qu'elle affichait, cette stérilité interne qui faisait son chemin. La pâleur, les yeux cernés, tout respirait l'échec, la peur, une vie de plus en plus griève à force de vouloir se garer des infortunes. On aurait dit que les Mordoret lui buvaient le sang, lui ligaturaient les organes internes, ou alors qu'ils lui extrayaient petit à petit le fluide vital pour le remplacer par de la paille ou de la bourre de fauteuil, la changeant en trophée ou plutôt, car Janine n'était guère poilue, en un de ces insectes transparents, élégants, secs, qui ornent les recoins des toiles d'araignée. D'ailleurs, d'après Justine, Janine n'avait plus de règles, plus rien… Pas de quoi remplir une bassine, sauf au prix d'une incision.

4/Ozias Humphrey (1742-1810). Portrait de Lady Barbara Ashley. 1796. Pastel. Ancienne collection Sabin.

Barbara… Combien de Barbara avait-elle connues ? Dix, douze ? De vieilles taupes, pour la plupart… À part Barbara Sukova, à Rome, chez ce pauvre Carmelo Bene… Elle manqua d'en oublier une : Barbara Steele, *La Maschera del demonio*. Un film bien connu des amateurs, dont l'accessoire majeur, un masque de punition, lui avait inspiré celui qui pendait au mur et menaçait de croquer le postiche qui surmontait son chignon. Barbara Steele, actrice américaine, lesbienne à ses heures, spécialisée dans l'horreur de série B, rencontrée à Vancouver en 75 (décidément une année clé !) pendant un tournage du jeune David Cronenberg. C'était Barbara qui lui avait offert ses premiers livres de chirurgie en français. Le plus précieux d'entre eux traînait ici, elle l'avait sous les yeux. Un volume sobrement intitulé : *Opérations sur les organes génitaux de la femme par la voie basse.*

— Justine ! ! ! ! !

La malade est placée en position gynécologique, cuisses demi fléchies et écartées, genoux fléchis à angle droit, talons reposant dans les étriers placés dans le plan de la table. Mais cette position n'est possible que sur des malades non endormies.

Sa vue baissait : elle avait lu « punition » au lieu de « position » et « non consentantes » au lieu de « non endormies ». Pour se consoler de sa presbytie, elle se dit que les malades sont par définition « non consentantes » et que les soins médicaux ressemblent à des « punitions ». Le souci étant que, dans les protocoles, il n'était pas question de « malades », mais de salariées, ou du moins de « défrayées » ou bien « d'effrayées » (en un ou deux mots, selon les cas) qui se prêtaient à ses combinaisons. Il était bien clair aux yeux de toutes que la malade c'était elle, personne d'autre.

Sur la même page se trouvaient deux figures qu'elle avait reproduites au cours du premier protocole, *Cut story* (*Cut story number 13*) dans des eaux-fortes appartenant à la collection Saatchi (référence catalogue X2334 / X2335). Il s'agissait de deux positions dites « de la taille ». Sur la première, dite « position de Jayle », la malade, consentante ou endormie, était présentée cul en l'air, en grand écartement sur une table. Sur la seconde, sa préférée, dite « position de Proust », le cul était encore plus offert, grâce à un coussinet supplémentaire.

Dans ces deux positions, la chute des viscères abdominaux vers le diaphragme dégageait la cavité pelvienne et augmentait la béance du vagin. L'expérience lui avait appris qu'en faisant absorber aux filles une drogue hallucinogène de la famille des convolvulacées, l'*Ipomea purpurea*, vulgairement appelée *morning glory* ou *gloire du matin*, une cousine du LSD que des coreligionnaires lui envoyaient par FedEx du

Mexique, l'expérience gagnait en spectaculaire, du fait des fous rires provoqués par l'alcaloïde.

Justine restait invisible.

Le temps de verrouiller la *chambre des filles* et de remettre la clé du verrou au fond du scapulaire tout contre le doigt de Grisélidis et les capsules de *morning glory*, Thérèse, rassérénée par sa méditation, se projeta dehors, dans le corridor qui menait à la galerie d'entrée.

7

Cavatines & poupées

Tiens… Janine… Voilà Janine, enfin ! toute rose, Vénus, toute fraîche, riante… rien à voir avec l'éphémère annoncé.

L'effet des antidépresseurs qu'elle prenait depuis sa tentative de suicide. Les Mordoret l'avaient collée chez un psy qu'ils payaient eux-mêmes, comme ça ils croyaient se l'assurer. Pourtant elle leur échappait, à eux aussi. Le Rivotryl lui montait à la tête ce soir, ou alors il y avait un nouvel homme dans sa vie. C'est vrai, l'homme à la voix d'or, où était-il passé, celui-là ? Thérèse le flairait dans ses couloirs, un parfum, une odeur plutôt, un musc.

Janine avait l'air presque vivante, une jeune fille retrouvée, infidèle à soi-même : le propre de la femelle, l'infidélité, comme leurs cheveux. Rien à voir avec les hommes, qui ressemblent toujours à l'idée qu'on se fait d'eux avant leur arrivée. Des modèles déposés, des caricatures appliquées. Les femmes, non, elles ne se répètent jamais tout à fait. Même quand elles sont bêtes, elles changent subtilement de bêtise. Avec toutes leurs ficelles, les Mordoret n'y pourraient rien. Comme tous les couples, ils étaient conservateurs, ils voulaient se l'attacher. En faire une enfant sans lui en donner les droits, sans lui accorder aucune jouissance réelle. C'est au contraire en les aimant, en les adoptant, en laissant filer, en les suivant, puis en les chassant, que Thérèse tenait ses filles. Travail de femme, travail de lesbienne.

Thérèse embrassa Janine avec plus de plaisir qu'à l'ordinaire. Elle était vraiment toute fraîche, pleine du vent nocturne. Fraîche mais froide, comme toujours. Rien à faire, Porphyr ne s'y trompait pas, il n'eut même pas un battement de cils. Il ronflait de nouveau, la descente de lit de Noureev bien calée entre ses pattes arrière, « un bon oreiller pour tes burnes », lui aurait susurré Mémère qui aimait parler aux animaux. Thérèse ne bêtifiait pas mais elle partageait d'autres privautés avec les bêtes, comme l'instinct et une grande instabilité sexuelle. Elle était d'accord avec Porphyr, Janine en vrai ne lui disait plus rien.

— Thérèse, pardonnez-moi, je n'ai pas bien noté ce que vous me disiez tout à l'heure, à propos de William Beckford et de la manufacture de Saint-Gobain ?

Saint-Gobain ! Janine ouvrait de grands yeux intéressés. Qui était ce cow-boy ? Un industriel ? Un pétrolier ?

Pour lever le malentendu et se venger de la trahison de la vraie Janine envers la Janine imaginaire, Thérèse lui présenta Edward, de *Vanity Fair* (une pédale). Janine renchérit de sa voix la plus « Mordoret » :

— Encore !

Edward voulait recommencer l'interview. Voilà des semaines que cela durait et il n'avait jamais fini. Une enquête fouillée, bien dans la manière de la maison. Qu'est-ce qu'ils allaient finir par écrire, une thèse ?

— Edward ! Soyez miséricordieux ! Interrogez plutôt Janine sur son nouveau fiancé... Qu'est-ce que les lectrices du Minnesota ont à faire des soudières de Chauny ou même de William Beckford ?

— Thérèse, nous ne faisons que sept pour cent d'invendus dans le Minnesota...

Selon une vieille habitude, Thérèse gardait Janine sous la main longtemps après l'avoir embrassée. Ce genre d'immobilisation forcée était une des marques de son pouvoir. Si elle n'avait pas en même temps caressé le plumet blond de la petite et la peau délicate qui soutient l'oreille, on aurait pu croire qu'elle la refoulait vers la rue. Depuis quelques mois, elle usait de ces ambiguïtés avec encore plus de désinvolture, jouant de ses absences, transformant un symptôme de son mal en avantage.

— Chut, Edward ! Écoutez, cette fois-ci, je ne le répéterai pas : Beckford, un bisexuel notoire, était le petit ami de mon aïeul, il venait en France pendant la Terreur pour coucher avec lui, et aussi pour racheter à bas prix le mobilier des immigrés et des nobles qui passaient à la guillotine. Accessoirement, il appréciait les reliques, les souvenirs macabres, les mèches de cheveux, les mouchoirs sanglants, qu'il payait avec le revenu des cannes à sucre de son grand-père. La Manufacture royale ayant cessé son activité, il entreposait son butin en partance pour Fonthill dans les bâtiments de Saint-Gobain. C'est comme ça que mon aïeul s'est retrouvé en possession de la robe que portait Mme de Lamballe à la Force, quand elle a été éventrée. Récupérée dans le caniveau par un menuisier. Cachée sous l'établi. Il y avait encore de la sciure collée avec la bile et les humeurs noires. Beckford voulait la récupérer ; mon aïeul, qui manquait d'honnêteté, lui a proposé de l'échanger contre un tableau. Une copie du fameux portrait de sa cousine, Louisa Beckford, faisant un sacrifice à la déesse infernale, par Romney. Mon aïeul aimait aussi les femmes. Beckford a apporté la toile jusqu'à Calais, puis il a dû faire demi-tour à cause d'une dénonciation. Sans le tableau, là-bas, au fond, derrière Justine, le portrait que vous apercevez, on dit que c'est l'original et que la copie se trouve chez les Courtenay… Ensuite, ce fut le blocus, la ruine des Beckford, l'apothéose de la betterave… Du coup, mon ancêtre, a gardé les deux, la robe et le tableau, le sucre et l'argent du sucre ! Justine !

Elle appuyait sur la nuque de Janine, comme pour la mettre à genoux ou la forcer à la révérence. Endolorie, Janine se déroba. Ce n'était pas du singe qu'elle avait sur le dos mais de la chèvre du Tibet, et qui était cette personne cachée derrière la chèvre ?

— On se claque la bise ? Moi c'est Safir !

D'entrée de jeu… Très nature celle-là. Quelle idée d'embrasser les inconnus, *Safir* (Safia sans doute, comme toutes les Safir de notre connaissance), devait se croire dans une boum. Jamais vue. Une strip-teaseuse, une danseuse du ventre, quelqu'un comme ça. Une profession à risques en tout cas, ici surtout. Dix-neuf ans à tout casser. Tout à fait le genre de fille que Grisélidis allait racoler vers quatre heures du matin, à la fermeture des lap-dancings, dans un café de la place Blanche, *Le Cyrano*, leur QG. Elle en ramenait rue de Castiglione dans le but plus ou moins conscient de les humilier et les enfoncer davantage dans leur misère. Pour un peu Thérèse aurait cru que c'était Grisélidis qui l'envoyait, si Grisélidis, au dire de certains homosexuels de sa connaissance, n'avait eu ce soir d'autres chats à fouetter.

Jolis cheveux, doux à flatter, d'un brun profond, lâches, brossés de frais. Chemise en crêpe blanc cassé à boutons anciens, un faux vintage, Chloé sans doute… Approchez, jeune fille, faites voir le boutonnage ? Chloé, c'est bien ça. Une vieille connaissance piochée dans le vestiaire de Janine.

— Tu n'as pas prêté à ton amie ce que tu avais de mieux.

Janine n'entend pas, ou alors elle se cache. De quoi a-t-elle peur ?

Revenons à nos brebis… Une veste de smoking tartasse avec des revers en oreille d'éléphant et là dessous, montrez-moi ce qui se passe en dessous ! Une chute de reins en goutte de cire sous une taille trop longue, les jambes un peu courtes pour le pantalon noir. Si Janine et ses collègues rédactrices de mode faisaient leur travail, elles devraient leur dire une bonne fois pour toutes, aux jolies poupées brunes de moins de 1 m 65 : pas de pantalon noir, même en crêpe. Le pantalon noir sur une brune, surtout musclée, comme Safia, donne toujours un petit genre école hôtelière. Salma Hayek chef de rang chez Hippo. Des mamelons pâles, parfois les brunes en ont de tels, petites roses d'hiver à couper ras et à faire sécher, pendues à un fil d'argent.

— Pauvre petite Safia, que viens-tu faire chez moi ?

Elle était timide. Rien de plus touchant qu'une timidité de joueuse de flûte, de fille vendue. Dès qu'on les descend du pilori, qu'on les éloigne cinq minutes de la barre à strip, qu'on leur laisse fermer les jambes et se rhabiller, elles ne savent plus comment se tenir ; honte d'elle-même. Le strip et les cabines, tout comme les chambres d'hôtel pour les putains, n'apportent ni liberté, ni accomplissement. Des déguisements, un masque, un gel, un ciment, un mensonge qui empêche de vivre et même de grandir.

— Thérèse ?

— Oui, Janine ?

— Thérèse, je voulais vous présenter mon ami Peter Orlowsky mais il a disparu juste quand vous arriviez.

— Peter Orlowski ou Peter Orlovsky ? À la Russe ou à la Polonaise ? Avec un *v* ou un *w* ? Un *i* ou un *y* ?

— Je n'en ai pas le début de l'idée, Thérèse.

— L'expert en faïence iznik ou le poète ?

— Peter Orlowsky est expert en arts islamiques.

— Pardon ? Peter Orlowsky, mon ami anglais, le pauvre Peter Orlowsky, expert islamisant chez

Christie's, est mort assassiné en 2005, au Brésil. Aux dernières nouvelles son corps repose au cimetière marin de Fortaleza ou de Perlambouc.

— Eh bien, le mien s'est perdu dans vos oubliettes ou dans une chambre de torture ! À défaut, Thérèse, je vous présente Safir, une jeune romancière.

— Nous avons déjà fait connaissance… Une romancière ? Un expert ? On aura tout entendu ce soir, ma petite Janine. Safia, vous avez beaucoup trop de sensibilité naturelle pour réussir en tant que femme de lettres. Quant à l'expert, il doit s'agir d'un assassin. Qui d'autre qu'un meurtrier pourrait prendre les papiers d'un mort ?

Thérèse écoute mais personne ne semble relever ses paroles.

— Quelqu'un peut-il mettre *Ann Boleyn* à la place des Beach Boys ? Justine ! ! ! Oui, Edward, pardonnez-moi… J'en étais où ?

— À la robe de la princesse de Lamballe.

— Depuis, personne ne sait ce que cette relique est devenue. Lorsque notre Sofia a présenté sa *Marie-Antoinette* à Paris, j'ai fait déclouer en son honneur le caissage du tableau de Romney à cause d'une vieille légende familiale, mais il n'y avait rien. Justine ! ! !

— Vous savez à quoi elle ressemblait ?

— La princesse ?

— Non, la robe.

— Oui, précisément. D'après un croquis qui a peut-être été relevé par Beckford lui-même, il s'agissait d'une robe à l'anglaise. Vous savez, une de ces robes du début des années quatre-vingts, 1780 bien sûr, inspirées par les redingotes masculines, ouvertes devant, avec un gros boutonnage en argent… Venez, Safia, vous allez nous prêter votre corps pour la démonstration… Imaginez un modèle très ajusté à la taille, portant une queue traînante. D'après le croquis de Beckford, la queue de la princesse avait été coupée ou arrachée, sans doute pour faciliter les déplacements en prison. Chaque couture du dos est accompagnée de deux baleines, et les deux pièces cousues s'élargissent pour former les lés du manteau. Ces deux pièces se relèvent sur la tournure, formée de deux toiles fortes matelassées. Les manches, dites en *amadis,* s'arrêtent au-dessous du coude. À l'avant, les compères de doublure se lacent à l'aide d'une dizaine d'œillets. Le lacet de la princesse avait été cisaillé pour dégager le ventre. Trois ans plus tard, ç'aurait été plus simple de la dénuder pour l'éventration. À partir de 1795 à peu près, les robes à l'anglaise ont cessé d'être faites d'une seule pièce, le corsage est devenu indépendant. Vous en verrez des exemples sur les portraits de l'époque.

Quel délice que la précision, la science du détail, le *truc* ! Comme il console les cœurs pervers du flou permanent, des bafouillages, des sincères inexactitudes des névrosés qui les entourent !

— Justine, enfin tu es là. Rhabille-toi correctement, recoiffe-toi et va me chercher le browning dans la chambre de Mémère. Je crois que Janine nous a imposé une présence importune. Une dernière chose, Edward. Une autre tradition dans ma famille disait que la robe avait été abandonnée dans une cuve de sable et qu'elle avait fini transformée en miroir de bordel ou en glace de carrosse.

En disant cela : « glace de carrosse », mots dont elle sonnait les sifflantes à cause d'une légère blésité, elle avait pris Safia dans ses bras, ou plutôt sous sa coupe. Le jeu de la robe, les divers tâtonnements opérés sur le corps de la petite l'avaient échauffée. En combinant du doigt sur elle le patron de la robe à l'anglaise, elle avait pu toucher les parties molles. Aucun relief, même pas de ficelle. Safia était à cru. Safia frissonnait. Maintenant Safia aurait bien voulu respirer mais Thérèse la tenait bon, l'épaule pleine de l'une frottait sous l'aisselle rasée de l'autre, chiffonnant la peau flasque et talquée. C'est un plaisir de l'âge de sentir une chair plus vive résister sous la sienne. Une épaule ronde qui chauffe l'aisselle froide et pendante comme un barbillon de volaille.

Elle trouvait naïf de penser que courir après les jeunes en revient à courir après la jeunesse. Elle ne s'illusionnait plus du tout sur ses charmes... De près, à la lumière d'une lampe de chevet, même de 15 watts, et couverte d'un foulard, elle était imbaisable. Sous une ampoule de couleur c'était pire, on aurait dit Dracula. Déshabillée, décoiffée, avec trente-deux implants qui brillaient dans sa bouche comme des bijoux volés et la poudre qui coulait en rigole dans les milliers de rides qu'était devenu son corps, son poil rare, ses doigts tordus aux ongles trop soignés, ses cheveux secs, elle se savait repoussante mais non toujours repoussée. Par un mécanisme avéré, la répugnance de l'objet augmente le plaisir du profiteur et la tristesse aussi, un sentiment qui se combine à merveille avec le plaisir. L'argent, la renommée, la rouerie lui permettaient d'accéder à la plupart des corps qu'elle convoitait, mais la souveraineté de l'humain ne cède qu'en apparence. En serrant la petite, elle se sentait d'autant plus squelette, bouche pourrie, nid d'hirondelle, crotte d'oiseau, danse macabre… La Mort enlaçant la jeune fille sur un vieux tableau allemand, celui-là même qui ornait la chambre à coucher de Juan.

— Tu peux me lâcher, s'il te plaît, tu m'étouffes !

Safir avait lancé ces mots de la voix bourrue des filles habituées à se battre pour un tabouret de bar ou un bout de matelas. Même à soixante et onze ans, il arrive de se faire remettre à sa place.

— Thérèse, à part les gravures licencieuses Directoire que vous avez montrées à Mme la présidente de la République au dîner, quelle est votre source d'inspiration majeures pour *L'hyper Justine* ?

Thérèse sourit à Edward comme on bâille, ses yeux brillèrent du même éclat vitreux que tout à l'heure quand elle s'endormait. À certains moments, elle ne contrôlait plus le dégoût que lui inspiraient la bêtise d'une compagnie ou l'ennui d'une situation et son regard s'allumait d'une lueur suspecte. La méchanceté remontait en surface. Elle promena autour d'elle ce triste fanal, mais personne ne répondit à l'appel. Tout le monde trouve ça normal : « source d'inspiration » « majeure » « poésie »… Accolés à Sofia Coppola et à des coupons de tissu, ces mots lui paraissaient à elle aussi ridicules que si on les avait appliqués à Safia, à Safir, à la femme de ménage ou à une récureuse de WC, pour prendre les exemples qui lui vinrent à l'esprit. Whitney ou pas Whitney, musée ou pas musée, elle n'était que costumière, elle jouait à la poupée et on n'était même pas sûr que l'autre mule fût vraiment cinéaste. Elle pouvait même affirmer le contraire. *Virgin suicide*, passe encore, mais *Marie-Antoinette* ! Quel navet ! Il faudrait leur dire un jour, avant de mourir, à Edward, aux autres, à Sofia surtout, ce que valait vraiment cette monnaie-là. *Marie-Antoinette*. Innommable. Une catastrophe. Gégé avait bien résumé la chose tout à l'heure (Sofia se trouvait à moins d'un mètre de lui !) : Kirsten Dunst en fraulein bavaroise, la musique de New Order, la satinette du marché Saint-Pierre : du *Teen Vogue*, une fête costumée chez une fille à papa de Los Angeles. Source d'inspiration ! Artiste contemporaine ! Quelle bêtise. Il n'y avait pas de femme artiste, pas plus que d'art contemporain. Thérèse était bien payée pour le savoir. De la couture, du point de croix, de la décoration intérieure, du rapetassage. Annette Messager, Louise Bourgeois, Sonia Rykiel, les fiches tricot de *Modes et travaux*, c'était kif kif… Des Pénélope, des Circé. La colère montait de nouveau, et la haine de soi.

La colère lui venait de la rebuffade de Safia, du désir en général et de l'impuissance à le satisfaire. De l'idée de la mort, aussi. La vraie, la sienne. Tous ces ânes continueraient de braire, et elle, intelligence de premier rang, allait voir son cerveau se répandre en jus noir dans leur crottin, comme Juan. Pour meubler le vide, elle aurait préféré lui faire casser le pot, à *Safir*, là tout de suite, par terre, par Porphyr (tiens ! « Safir » rime mieux avec « Porphyr » que « Safia » avec « moi », se méfier des assonances…) ou par n'importe quoi, au lieu de parler inspiration avec un cow-boy ou des Japonais.

Elle avait toujours voulu être aimée… pour se consoler elle avait trouvé des occupations : l'art, les collections. À soixante et onze ans, il était bien tard pour changer de monture. Les portraits anciens, les pastels d'autrefois, lui semblaient plus proches d'elle que les gens autour. Toutes ces Anglaises, ces Polonaises, ces Françaises, ces Autrichiennes, ces putains, parfois à demi retardées, aussi imbues, délabrées soient-elles, écrasées par leurs chignons nattés, leur *qu'es aco*, leurs poufs au sentiment, leurs chapeaux à la Marlborough, cultivaient une qualité négligée en France depuis la Révolution, une vraie qualité froide : le sens du ridicule. Qu'il ne faut surtout pas confondre avec la peur du ridicule, car il est notoire que la peur nous prive du sens. Sans parler du goût des jolis tissus et des matières mortes avec leurs manières. C'était pour ça qu'elle les aimait, ses collections, n'en déplaise à Mémère…

Mémère !

Derrière *Safir*, derrière les portraits, les gens, les psychés, les bibelots, les accessoires, les vétilles, bien au-delà de toutes ces décorations, le fond du corridor, obscur d'ordinaire, était anormalement éclairé par une porte béante, une porte qui n'aurait pas dû être tenue pour existante, une porte à nier, une porte qu'on n'avait pas le droit de laisser même entrouverte un instant, une porte interdite qui devait toujours demeurer bien fermée, bien verrouillée.

Une silhouette démesurée, une ombre, se détachait sur le mur, dans le carré de lumière. Par un étrange effet d'ombre chinoise, la géante semblait munie d'une trompe ou d'une queue lui pendant entre ses jambes. Thérèse reconnut le gros rire d'enfant de Justine. Encore une négligence de cette jeune éléphante de dix-sept ans et d'un mètre soixante-dix-sept, en bottes de sept lieues, qui ne prenait garde à aucune procédure, à aucun protocole, fonçant toujours tête baissée dans les porcelaines et les délicatesses d'usage, laissant les portes ouvertes, les tiroirs en vrac, les pots de yaourt dans le lit, les tenailles par terre, les olisbos dans l'eau de Javel, la crème glacée sur le radiateur, mes pantoufles dans l'entrée, la serviette mouillée dans le margouillis, les joints en cours sous les livres, l'opium en évidence pour la police, et le browning de Mémère n'importe où, pourquoi pas dans la poche de l'assassin…

Par cette porte, la porte des coulisses les plus obscures du 13, rue de Castiglione, Thérèse venait d'apercevoir des gens, de la fumée, du mouvement. Le diable était donc de sortie. Qui, à part Justine (et avec la complicité de Justine), avait bien pu oser s'aventurer dans la chambre de Mémère ? Thérèse resta saisie. Les paroles autour d'elle, les questions d'Edward, les affirmations des uns et des autres, pourtant pleines de modestie, reprirent le chemin de tout à l'heure quand elle dormait sur le divan massacre : le vide en direct, sans passer par elle.

En reculant d'un pas, la découverte ménagée par la porte s'élargissait sur un mur vert. Une tenture à motifs, des boiseries de style Henri II… Au mur, unique et majestueux ornement, un tableau d'autel représentant un homme à l'agonie, la tête en bas, le corps basculé en perspective raccourcie. Le torse bosselé par les côtes ressemblait à une araignée blême, une gigantesque araignée embusquée de la taille d'un chien ou d'un loup. Sa saillie empêchait la découverte du bas-ventre de l'homme, blessé comme le laissait supposer la présence d'un chiffon sanglant d'où s'élevaient deux cuisses d'athlète noyées dans un glacis d'huile de vidange. C'était une image classique du martyrologue… un saint Laurent. Œuvre d'on ne sait quel petit maître français du début du XVIIe siècle, Lorrain ou bien Bellifontain. Par un sacrilège du temps, le saint s'était mué en damné. La masse sombre du gril avait disparu, enlisée dans la fumée poisseuse des cierges, et le corps lui-même paraissait se débattre dans la poix d'un fleuve infernal.

Tout ça formait un spectacle bizarre mais ordinaire, dans la journée du moins. Il suffisait que la femme de ménage soit en train de dépoussiérer, en fin d'après-midi par exemple, à l'heure où l'on allumait la lampe de cuivre qui éclairait le tableau pour que, du même point de vue, on découvrît la même atmosphère d'oratoire. Les épaules du saint plongeaient derrière le montant du lit. Les barreaux de cuivre enfermaient le visage nimbé d'une sorte d'assiette de cantine, un masque plutôt qu'un visage, d'une douleur accentuée dans le goût carnavalesque et malsain du caravagisme septentrional.

Par un effet de perspective plutôt cavalière, les pantoufles à carreaux de Mémère attachées à deux mollets grisâtres étendus bien à plat sur le couvre-lit, semblait appuyer sur la tête du martyr pour le narguer ou étouffer son cri. Encore une fois jusque-là rien d'étonnant, la vie de famille, Mémère au lit et le saint – ou plutôt le *nudiste* comme elle le surnommait – sur son gril invisible. Sauf que cette nuit il y avait une visiteuse dans le tableau, un autre visage recueilli près des pantoufles, celui d'une fille osseuse aux longues mains blêmes, pâle comme une religieuse, Sofia, Sofia Coppola, Sofia Coppola qui fumait une cigarette. Elle était si ressemblante, si immobile, si recueillie, si bien éclairée, qu'on aurait juré un portrait de Sofia Coppola par Georges de La Tour ou Wolfgang Heimbach, l'étrange et mélancolique peintre sourd-muet du roi du Danemark. Mais non, la fumée lévitait, c'était elle… Que pouvait-elle faire là ? Elle semblait ausculter les varices de Mémère, flairer ses pantoufles, ou bien s'apprêter à lui laver les pieds. Un autre tableau d'autel, mais d'un genre infernal : la toilette de Satan.

— Thérèse, pardonnez-moi, je répète ma question, à part les gravures Directoire, quelle est votre source d'inspiration principale pour le film de Sofia ?

— Le Ricard.

Quand elle souffrait, la repartie lui venait trop vite. Pourquoi parler de ça ? L'alcoolisme n'est plus bien vu aujourd'hui. Pourquoi pas l'Alzheimer, pendant qu'elle y était ? Elle aurait mieux fait de citer l'opium, le chocolat, n'importe quoi.

Le Ricard passa très bien. Ils riaient tous. À croire qu'ils avaient senti son haleine sans oser lui en parler. Un soulagement. Les Japonais adoraient. Ils notaient ça dans leurs tablettes. Quelle belle soirée ! La salade de pommes de terre aux truffes, le champagne, la princesse de Lamballe, et maintenant le Ricard. La princesse de Lamballe, la robe, ils n'avaient pas tout compris, ils se doutaient que c'était chic, seulement ils manquaient de vocabulaire, mais le Ricard, oui ! Que c'était drôle ! Elle se mordit les lèvres à les éclater. Les larmes montaient. Il fallait qu'elle s'assoie à nouveau. Elle chercha Justine des yeux. Trouva Janine à la place, échevelée d'avoir couru partout (à la recherche de quoi, déjà ?), affichant cette hystérie qui l'habitait lorsqu'elle se sentait prise en faute par ses financiers, réels ou imaginaires. Les yeux tristes quémandaient son attention de l'air que Thérèse détestait, le regard observateur d'une fillette qui joue à la maman, reproduisant la mine inquiète qu'elle avait découverte dans les yeux de ses proches après sa première overdose. À la voir, Thérèse avait l'impression d'être incontinente ou d'avoir répété trois fois la même phrase. Justine ! La bouche s'ouvrit mais aucun son n'en sortit. Elle n'avait plus la force de crier. Elle avait le sentiment d'appeler Justine sans arrêt, elle se dit qu'elle devait faire pitié. Une vieille folle.

Janine profita d'un moment de faiblesse pour lui prendre la main.

— Je suis désolée, Thérèse, je n'arrive pas à retrouver Peter.

Thérèse s'arracha à elle. La présence d'un homme dans l'appartement, hors de son contrôle, la hérissait. Elle n'avait pas peur, elle sentait monter la rage. Sans autre raison que cette voix grave et l'odeur qu'elle croyait sentir de nouveau dans l'air. Sur Janine, dans ses vêtements, dans son haleine. Il allait pisser partout, lâcher du sperme sur ses trésors, remplir d'étrons ses cabinets. Le désordre avait commencé.

— Thérèse, je vous en prie, pardonnez-moi.

Une aussi jolie bassesse (le point fort de Janine, sexuellement parlant) aurait pu lui faire du bien, réveiller des envies de se frotter sur la petite et de lui faire avaler son *morning glory* aussitôt, mais un galop coupa court à ces agréables fantaisies.

Les rires avaient rameuté le monde dans la galerie d'entrée, les copines, les gouines, les pédés, et même réveillé le chien. Porphyr aimait les blagues, la fête, l'excitation, il haletait, langue pendante, en roulant des yeux d'extralucide, il regardait les Japonais, penchait la tête, grattait indiscrètement son fourreau pénien de sa patte arrière. L'allégresse commune lui faisait espérer qu'on s'occupe enfin de lui pour de bon, qu'on lui offre une danseuse, un gâteau sec, une oreille de cochon, qu'on lui accorde une récompense, sexuelle ou alimentaire, peu importait, la différence n'étant pas trop marquée dans son cortex.

L'irruption de Justine donna un sens à ses ardeurs. Avec la fougue propre aux molossoïdes il lui jeta les pattes sur les épaules et entreprit de lui lécher le visage.

— Oh là là… Couché, Porphyr, tu m'embêtes à la fin ! Bad news… Le pistolet à Mémère est en réparation chez Gastinne Renette. Elle l'a enrayé l'autre jour en jouant avec la femme de ménage.

Justine éclata d'un gros rire de gendarme. Treize ans d'âge mental. Une belle compagnie pour une gâteuse, se dit Thérèse en la regardant fixement. En un instant sa nuque se bloqua, et son intelligence en même temps. Elle ressentit une baisse d'intensité vigile. La crainte de perdre l'équilibre l'affola sans qu'aucun geste ne puisse être commandé par un cerveau qui semblait mort comme un appareil électrique débranché par mégarde. La sensation d'inertie repoussait les limites du supportable. Au milieu de l'agitation générale, sa léthargie aurait dû passer pour une distance autoritaire, mais il lui sembla qu'un silence trop appuyé dévoilait sa faiblesse. Il lui fallut beaucoup de courage pour retrouver la parole.

— Que se passe-t-il chez Mémère ? Pourquoi ne dort-elle pas ?

— Elle tire les cartes à des gens.

— J'ai aperçu Sofia en train de fumer, tu peux lui rappeler les consignes ?

— Je crois que c'est de la drogue.

— J'en suis même sûre à voir tes yeux.

Safir s'illumina.

— Y a du matos ?

Le *matos* donna une idée à Thérèse. Ses oreilles bourdonnaient, ses propres paroles lui revenaient en retard avec un écho désagréable. Il se passait un temps anormal entre la phonation et l'audition. Lorsqu'elle s'adressa à Justine, ce fut dans un chuchotement.

— Va chercher une arme dans la chambre des filles. Ne prends pas la massue ni le sans-pareil, un casse-tête de taille moyenne suffira.

— Sorry, j'ai pas les clés.

— On ne dit pas *j'ai pas* les clés mais *je n'ai pas* les clés et cesse de mélanger l'anglais et le français, tu es ridicule.

Ce dernier mot fut prononcé d'un ton si éteint qu'il semblait trahir une immense lassitude, non seulement de Justine mais de la vie en général. Thérèse sonda son scapulaire d'une main tremblante. Sans appui, elle avait peur de s'effondrer. Elle était au bord de l'évanouissement, du *collapse*, aurait dit Justine. Il fallait éviter de faire tomber les reliques.

Dans un geste d'une douceur infinie Justine s'approcha de Thérèse pour retirer d'elle-même la clé du scapulaire. Depuis sa découverte dans une école de coiffure à Bruxelles à l'âge de quinze ans et demi, Justine émerveillait Thérèse par la gentillesse de son caractère. Jamais le mot *primesautier* ne s'était si bien appliqué à quelqu'un. Il arrivait souvent que la petite la ravisse par un élan inattendu. Dès qu'elle sentait Thérèse affaiblie, elle lui donnait un peu d'elle-même.

La « petite » était aussi grande que Thérèse, elle pouvait même la dominer, hissée comme ce soir sur des talons de quinze. Pendant qu'elle fouillait le scapulaire, Thérèse la détailla du regard que les mourants portent sur ce qu'ils vont perdre. Ce soir, à la lumière des torchères de l'entrée, de menues imperfections physiques rendaient Justine plus fragile et plus irritante. Des rougeurs marbraient sa gorge ; les mains desquamées jusqu'au sang, du fait de l'eczéma nerveux qui la dévorait depuis l'enfance, semblaient avoir été trempées dans une casserole d'eau bouillante. Les cheveux, pourtant lavés de la veille, auxquels Thérèse imposait par goût des coiffures Louis XVI le martyre du fer à friser, se ploquaient et se défraîchissaient peu à peu au point d'imiter une de ces grandes perruques grises et molles entreposées dans les armoires du studio. La bouche était cisaillée par les gerçures et les morsures qu'elle s'infligeait à longueur de journée sous l'effet du stress.

Ses seins de blonde donnaient à Thérèse envie de se blottir contre eux et de les blesser avec les dents. Elle avait surveillé leur croissance, comme elle surveillait tout ce qui concernait Justine et surtout ce qui pouvait l'éloigner d'elle.

— Allez, va…

Elle regarda Justine s'éloigner sur ses bottes rouges, la perruque à moitié détachée tombant jusqu'au milieu du dos, lambeau animal sur un vêtement déjà gâté, taché de traces de doigts, de vin, d'empreintes et d'humeurs douteuses, alors qu'il lui avait coûté la veille pas moins de 3 500 euros… non, 4 000. Une forme en mouvement, un tissu opaque et scintillant, une surface liquide.

— Thérèse, vous devez absolument me montrer vos esquisses pour le film *Dracula*, de Paul Morrissey ! Ingrid m'a dit qu'elle les trouvait superbes…

Dracula maintenant… Où Edward voulait-il en venir ?

— Dracula, c'est moi !

Elle avait lâché ça d'une voix sinistre, et ils rirent tous, une fois de plus. Quand on commence, ça ne s'arrête plus, le secret des comiques… leur perte aussi, et puis la vérité fait toujours rire, même Safir qui affichait pourtant la gravité hiératique propre aux filles vraiment faciles ; Thérèse, non. Le souvenir de ce travail avorté, des esquisses à la pierre noire et des disputes sanglantes avec Paul Morissey, se rapportait à la période la plus sombre de sa vie. Sa tentative de suicide en Méditerranée… L'Italie, juste après Emmanuelle, juste avant Claude. Entre Charybde et Scylla qu'elle était allée chercher dans le détroit de Messine pour se noyer et devenir immortelle. Messaline à Messine. Pas de monstres mais des cargos rouillés. Le flou. Les surfaces liquides, les ordures, les poissons, la beauté du monde à sept heures au soleil.

Edward lui parlait d'esquisses, juste quand l'envie de dessiner lui revenait, grâce à Justine et à sa manière si personnelle, si élégante, de gâcher le vêtement. Le mépris du monde. La petite venait de lui suggérer une certaine matière de drapé pour le film de Sofia. Le sang, la souffrance amènent les idées neuves. Tout est dans le mouvement, le bougé, toujours. Une connexion s'opérait entre la princesse de Lamballe, le fantôme de Grisélidis, la chambre des filles et la présence d'un homme dans l'appartement. La robe dans le feu et le délaçage qui précédait dépendaient du drapé : ce relief ombré de lèvres et de fentes. Il fallait qu'elle aille vite sinon tout allait s'aplatir, le blanc, la feuille, le lissé du tissé du tissu allaient recouvrir les formes éphémères, les plis que le désir avait fait naître, et il ne resterait vraiment plus rien, à part l'envie de faire souffrir Justine, comme tous les soirs. Depuis quelque temps, les idées étaient devenues des ombres plus profondes, plus difficiles à déchiffrer et plus fugaces que les désirs. Au fond, c'était toujours les mêmes thèmes qui l'inspiraient, les mêmes tremblements que lui donnait à voir son imagination, mais obscurcis à chaque instant davantage.

Les rires étaient retombés. On attendait une réponse. Elle ne pouvait pas rester silencieuse plus longtemps. Elle dut se résigner à laisser le travail en sommeil. Son esprit était encore assez bien organisé, assez roué, assez sorcier pour supporter un délai. Elle avait remarqué que plus elle tardait, plus l'intensité était forte. Les autres servent à ça : nous inspirer du désir et nous empêcher de le satisfaire. C'est grâce à eux et contre eux qu'on travaille.

— Pourquoi me parlez-vous de ce vieux navet ? Vous allez donner des idées à notre Sofia, elle nous a déjà bien assez fait souffrir avec Jess Franco !

En disant cela, elle avait jeté un coup d'œil à la chambre de Mémère. Les messes basses continuaient, il lui sembla entendre une voix masculine. Une grosse toux lui rappela que Mémère était enrouée en ce moment, une bronchite.

Edward tripota son jean brodé, il aurait voulu faire rentrer la chemise à fronce sous le pavillon de la ceinture. Un geste désespéré au vu de la pression que subissait déjà le bouton de culotte. L'Américain avait bien perçu l'agacement de Thérèse. Il l'attribua aux ragots qu'on avait rapportés sur une tentative de suicide en Italie au moment du tournage. Par un paradoxe propre à certaines natures peu courageuses, aussitôt après avoir cherché à décontenancer Thérèse il redouta de l'avoir humiliée. Pour se rattraper, il se lança dans une phrase filandreuse qui visait à établir un rapport entre la légende de Dracula et l'histoire de Justine. Le tout avec l'accent d'une doublure de Laurel et Hardy.

Thérèse le laissa s'emmêler sans y prêter garde. Les pédanteries la laissaient froide. Elle avait trop bien connu les années soixante pour se faire prendre à la première théorie. À son époque, même les filles de Claude, même la Sultane, lisaient du Barthes ou du Foucault et, à défaut de henné, se teintaient d'ésotérisme lacanien, alors... les journalistes de mode américains pouvaient s'accrocher. Elle ne l'avait pas non plus attendu pour découvrir les romans gothiques. La bibliothèque de Vermandois en était pleine.

Tandis qu'Edward terminait, elle retourna à son idée. Il y avait une scène dans le script... Quel numéro, déjà ? La crise nerveuse, tout intérieure, qui l'avait secouée en découvrant Sofia dans la chambre de Mémère, la violente tension qui en avait découlé avaient préparé le terrain. C'était ainsi que ça arrivait. L'« inspiration » naissait d'une confusion entre gens, sentiment, désir, et souffrance qu'elle devait maîtriser, en pleine nuit, en plein jour, n'importe où, n'importe quand, devant tout le monde ; dans ces moments, il fallait qu'elle note.

— Justine, laisse le chien tranquille, pose ton attirail et va chercher le scrap book !

Le cru d'une situation, l'emmêlement de plusieurs intrigues, l'irruption d'un Porphyr ou d'un mâle quelconque pour troubler les filles, les mouiller dans l'intrigue, voilà que ça bouillonnait, voilà que les idées nouvelles prenaient consistance sous le feu d'un ressentiment immédiat.

Les menottes de cuir et le casse-tête océanien avaient une drôle d'allure, posés ou plutôt jetés par Justine sur une crédence de Horta. Pourtant, en mettant un peu plus d'art dans la disposition, le bois sombre du socle et les formes organiques propres au modern style auraient pu faire corps avec le casse-tête et le jeté des menottes. Elle répara le désordre de Justine, disposant d'une main sûre une nature morte digne de figurer sous ses yeux. L'art consistait à « présenter » le réel comme on « présente » un plat, des instruments ou un patient à opérer. Elle se demanda un court instant pourquoi la petite avait sorti ces instruments de leur réserve, puis se souvint de la présence d'un intrus dans l'appartement.

Question du jour, indice manquant : Comment s'appelle-t-il déjà ?
Réponse : Peter Orlowsky.

Elle disposa la chaîne des menottes autour du manche noueux du casse-tête, court, trapu, d'un volume inquiétant qui donnait envie de le détourner pour un autre usage. Ce ne serait pas si mal d'introduire un homme dans un protocole *Cut story*, surtout un homme capable de violences. Un fouteur, un bourreau. Il y en a si peu… Elle chassa cette idée aussitôt, en même temps qu'elle lâchait le bois lustré par les mains des Papous.

Elle se pencha pour claquer le museau de Porphyr qui convoitait très ouvertement le casse-tête. Le bruissement venu du grand salon blanc la remplissait d'aise. Remontée d'alcool ou embellie neurologique, elle se sentit soudain revivre. Envie de travailler, envie d'épouser les filles, le monde autour d'elle, les étrangers, un étranger surtout, un assassin, qui sait, et même la violence, peut-être. Il se passait enfin quelque chose. Comme Warhol, comme Bacon, comme beaucoup d'artistes des années soixante, et non parce qu'elle voulait faire comme eux, mais parce qu'elle participait de la même époque, elle aimait avoir du monde autour d'elle, une faune (un faune ?) avec ses gibiers et ses prédateurs, pas pour la cour, la frime, comme les gens le pensent souvent, mais pour le trouble, les frictions, et pour l'envie qui vient toujours à une certaine heure de se recueillir. Elle se souvint que dans l'article d'Edward il était question du goût de certains créateurs pour ces escortes temporaires qui tiennent de la famille et de la ménagerie. Pas de ménageries sans fauves. Les siens étaient trop apprivoisés. Des lions châtrés. Elle se demanda à quoi ressemblait l'homme dont elle avait entendu l'organe alors qu'elle se manualisait dans la *Chambre des filles*.

— Edward, où avez-vous fait ce portrait de John Waters ? Était-ce pour le *Vogue Homme International* de votre ami Richard Buckley, ou déjà pour le *Vanity Fair* ? Je ne me souviens plus ?

Elle eut l'impression désagréable que donnent certains rêves où la voix ne porte pas. Peut-être dormait-elle, abrutie sur le divan massacre ou repue dans l'alcôve ? Non, elle était bien toujours debout dans la galerie d'entrée, sous les torchères de la palazina

Cinese qu'elle avait fait copier à Prague par un vieil artisan presque aveugle. Edward n'écoutait pas, il s'était laissé distraire par un Japonais barbu, un diable d'Hokusai dont le nom lui échappait. Pourtant elle ne connaissait que lui, et ce depuis les années soixante justement… Maki ? Tako ? Saké ? Také ?… Také, oui Také !

Elle aurait voulu parler à Edward de cette histoire… (distraite maintenant par Také, elle n'arrivait déjà plus bien à se souvenir de quoi il s'agissait), lui expliquer le principe. Lequel ? Elle avait oublié ce qu'elle voulait dire et l'élan qui l'avait poussée vers l'autre demeurait comme une enveloppe vide. Voilà que ça recommençait. Désespérée, elle chercha des yeux quelque chose à quoi se raccrocher et fit une mauvaise rencontre dans un des miroirs vénitiens : une grande femme à l'œil arcimboldien, fou comme une baie de genièvre dans un plat d'hiver, allégorie du triomphe de la mort, noces de cendres, elle-même…

Il fallait qu'elle retrouve le fil, qu'elle vainque au moins une fois ce soir la fuite incessante des idées. Un article de fond aurait été l'occasion de rendre compte de phénomènes dont on ne traite jamais dans les revues d'art tenues et trahies par la maçonnerie des snobs, Sischy et Cie. Par une vertu de caractère qui la rendait forte, car tout à fait sincère, Thérèse avait le front d'imaginer la possibilité pour un travail d'être utile, quel qu'il soit. Reste de l'optimisme des années soixante-dix ou nouveau signe d'affaiblissement intellectuel, on ne savait pas trop. L'optimisme avait en effet tendance à s'affirmer à certains moments.

Réputée pour ses avis impitoyables, elle affichait soudain une indulgence désarmée et quasi lâche à l'égard de choses, d'idées ou de gens jugés ridicules une heure plus tôt. Cette pauvre Grisélidis qui détestait la faiblesse la rabrouait en la surnommant, dans ces moments-là, « Mamie joie de vivre ».

Question du jour sans indice particulier : L'optimisme est-il un symptôme (un synonyme ?) du gâtisme ?

Réponse : Non. Au contraire, tout le monde sait que l'Alzheimer se laisse annoncer par une dépression préalable.

L'utile… Même la presse pouvait y prétendre, à partir du moment où elle rendrait compte de quelque chose, d'une vérité humaine quelconque. Enfin, ça lui revenait ! Les gens autour, la cour, la gêne, le plaisir… Comment l'idée vient à l'artiste, comment l'esprit vient aux filles… Restait à retrouver le lien de tout ça avec *L'hyper Justine* et l'idée de drapé de tout à l'heure. Aucun, peut-être. Pas mon genre pourtant, le galimatias. Ah oui, la peur de l'homme. Non, du chien. Non, de l'homme… Du mâle, quoi. Du mal ? Mais non le mal (le mâle ?) c'est *moi*… Ou alors c'est lui. L'autre, le Grand A, comme dirait Jackie, non Jacques… Quel Jacques ? Jacques Bonhomme ? Maître Jacques ? Comment s'appelle-t-il déjà, l'autre, le mâle ? Peter. Peter Ibbetson ? Non, Peter Orlowsky.

Elle rota du pastis et se sentit seule. Edward avait la tête ailleurs, personne ne s'intéressait plus à elle.

Janine avait filé au salon, Safir s'était assise sur le grand pouf violet, cadeau de Marie-Hélène, et téléphonait à Dieu sait qui, une parente, une bonne d'enfants ou bien une de ses copines danseuses du ventre. Il s'agissait d'organisation, comme toujours avec les femmes, d'enfants à aller chercher « au centre aéré demain après-midi à Mitry » pour les emmener au sport. Les Japonais avaient l'air mélancolique, l'air prêts à remonter dans leur minibus. Utopie. Fatigue. Rêverie d'alcoolique… Les journalistes de *Vanity Fair* ne s'intéressent qu'aux gossips, aux petits secrets d'initiés, à l'élitisme byzantin, comme *Voici,* comme *France Dimanche*, comme Mémère, comme Paul Morrissey, comme Ingrid Sischy, comme tout le monde. Des ragots, des romans, des biographies. Au pire, des mensonges, au mieux, des inexactitudes. Du mépris toujours, du mépris d'initiés interdits à toute révélation. L'art est ailleurs, en prison. Le suicide raté, Madame Claude, la prison, voilà ce qu'il cherchait, ce cow-boy insinuant. Il aurait mieux fait d'interviewer Mémère… Elle regarda vers la chambre verte, mais la porte avait été repoussée, on ne voyait plus qu'un trait de lumière. Ça devait y aller dans le déballage d'as de pique et de valet de cœur. Mémère en Pythie, Sofia en pigeon. Joli spectacle qui lui rappela un sketch de Francis Blanche et Pierre Dac.

Par un mystère propre à son caractère, toute souffrance avait cessé. Rebutée par la porte fermée, rejetée par Edward, abandonnée par Justine, par Safia, par Janine, par tout le monde, elle était revenue à son idée nouvelle comme dans les bras d'une mère.

Elle avait l'image en tête : une robe de condamnée, un laçage de massacre à jeter aux pieds de l'échafaud.

— Justine ! ! !

Edward avait fini avec Také. Edward attendait son sucre. Lequel déjà ? Ah oui, Dracula… Ils attendaient tous leur sucre, et Porphyr le premier. Il allait encore falloir qu'elle parle pour les récompenser…

— Paul Morrissey était comme vous, Edward, il était comme tous ces gens de la Factory : un snob. Je ne sais pas pourquoi j'en parle au passé, je crois qu'il est toujours vivant. Non ? Vous le connaissez ? Non ? À l'époque où je l'ai supporté (pas longtemps) il ne s'intéressait qu'aux ragots, à la biographie. C'est pour ça que ses films sont si plats. Comme ceux de Barbet Schroeder. Aucun talent. Il ne sait pas incarner, à peine enregistrer. Un vrai gentil, au demeurant. Il a aidé beaucoup de jeunes garçons. En ce qui concerne votre requête, je suis navrée, quelqu'un m'a volé les esquisses… Morrissey, peut-être ! Ou alors cette pauvre Mary Woronov. En revanche, il me reste les figurines réalisées pour un autre *Dracula*, celui d'Edward Gorey, à Londres, quelques années après.

— Les quoi ? Pardonnez-moi.

— Les figurines… Mes poupées, si vous préférez, mes joujoux… Edward, je vous rappelle que vous faites le portrait d'une vieille tribade retombée en enfance qui joue à la poupée. Vous vous souvenez ? Non ?

Une voix criarde les interrompit.

— J'ai les boules, j'ai un problème avec Cindy, elle va à la danse mais Erwan, lui, y va au sport, et

Fatima elle peut pas les prendre après parce qu'elle va à son cours de taï-chi... Après, le soir, on sait plus où y sont. Tu veux pas appeler Andy, ou Mourad, et tu reviens vers moi ? Je vais exploser mon forfait...

Safia avait monté d'un ton, Edward s'enfuit vers le salon sous prétexte d'aller chercher à boire. Thérèse regretta de ne pas lui avoir demandé un Ricard. Un quintuple lui aurait fait du bien. Elle se montrait hargneuse parce qu'elle en voulait à Edward de son inattention et de son infidélité avec Také, mais aussi parce qu'elle s'était aussitôt reproché de s'être laissé entraîner à parler de ces gens-là. Au moins ne l'avait-elle pas appelé *Andy* (comme Safia le sien) mais *Warhol*. Elle qui aurait pu dire cent fois *Andy*, qui avait toutes les entrées pour dire *Andy*, tous les ausweiss nécessaires, utilisait toujours le nom *Warhol*, par ce genre d'élitisme inversé, d'érotisme inversé, de phobie morale, qui lui faisait éviter les mots des autres, les goûts des autres, le goût des autres. Elle s'en voulait d'avoir parlé de ça. *Warhol*, *Factory*, *Morrissey*, elle s'interdisait de citer ces mots-là... Toute cette bimbloterie d'un autre âge donnait mauvais genre. On avait tôt fait de vous confondre avec ces gens ou, pire, de vous prendre pour un imitateur. Qu'on vous associe avec eux c'était une chose, en parler soi-même, une autre. Encore un héritage de cette pauvre Grisélidis, elle qui avait l'art de formuler sèchement ce dont on se doutait quand même un peu avant. Ses jugements ne manquaient pas d'aplomb ni de brillant, surtout au réveil, ou en redescente de coke. Thérèse la reverrait toujours... c'était au début de leur liaison : remontant le mufle des mauvais jours de son bol de Chokapic, ce mentor de dix-sept printemps à peine débarqué des corons d'Armentières avait grommelé à Thérèse qui se laissait aller à évoquer un souvenir : « Évite de parler de Warhol, s'il te plaît, Maman, c'est trop ringard. » Depuis quelques années, cet avis devenait chaque jour plus exact. Surtout avec les Français, les Japonais, les Coréens, les touristes… Et même les Américains… Même la Sischy, avec tout son snobisme, n'avait pu l'attirer sur ce terrain. Warhol, ce n'était vraiment plus possible…

Ils s'étaient revus une fois, à Rome, en 84. À part Carmelo, il était la seule personne à qui elle n'avait jamais parlé de la prison, peut-être parce que lui-même était en prison, comme Saint Laurent, comme ce pauvre Bacon… comme tous les vrais artistes à une époque où l'on ne parlait que de liberté. Warhol s'intéressait à Thérèse à cause de ses amours avec Jackie. Tout ce qui touchait à Jackie fascinait Warhol. Marie-Thérèse Adélaïde Atalante de Vermandois, marquise des Vertus et maîtresse de Jackie O, époque Kennedy, intéressait Warhol au plus haut point, et il se laissait pénétrer par ceux qui le fascinaient, plus facilement que par ceux qu'il fascinait. Thérèse lui avait raconté comment la vocation lui était venue, après Dracula, à Clairvaux. La geôle (*laaa jooole*, comme disait Carmelo) lui avait permis de se construire à l'âge adulte un théâtre intérieur où s'exprimaient ses penchants, un vrai castelet de marionnettes.

Envie de pouf. Safia avait fini ses travaux d'organisation et elle était silencieuse, d'une grande qualité de silence. Surtout chez elle. Thérèse, se calant légèrement contre son épaule, lui parla de la voix qu'elle prenait quand elle se parlait à soi-même.

— Tu veux que je te raconte comment je suis devenue artiste ?

— Oui, madame, ça me ferait plaisir.

— C'était en prison, à Clairvaux, dans l'Aube.

— Pour quoi t'étais tombée ?

— Proxénétisme.

Safir lui passa la main sur la joue sans dire un mot. Une caresse de bête, réconfortante, à la Justine, mais moins tendre, plus orgueilleuse.

— T'as rendu service à des copines ou quoi ? T'étais pas une proxo, t'étais juste une prostituée.

— Exact.

— T'as pris combien ?

— Trois ans, mais je n'ai fait que dix-huit mois.

— …

— Pour m'occuper, j'ai commencé par fabriquer un théâtre de marionnettes. Je t'en montrerai une réplique tout à l'heure. L'original était construit avec des cartons d'emballage qui venaient des cuisines, je l'avais entièrement tapissé de feutrine dérobée à l'atelier de pantoufles. Grisélidis l'a détruit lors d'une dispute. Je l'ai fait reconstruire chez un artisan italien spécialisé dans les maquettes de théâtre.

— C'est qui, Grisélidis ?

— Une fille que j'ai beaucoup aimée.

— Comme moi avec Claude Daniel.

— ?

— Tu connais Jordy, le chanteur ? J'ai eu une histoire avec lui. Allez, raconte la suite.

— Au commencement était un livre emprunté à la bibliothèque de la prison, un livre anglais, une édition du *Faust* de Christopher Marlowe, un écrivain anglais homosexuel mort poignardé, il était illustré du plan d'un théâtre de l'époque élisabéthaine : *Le Théâtre du Cygne*, le nom m'avait plu.

— Moi aussi, j'aime les cygnes.

— Chut ! Il s'agissait d'une construction très simple, « minimaliste », dirait-on d'aujourd'hui : une scène, une arrière-scène et un balcon. Enfermée dans une pièce étroite toute la journée, j'avais ressenti le besoin d'un second espace où enfermer une autre moi-même.

— Tu voulais jouer à la poupée ?

— En quelque sorte. Toutes les années passées à diriger des filles m'avaient donné des habitudes de marionnettiste. L'idée s'était précisée à la suite d'un songe. Dans mon rêve, il y avait une autre cellule sous la mienne, plus petite, un caveau ou était enfermée une femme en réduction, une sorte d'automate ou de mandragore, elle poussait des petits cris inhumains comme une bête nocturne. Tiens, pardon, ça me fait penser à quelque chose…

— Justine ! Tu pourras appeler le staff de Natacha Kampusch ? Elle rentre de Thaïlande demain matin. Il faut qu'on lui fasse faire un fitting pour le rôle de la Borghèse.

Mais Justine n'était toujours pas remontée du studio. Décidément, tout le monde disparaissait. La soirée des dupes…

Thérèse céda à la tentation de caresser les joues de Safia. La petite Arabe la reposait par son silence et sa chaleur. Elle lui rappelait une voleuse marocaine sourde-muette avec qui elle avait si bien fait l'amour à Clairvaux. Malheureusement, Safia n'était pas muette.

— Tu veux pas ouvrir la bouche et me montrer ta langue ?

Safir obéit, elles commencent toujours par obéir. Comme la plupart des organes, cachés ou apparents, les langues sont toutes différentes. Celle de Safia était épaisse, ronde, avec un frein très saillant. Un joli morceau, Thérèse regretta une fois de plus de ne pas avoir gardé les instruments de chirurgie oto-rhino-laryngologique que lui avait légués le docteur Ferdière. Ils avaient servi à un protocole ancien et ils avaient souffert. Elle se demanda ce qu'étaient devenues quatre très belles pièces : l'*ouvre-bouche*, dit de *Reverdin*, la *pince abaisse-langue,* dite d'*Ombredanne*, la *pince d'Escat* et le *serre-nœud de Sebilleau* qui servait d'ordinaire aux arrachements de fibromes naso-pharyngiens. Du matériel ancien en laiton, perdu à jamais.

— Tire-la bien… En prison, ce matin-là, après le rêve, je me suis réveillée avec l'envie de construire une poupée. Cette fantaisie n'avait rien à voir avec un désir brutal à assouvir immédiatement, c'était beaucoup plus doux, et beaucoup plus fort. Une envie qui avait envie de prendre son temps. Il fallait que ça dure, il fallait que le jeu dure toute la vie, jusqu'à la mort. L'âge adulte s'était terminé sur une catastrophe, j'avais l'intention d'entrer dans un autre monde, comme Alice ou Peter Ibbetson, le héros d'un roman que j'ai aimé à ton âge. Pour retarder la venue de la poupée, parce que je ne voulais pas qu'elle arrive trop vite, j'avais construit d'abord sa maison : le modèle réduit de théâtre. Après le théâtre, j'ai modelé des personnages en papier mâché. De petites mandragores d'une vingtaine de centimètres.

— C'est quoi, une mandragore ?

— Chut ! Ouvre bien… Je ne vois rien. Une plante qui ressemble à un être humain. J'en ai plusieurs en bas, je te les montrerai. Chaque marionnette avait fait l'objet d'un soin infini. Les articulations, en particulier, avaient demandé beaucoup d'efforts, car aucun matériau dur ne rentrait dans les cellules. Je les avais fabriquées avec des os de poulet, des rubans, des moutons de poussière et le caoutchouc des pantoufles de l'atelier. Au bout de plusieurs mois de travail j'ai pu enfin commencer la grande affaire : les costumes et les laçages.

Elle se tut et Safir en profita pour refermer la bouche. Elles restèrent silencieuses l'une près de l'autre.

Ces moments de Clairvaux, une solitude si sociale, pleine de cris et de grincements, illuminée par la pure lumière de l'est, étaient restés comme les plus beaux de sa vie. Le jeu et l'enfance enfin retrouvés. Le bonheur de savoir s'isoler au milieu des autres. La pension de nouveau, mais la pension sans la peur. Repasser à l'âge adulte par des états limites que l'on a traversés enfant et triompher des forces qui vous ont fait déchoir. « La folie, c'est l'absence d'œuvre »… Elle se répétait alors cette phrase de Michel Foucault que lui avait citée, la veille de son arrestation, une autre fille de chez Claude, celle qui allait prendre sa place, puis celle de Claude, une Eurasienne, un vampire, la fameuse Yasmine dont parlait Gégé tout à l'heure. L'Eurasienne avait noté ça dans son agenda Mulberry, avec d'autres aphorismes qu'elle sortait à table, pour faire bien, quand elle dînait chez Raspoutine ou à l'Élysée-Matignon avec des michés.

— À Clairvaux, j'ai découvert qu'on pouvait vivre sans « vivre », et vivre mieux, tout simplement en jouant à la poupée. Une folie, mais une folie organisée, ouverte, riche en conséquences positives sur le réel. Une œuvre. Là où des activités précédentes, exercées dans le seul but de m'enrichir, m'avaient appauvrie, puis ruinée. Ces poupées, sans que je le sache encore, allaient me permettre de reprendre la main et de gagner beaucoup plus d'argent que je n'aurais pu imaginer. Je dois cela à la Sultane : la prison puis l'œuvre.

— C'est qui, la Sultane ?

— Thérèse ! Vous me faites des cachotteries…

Edward revenait du salon la bouche pleine, un grand verre à bière rempli de champagne à la main. Le service se dégradait, encore la faute de Justine qui s'était trompée de traiteur.

— On sert le vin dans des pots de chambre ? Ou c'est une initiative personnelle ?

— No, c'est Lindsay qui s'occupe du service. Elle est drôle, elle s'est mise topless.

— Je l'avais pourtant prévenue de ne pas arrêter le lithium d'un coup.

— Ingrid m'a dit qu'il existait des photos de ces esquisses pour *Dracula*, celles qui ont été reproduites dans *L'Œil*, il y a une quinzaine d'années… On doit pouvoir les retrouver. Rappelez-moi qui s'occupe de l'édition de votre monographie chez Schirmer-Mosel ?

— J'ai tout arrêté avec eux pour l'instant. Voyez avec mon agent, à New York.

Thérèse se détendit en voyant Justine qui remontait du studio. Parler des marionnettes et du rêve de Clairvaux avec la petite Safia lui avait fait du bien. Pour la première fois depuis longtemps, elle s'était adressée à une fille autrement que pour lui donner des ordres. Sa cruauté attentive n'était qu'une charité contrariée, son don d'observation formait en elle des émotions qu'elle n'exprimait pas mais qu'elle déplaçait dans des jeux formels. Les lacets, les drapés, les entrelacs et les nœuds guérissaient en les suturant le désir de blesser, la méchanceté qui la travaillait en permanence. Elle avait beau se dire sur ce coup-là « costumière » plutôt qu'artiste, par esprit d'opposition, par dédain du milieu de l'art contemporain, auctioneers, curators et autres gibiers de Sodome, une modestie d'orgueilleuse l'obligeait de reconnaître la part d'Art qu'elle mettait dans le projet *L'hyper Justine*, sans parler du protocole à quoi le film était rattaché. Un dernier feu ? Elle n'avait jamais pu s'expliquer les liens qui existaient entre ses penchants sadiques et certains mouvements de matière, les plis, les écorces, et pourtant cela vaudrait la peine d'essayer une dernière fois avant que sa lucidité soit tout à fait entamée. Dans la fuite de Grisélidis, elle avait surtout regretté la perte de son intelligence, une qualité individuelle irremplaçable dont la petite l'avait privée cruellement, bien plus que de la chaleur de son corps le matin. Il lui arrivait d'être traversée, comme à l'instant, avec Safia, par des fantaisies d'épanchement, d'ouverture à n'importe qui. Une pulsion physique et intellectuelle en même temps. Plus exactement une pulsion intellectuelle qui s'imposait avec la même autorité qu'un besoin physique, une pulsion de même nature que la procréation. La maladie avait aiguisé ce désir. Elle, si réservée, si fermée, si dure, si cloisonnée dans la conquête minutieuse de la célébrité, du confort, d'un statut, mais surtout dans l'élaboration de ce qu'elle n'avait jamais voulu appeler publiquement « œuvre » ou même « travail », aurait presque pu sortir dans la rue à la rencontre de quelqu'un. D'une jeune fille… Qui sait, d'un homme même… pour lui parler de son art. Le monde entier parlait d'elle, mais personne ne s'intéressait à ce qui valait la peine.

Question du jour sans indice précis : Comment s'appelle-t-il ou plutôt comment se fait-il appeler ?
Réponse : Peter.

Elle attendait quelqu'un à qui transmettre, à qui donner un peu du meilleur d'elle-même, elle qui s'était toujours servie des autres. L'argent qu'elle laisserait trouverait toujours à se déverser, elle n'était pas inquiète, mais le savoir, non. L'idée qu'une intelligence aussi particulière, une vision du monde telle que la sienne puissent s'effacer sans laisser d'autres traces que ses œuvres lui était odieuse. Elle avait cela de féminin qu'elle n'arrivait pas à donner à l'art l'importance qu'il mérite. Elle voulait lui prendre un peu de son rôle, lui prélever de quoi jouer à la maman. Jusque-là, elle s'était contentée d'être « une bonne mère pour ses poupées », selon la définition que le docteur Ferdière lui avait donnée du fétichisme, mais le jeu ne lui suffisait plus. En effaçant certaines extensions de son esprit, Le Grand A l'avait ramenée à un besoin primitif, celui du rôle qu'elle n'aurait jamais occupé pour personne. Son narcissisme, étendu aux filles, ses sœurs, ses clones, ses objets, ne la contentait plus. Elle souffrait d'une impression de stérilité.

Même aux snobs comme Edward, aux journalistes, il faudrait pouvoir leur dire… Ils sont là pour ça, non ? Ils étaient capables de s'intéresser ; les Américains avec leur naïveté écouteraient ce qu'elle aurait à dire, à cause de sa réputation, du Whitney Museum… Le secret dans quoi elle avait toujours réduit ses pratiques lui pesait, une souffrance de criminel ou de mythomane. Elle allait mourir folle sans que personne connaisse rien de la subtilité des mécanismes qui lui permettaient d'arriver à élaborer des objets ou des pratiques d'une beauté confondante.

Et pourquoi pas Safia, pendant qu'elle y était ? Entre un homosexuel new yorkais et une danseuse nue de Pigalle, quelle différence ? Tous les êtres humains ont accès à l'intelligence des choses sensibles. Avec les Japonais, ça serait plus dur, mais on y arriverait peut-être.

— Couché, Porphyr ! Justine ! Appelle Sophie, qu'elle tienne son chien. Il faut aussi que tu t'occupes de checker, euh de vérifier les horaires avec le staff de Natacha. Passe le scrap book d'abord et mets-toi là, à genoux. Couché, Porphyr… Quelqu'un peut-il nous débarrasser de ce chien ? Edward, les cow-boys sont amis des bêtes, non ? Oui, je sais, il bave… Sophie !

La seule avec qui elle ne pouvait pas entrer en contact, à part Porphyr et les objets inanimés, c'était Justine. Pourquoi ? Parce qu'elle lui aurait fait plaisir. Elle ne se sentait pas le droit de faire plaisir à Justine. En s'ouvrant à Justine, elle aurait faussé la valeur de ce qu'elle voulait transmettre, car le savoir n'est ni du lait ni du sperme. Justine l'aurait bu avec trop d'avidité, elle aurait forcément confondu tout épanchement de sa part avec une humeur maternelle ou un germe d'affection. Justine n'avait jamais pu remplacer Grisélidis, parce que Justine l'aimait trop, et l'amour à un certain degré devient une forme de bêtise. C'est pour cela qu'il ne fallait pas s'endormir, qu'elle devait s'entourer de gens qui ne l'aimaient pas. À la fois, quelle solitude… Voilà qu'elle recommençait à trembler.

— Marie-Thérèse !

Gégé maintenant, lui aussi avait adopté les nouveaux (grands) verres à champagne. L'effet était plus naturel sur lui que sur Edward, dans des mains de géant tout pot de fleurs prend des allures de timbale.

— Marie-Thérèse ! C'est quoi cette histoire de Peter Orlowsky ?

— Tu l'as connu ?

— Le vrai ? Bien sûr, Trelawney me l'avait présenté à la Danceteria à New York, en 83. Le type qui a agressé Katleya avant-hier se fait appeler comme ça. Je n'avais pas fait le rapprochement avant que Pauline, Janice, Jenny, Alice, Angie, enfin tu sais, le hochet des Mordoret, vienne m'en parler.

— Il a agressé Katleya ? Eh bien, je ne peux pas en vouloir tout à fait à ce garçon d'avoir essayé de nous en débarrasser. Elle m'a volé 10 000 euros en liquide la dernière fois qu'elle est venue dîner. Tu ne veux pas t'occuper du chien ? Il va piquer le casse-tête sur la crédence.

— Il est magnifique, ton casse-tête, on dirait un gode… On appelle les flics ?

— Non, je vais m'en occuper moi-même.

— Dans l'état où tu es ?

— Pardon ?

— Euh, je veux dire…

— Continue…

— Je dis que ce type est dangereux, on va appeler la police.

— La police ne mettra pas les pieds chez moi.

— Ah, ah, vieille coquine, on a des choses à cacher, des jeunes filles coupées en morceaux dans les placards !

— Chéri, je te rappelle que nous sommes écoutés à la fois par une mineure et par un journaliste d'investigation.

— Tu sais comment on te surnomme, à Lesbos city ?

— Non, mais tu vas nous l'apprendre à tous.

— La comtesse sanglante.

— Tu sais que j'ai de très jolies tenailles à castrer les cochons dans la chambre des filles ? Pour ta gouverne, et celle des commères du Pink Pussy ou du Resto Clandestin, je ne suis pas comtesse, je suis marquise.

— Marquise des Anges ou marquise de Sade ?

— Marquise des Vertus.

— Comme cela devait plaire à Claude !

— Tu l'as dit bouffi… Justine ! Justine, s'il te plaît, tu peux noter que sur *L'hyper Justine* 66.5, le laçage de la robe de la Sultane se positionne à l'avant, au niveau des entrailles basses, comme dans le modèle de la robe redingote de William Beckford, euh non, de Mme de Lamballe, mais avec un plissé comme ça.

Thérèse froissa le chemisier de *Safir*, la main droite agrippée sur le ventre, l'autre main reposant entre les cuisses de la petite Marocaine sur le divan violet. Justine, agenouillée, gribouillait dans un grand cahier relié, orné de nénuphars modern style d'un vert outré.

— Un plissé Fortuny ?

— Non, un cassé à la Watteau avec les deux aigrettes inversées et les lèvres en saillie.

— Comment faites-vous saillir les lèvres ?

— Regarde, en les pinçant ici, juste à la commissure de la boutonnière.

— Ah oui, mais si le bouton disparaît sous le nœud ?

— On le fera sauter.

Justine s'arrêta de gribouiller. Elle montra son esquisse à Thérèse en suçant le bout de son crayon.

— Je l'ai vu, moi, Peter, il est très sympa…

Justine avait dit ça d'une voix tranquille. Thérèse, qui lui avait pris le cahier des mains, le lui rendit sans un commentaire. Rien dans son apparence ne devait laisser imaginer le moindre trouble.

— Tu vois, Gégé, il ne faut jamais se fier à un seul son de cloche. Et où l'as-tu rencontré, ce Peter, mon petit ange ?

— Dans la chambre à Mémère.

— On ne dit pas la chambre *à* Mémère mais la chambre *de* Mémère. Et que fait-il dans la chambre verte, il est caché sous le lit ?

— Non, c'est un copain à Sofia. Euh, de Sofia.

— Tu es sûre que ce n'est pas plutôt un copain de Safia ?

— Je m'appelle Safir, madame !

— Non, non, c'est Sofia qui me l'a présenté pendant que Mémère cherchait son arme.

— Sofia remonte dans mon estime, je pensais qu'en matière d'imposteur elle ne connaissait que Marc Jacobs.

— Il faut appeler la police.

— Tu arrêtes avec la police, Gégé, on dirait une vieille dame.

— Mais enfin, il y a un serial killer dans la chambre de ta nourrice !

— S'il pouvait me débarrasser de Mémère, ça me rendrait un fier service.

— Tu serais la première à pleurer.

— Je n'ai pas pleuré depuis 1953, euh 63.

— Il ne lui fera pas de mal.

Les têtes se tournèrent vers Safir. Comme tous les gens qui parlent peu, elle bénéficiait d'un fort crédit.

— Tu le connais bien ?

— Oui, c'est un ami de Cazotte, mais il n'est pas là pour faire du mal à la vieille dame.

— Cazotte, l'ancien homme de main des Zemour ?

— Gégé, tais-toi deux secondes. Et pourquoi est-il venu chez moi ?

— Il veut vous parler de sa mère.

— Me parler de sa mère ? Il a un problème d'Œdipe ? On aura tout entendu ce soir.

— Il pense qu'elle est morte à cause de vous.

Thérèse rit de bon cœur. Safia n'avait pas oublié qu'il y avait peut-être une grosse somme d'argent cachée sous son lit. Les 10 000 euros volés par Katleya devaient avoir des petits frères, comme aurait dit Cazotte. Le ton de confidence de Thérèse, ses gestes tendres lui laissaient espérer visiter l'endroit. Projetant d'arrêter son sale métier pour se consacrer à sa famille, habituée des commissariats et des demi-aveux, elle cherchait à passer pour une informatrice fiable sans pour autant dévoiler la machine tout entière.

Quant à Thérèse, elle prenait sur soi de feindre la légèreté. Aux regards tournés vers elle, il était clair qu'une fois de plus son attitude offrait matière à soupçons. Son vice… Ses perversions… Quelle importance ? Elle avait tant l'habitude de travailler cette ambiguïté qu'elle n'y faisait même plus attention. *Vanity Fair* n'allait pas se priver de risquer des rapprochements entre son personnage dans la vie et son travail sur le film. Elle savait que Grisélidis se répandait partout en lui attribuant l'amputation de son doigt. La petite ne faisait pas mystère non plus du protocole en cours lorsqu'elle était partie. Au contraire, elle en rajoutait, la faisant passer pour une sorte d'Erzebeth Batory ou de Sickert de l'art contemporain, une trafiquante de chair humaine, un vampire. Les gens de Sotheby's l'avaient même appelée pour démêler le vrai du faux. Ils avaient peur d'être compromis, d'avoir vendu des doigts ou des clitoris sans le savoir à l'intérieur de scapulaires ou de moulages en cire ! Elle avait plaisanté en leur demandant si après l'élargissement à l'immobilier ils ne comptaient pas ouvrir un nouveau secteur de vente d'organes. Au point où elle en était, à son âge, elle aurait pu s'offrir un dernier scandale et leur raconter à tous ce qu'il en était vraiment. Mais elle avait trop de goût pour la duplicité et le mystère, et puis surtout, là non plus elle n'avait jamais trouvé la bonne oreille. Tout à coup elle comprit pourquoi Edward insistait autant sur *Dracula*. Il lui avait fallu du temps.

— Justine, rends-moi le scrap book. Pendant qu'on y est je vais faire le story-board de la scène 66.5.

— Pouvez-vous nous raconter cette scène, Thérèse ?

Avec sa politesse anglo-saxonne, Edward semblait n'avoir rien retenu de ce qui venait de se dire. Thérèse, reconnaissante pour une fois de son entêtement professionnel, expliqua de quoi il s'agissait. L'idée qui lui était venue concernait la scène 66 du script. On est en France, en juin 1975. La Sultane est envoyée par sa maquerelle à la villa Villejust, 4, rue Paul-Valéry, chambre 13. Un débauché l'y attend, qui lui ordonne de se déshabiller, se saisit de ses vêtements et les jette dans un feu de cheminée en lui disant « Laisse ! Cela ne te servira plus à rien », ce qui sous-entend bien sûr que la Sultane ne sortira pas vivante de la villa ou alors, nue.

— Quoi de plus beau, de plus tranché, Edward, que ce « Laisse ! Cela ne te servira plus à rien »… Les femmes n'attendent au fond qu'une chose : que cela (*cela* c'est-à-dire, les oripeaux, les fétiches, tout ce qu'elles achètent ou se font acheter par leurs amants ou leur mari) ne leur serve plus à rien, jamais. Un simple coup de lame dans les rubans et cela… tout *cela* tombe à terre. Laissé à jamais. Pour finir dans le sable, la sciure, le feu, les fours, les miroirs de bordel.

Thérèse griffonnait sur le scrap book. Une grisaille, un drapé, un visage de femme. Un homme qui délace une femme. Le dessin était inspiré des plumes de Balthus pour *Les Hauts de Hurlevent*. Avec cette voracité qui la caractérisait, elle s'était emparée de la manière du peintre. Tout en parlant, elle improvisait des sinuosités, des hachures avec une prestesse de vieux maître. Un porte-mine piqué à un Japonais, un bloc d'étudiant, le dos de Justine lui suffisaient à inventer une jolie petite image qui vaudrait très cher très vite. L'homme ressemblait à Heathcliff, frisé, noiraud costaud. Edward la prit en photo avec son téléphone, même les Japonais n'avaient pas osé. Mais Edward se flattait d'être du *Vanity Fair*, de New York, du septième cercle.

La flamme qu'elle avait allumée la réveillait. Elle connaissait le processus. Le coup d'inspiration, ce lyrisme qu'elle attendait sans cesse, allait la laisser pantoise avec une envie de Ricard, d'opium, de cocaïne, de Dexedrine, de sexe, de belles étrangères, de mort, de vertige, de n'importe quoi… à tout casser. Toute sa séduction, ou ce qu'il en restait, tenait dans le contraste entre le laçage, le corsetage qu'elle imposait à toute sa personne, une autorité naturelle, une beauté dure, une froideur de tsarine, son cynisme et des élans désarmants. Elle avait gardé au fond d'elle-même un romantisme de jeune fille, la même qui courait les landes de Vermandois soixante ans plus tôt, la même qui plus tard était allée au danger en exerçant le pire métier que ses parents eussent pu imaginer pour elle, la même… Catherine v/s Heathcliff. Elle avait su la concentrer, la garder en elle comme une essence de parfum, une âme de bois précieux, et elle avait l'art de la diffuser soudain d'un seul geste, pour charmer.

Au moment d'entraîner Edward et sa suite vers le studio pour leur montrer les scrap books, les fragments, les poupées, les automates, les formes en bois, les modèles réduits, le chapeau à la Marlborough de la Borghèse, le justaucorps en toile d'araignée de la Clairwill, les couronnes de fer et de plumes, les oripeaux sanglants des fillettes, les grands godemichés de cuir rouge, les croquis à la mine de plomb, le mini-théâtre élisabéthain, elle surprit un remue-ménage du côté de la galerie d'entrée. Les carreaux noirs et blancs, les miroirs boulonnés sur les parois du corridor s'encombraient de monde. Une deuxième fête commençait, sûrement le trop-plein des W qui refluait chez elle. Tant mieux, on croupissait. Même Safia lui semblait déjà vieille. Comme Janine, oubliée elle aussi, un peu plus même… Décidément, ce soir plus que jamais elle se sentait infidèle. Un souci permanent dans la vie comme dans l'art, comme dans le vice, renouveler… aérer… jeter… recommencer. Pas le temps de s'appesantir sur la princesse de Lamballe, les fétiches, toutes les petites choses fétides qu'on aimait trop et qui finissent par devenir des déjections, des ordures à force de remodeler, de patouiller. Son motif : ne jamais être seule, et toujours changer de monture. *Au paradis, vite, au grand galop !* comme avait ordonné en mourant la pauvre princesse Adélaïde de France dont elle portait le nom. Adélaïde ?

— Justine, tu pourras consulter dans la bibliothèque les mémoires de Mme Campan, ce doit être un petit volume broché de la *Collection pour jeunes filles*, de chez Ollendorf. Il faudrait vérifier si c'est Madame Victoire, Madame Louise ou Madame Adélaïde qui a dit sur son lit de mort cette phrase : « Au paradis, vite, au grand galop ! »…

— Sofia, Cindy, move your ass ! We're going to the Studio.

Elle était comme ça, Sophie, pas très élégante en anglais mais vive en psychologie. Elle voyait tout, ne prenait rien au sérieux et jamais de gants. L'acuité des perverses. En poursuivant son chien elle avait surpris le tableau que Thérèse et les autres découvraient de loin : Sofia, Mémère, Cindy Crawford et deux ou trois Américaines superflues. Casse-tête en gueule, Porphyr avait poussé la porte pour filer dans la chambre en éclaireur. On entendit brailler Mémère qui s'inquiétait une fois de plus pour le nudiste.

Après avoir troussé Sofia, galopé sur le lit, balayé le tapis vert, l'as de pique, les dames de cœur, le pendu, la papesse et le diable, chevauché Mémère, le dogue avait foncé à la chambre d'atours pour boire l'eau dans la cuvette, et il lapait comme un sourd. Sûr qu'il allait revenir en bavant les Américaines, les dames en noir avaient du souci à se faire…

Les Japonais s'intéressaient au tapage, certains s'étaient aventurés jusqu'au bout du couloir, vers la chambre de Mémère. De loin, leur matériel d'enregistrement ressemblait aux audioguides du Louvre ; ils n'allaient pas être déçus par la Joconde.

Ils faillirent rater un invité tardif, un chanteur connu, un petit vieillard moustachu avec des lunettes de soleil, une voix aiguë et des cheveux blond vénitien. Le chanteur arrivait en compagnie d'une grande femme brune qu'il présenta à Thérèse, non sans fierté, comme Sandra Murcia, ex-miss Colombie et veuve d'un tycoon du cartel de Cali. Du beau monde. A list, ces deux-là ? La veuve ; oui, pour le

FBI. Le chanteur, non, pas pour les Américains, très exigeants en cette matière, mais les Japonais exultaient. Leur idole ! Quelle belle soirée ! Il y en eut même une, la plus petite (1 m 40) pour défaillir. La peur, l'émotion l'avaient mise par terre. Comme les femmes au tombeau, le jour de Pâques. Le choc. Le chanteur français le plus admiré à Tokyo, en chair, en os, en cocaïne ! Avec sa moustache, ses lunettes bleues et son blouson rouge… Un Jésus de soixante-cinq ans ! Elle n'avait pas tenu, elle s'était trouvée mal. À moins qu'elle n'ait glissé sur la descente de lit de Noureev que Porphyr avait laissée derrière lui dans la bagarre. N'était-elle pas morte, au moins ?

Le petit chanteur embrassa la grande Thérèse puis la grande Sofia, surjouant les bises et les claques dans le dos à la mode Parrain, selon une enflure de mœurs, un mélange de fausse simplicité rurale et de rouerie méditerranéenne que le show-business emprunte au milieu ou le milieu au show-business, on ne sait plus, à force. Thérèse et lui s'étaient connus à l'époque de la rue Jean-Goujon. Autre point commun : l'Alzheimer… Près de quarante ans plus tard, c'était Grand A contre Petit A, Gaga contre gaga, joues sèches contre joues peintes, le bal des vampires. Bonsoir, Sandra Murcia, miss Cocaïne 1983. Sofia était prête, on pouvait aller au studio… Thérèse ?

Troisième partie

8

La mère Garuche sort du camp

— Peter Orlowsky ? Vous êtes sûr ? Justine, prends ton téléphone, tape « Peter Orlowsky » sur Google, O.R.L.O.W.S.K.Y. Je voudrais savoir si le vrai Peter Orlowsky, le mien, est mort en 2005 ou en 2006… Que complotiez-vous à deux heures du matin, sous une fausse identité, dans la chambre d'une vieille dame de quatre-vingt-quinze ans ?

Pierre restait muet, étourdi par la vivacité des questions et par la lumière. Dans la chambre d'où il sortait, l'éclairage était tamisé ; la cinéaste américaine, soucieuse de cacher les cicatrices d'une petite intervention de chirurgie esthétique, avait posé un foulard indien sur la lampe. Ici, il y avait trop de monde, trop d'objets, trop de bruit, trop de miroirs. Ébloui, il discernait à peine les contours de celle qui lui bloquait le passage. Pour ajouter à son trouble, il venait de s'apercevoir que le chien avait sali son pantalon. Le genre d'accident qui le rendait malade. En se sauvant de Tanger, dans la précipitation, il n'avait emporté que des shorts et il n'imaginait pas finir l'année à Paris déguisé en Indiana Jones. Pas question d'acheter du prêt-à-porter ou des jeans, il ne s'habillait que sur mesure. La trace blanche qui souillait sa cuisse l'obsédait d'autant plus qu'il n'avait même pas eu le temps de la regarder de près et d'évaluer les dégâts.

— Pauvre Peter, je l'ai bien connu. Il m'a vendu des serrures de harem, un pal et un carcan. Une cage aussi… pour les lions ou pour les eunuques, on n'a jamais su. Je vous y aurais bien enfermé mais elle se trouve à la campagne. Dites-moi, vous l'avez tué ou vous vous êtes contenté de lui faire les poches à la morgue de Pernambouc ? Prédateur ou charognard ?

Elle recommençait à le harceler. Il ne voulait pas répondre. C'était à lui de poser les questions, même si pour l'instant il aurait mieux valu s'enfuir. Il n'avait pas tué Orlowsky, il avait racheté son passeport à un Français qui avait besoin d'argent après la mort de son protecteur. De manière générale la vérité lui paraissait beaucoup plus pénible à justifier que les mensonges. Les interrogatoires de police lui donnaient envie de se coucher en boule et de ne plus jamais parler à personne, ou alors de frapper ceux qui voulaient l'obliger à avouer. De quel droit les flics, qui mentaient quand ça les arrangeait, exigeaient-ils la vérité ? Pur rapport de force. Il entendit qu'on parlait de les appeler. Il se demanda, sans trop d'angoisse, avec le détachement qui lui venait dans les moments décisifs, combien de temps il lui restait.

D'instinct, il adopta une posture de défense. Une jambe en pivot pour l'appui, l'autre en avant pour parer, les épaules en ligne, les mains écartées du corps. Il retrouvait ses marques. La confusion qui l'empêchait de discerner la réalité autour de lui commençait à se dissiper. Les objets, les gens refaisaient surface. Il arrivait à les distinguer, à comprendre où ils se trouvaient et quels liens les unissaient. Il sentait leurs failles aussi. Il découvrit qu'une distance de sécurité s'était créée autour de lui, un fossé d'air libre. Personne n'osait approcher, même pas la femme qu'il évitait encore d'affronter car il se sentait fragile – donc dangereux.

L'appartement était si grand que les invités les plus éloignés ne s'apercevaient de rien. À l'entour il ne comptait que des femmes, des homosexuels et des Asiatiques inoffensifs. Le cow-boy lui permit de faire le point, de corriger le flou de sa vision et de retrouver un peu de distance mentale. Quelle allure ! Il prit le temps d'admirer la chemise western brodée, bariolée, magnifique. Elle lui rappelait les vêtements coûteux qui ornaient la vitrine de *Nudie's Rodeo Tailors*, un tailleur de North Hollywood où il avait des habitudes dans une autre vie. Toutefois il ne s'agissait pas d'une authentique *Nudie*, impossible, elle s'ornait de motifs asiatiques mêlés aux coutures western et aux broderies d'or. Original… Il aurait bien demandé à cet homosexuel très chic où il avait bien pu la trouver mais l'heure n'était pas au shopping.

— Remarquez, tout est possible… J'ai aussi connu un autre Peter Orlovsky, un vrai celui-là mais avec un v à la russe à la place du w. Un poète. À force, je vais devenir experte en Peter Orlowsky... Les vrais et les faux... Les poètes, les arsouilles. Encore un ou deux comme vous, et je vais pouvoir monter une collection. Si vous continuez à garder la pose ce sera parfait, je n'aurai même pas besoin de vous empailler.

Il n'écoutait pas ses provocations. Sa voix lui servait à la repérer dans l'espace. La légèreté lui était revenue et avec elle l'envie de bondir. Il chercha la porte des yeux mais l'entrée ne désemplissait pas. Les seules fenêtres en vue se trouvaient au fond de la grande pièce, pleine de monde elle aussi. Il y avait bien une croisée ouverte sur un balcon, derrière un lustre, mais l'ombre de la femme qui lui faisait face lui barrait le chemin.

Il se résigna enfin à la regarder avec le demi-sourire qui lui venait quand il était en danger. Il fallait surtout éviter que ses yeux s'égarent encore du côté du cow-boy qui prenait des mines de shérif en se cachant derrière elle, il risquait d'éclater de rire et elle deviendrait agressive. Les gens qui vivent dans le confort s'offensent vite. Ils n'ont pas l'habitude de la violence, ils la prennent au sérieux. Avec tout ce qu'il avait entendu sur elle, il se méfiait. Tout à l'heure, dans la chambre de la vieille, la jolie folle aux bras couverts de cicatrices et de brûlures l'avait alerté avec son histoire de browning. Un faux geste est vite arrivé. Si des esprits aussi perturbés se promenaient avec des armes automatiques, on allait au carnage.

Au premier abord il se dit qu'il y avait erreur sur la personne. Ce n'était pas, ce ne pouvait pas être la fameuse Thérèse, en face de lui, bras croisés sous son scapulaire. On lui en avait trop parlé, il s'était fait une idée. Elle était plus grande que prévu, plus féminine aussi et jolie, très jolie. Personne n'avait pensé à lui dire qu'elle était belle, et jeune, si jeune. Les mille parures qu'elle arborait et cette coiffure vraiment singulière, un chignon à la Marie-Antoinette dont les mèches dessinaient des motifs ornementaux ou des chiffres, des 9 ou plutôt des 6, alourdissaient à peine une fraîcheur, une vivacité anormales. Un entrain naissait de son regard, il se répandait en ondes sur tout son corps, sa minceur et la manière dont elle tenait son cou et ses épaules au-dessus de ses bras croisés. Elle avait l'air de prendre la pose comme pour un tableau, un portrait en pied qui pouvait changer à chaque instant pour un autre, tout aussi gracieux. Pierre, qui avait longtemps pratiqué les arts martiaux, observa qu'elle était entièrement contrôlée, chaque muscle, chaque pouce de chair obéissait à la seule volonté du système central. Du sommet plumé du postiche à la bosse arrondie et irrégulière de l'étui de cuir du pied-bot, elle ne laissait prise à nulle maladresse, nulle incertitude, aucun repentir.

Thérèse n'aimait pas du tout la manière dont il la défiait du regard. Un voyou, et du plus bas niveau, un fournisseur qui vient réclamer sa facture au milieu d'une réception, un maître chanteur, une salope.

Cette petite frappe la ranimait comme personne depuis longtemps, lui donnait l'envie de se battre. Il lui rappelait le passé, les années soixante-dix, Claude, le Newstore, la Belle Ferronnière, les Yougos des

Champs-Élysées. Il avait dans la mine quelque chose de ces hommes de main avec qui elles frayaient toutes à l'époque. Les Yougos, les Gitans, les Corses… Longtemps qu'elle n'en avait pas tenu un face à face. Sans hésiter elle s'avança vers lui pour en découdre.

Une voix, une grosse voix cassée émergea de la chambre de Mémère. Thérèse marqua un temps d'arrêt. Ils étaient combien, là-dedans ? Tout le gang des postiches ? Ah non, non, c'était Mémère, on avait oublié qu'elle était enrhumée…

— Fais gaffe, Marie-Thérèse, ce trou du cul m'a volé mon browning !

Thérèse se mordit la lèvre pour s'empêcher de rire, avec Mémère on nageait tout de suite en plein polar, sa lecture favorite. Elle monta la voix afin d'être entendue par la vieille et l'effort qu'elle dut fournir lui rappela soudain sa faiblesse.

— Tu as des défauts de mémoire, tu devrais augmenter ta dose de Cervoxan… On a donné le browning à réparer chez Gastinne-Renette la semaine dernière, je te rappelle que tu l'avais enrayé en jouant avec la femme de ménage.

— Tu peux parler, toi, question potage. C'est pas du Cervoxan que m'a donné Benaïm, c'est du Lucidril. Le Cervoxan c'est pour les gâteuses. Fais gaffe, Marie-Thérèse, ce fils de pute prétend qu'il est le fils de la Sultane, il n'a pas l'air réglo, à mon avis il est venu pour relever les compteurs. La mère Garuche sort du camp...

Le fils de la Sultane ! Thérèse recula et son premier réflexe fut de jeter un regard autour d'elle, mais de toute évidence personne n'avait compris de qui il retournait. En arrière-fond, dans le grand salon, comme s'ils tentaient de distraire les spectateurs du drame central en improvisant un numéro de fantaisistes, Gégé, les deux pharaons et des acolytes raccrochés au bar réclamaient la police de leurs voix aiguës. Ils étaient trop saouls pour trouver un téléphone ou pour démêler si le numéro d'urgence était le 18, le 15 ou le 17… On entendit même Lindsay proposer le 911. À force d'avaler des cachets, elle devait se croire à Los Angeles, chez Paris Hilton.

Edward et les autres étaient hilares, mais pour d'autres raisons. Une fois de plus, Mémère et son bagout avaient raflé la vedette. Personne ne comprenait ce que la vieille racontait mais tout le monde riait. Avec Mémère les étrangers se régalaient : cette vieille mal embouchée était la pièce la plus étrange des collections de Thérèse et on avait entendu parler d'elle à Paris, à New York, à Tokyo. Sa verve crapuleuse évoquait les seconds rôles des films français d'avant-guerre. Paul Morrissey et John Waters avaient voulu la faire tourner mais elle n'aimait pas qu'on la filme. Le couturier Jean-Paul Gaultier lui avait proposé de défiler pour lui mais niet niet pareil : pension d'invalidité oblige. Ce qui n'empêchait pas cette *superstar* de recevoir bristols, fleurs et douceurs diverses à longueur d'année. Hier encore, une tarte tropézienne douze parts (une tropézienne en décembre !) qu'elle avait enfouie sous son lit. Mémère jouait volontiers les caïds en huis clos mais elle fuyait la « réclame » et les sunlights. Elle avait ses raisons…

— Thérèse, j'ai oublié de vous en parler, Mme Leibowitz souhaiterait aussi faire un portrait de votre nourrice.

Et pourquoi pas le prix Nobel, pendant qu'on y était ? Edward revenait à la charge. Jalouse de ce succès récolté sur son dos, Thérèse avait déjà failli éclairer ses admirateurs sur la vraie personnalité de Mémère, *Ombeline Legros* de son vrai nom. Trop scandaleux, surtout pour des Américains. Dans un livre de mémoires paru juste avant que Thérèse parte en prison, Fabienne Jamet, la Madame Claude de la Gestapo, donnait à Ombeline Legros un surnom moins tendre que celui de *Mémère*. La terrible Fabienne, patronne du One Two Two, un célèbre bordel de la rue de Provence, appelait son ancienne pensionnaire *la Salope*. Mais sans nuance affectueuse... Entre autres faits d'armes, elle la présentait comme la maîtresse d'Oberg, le chef de la SS à Paris. Mémère, avec son passé trouble, Thérèse lui devait sa première carrière et l'inspiration de ses œuvres les plus noires. « Punie » sauvagement lors de l'épuration sauvage de 1944, Ombeline, devenue invalide, n'avait plus jamais mené une existence normale. Comme quoi les gens cocasses n'ont pas toujours des vies plaisantes.

— Thérèse, pardonnez-moi d'insister. Vous autoriseriez Mme Leibowitz à faire un portrait de votre nourrice ?

Une voix solitaire, s'éleva dans le fond de la pièce, rejointe bientôt par le chœur des vierges...

— Essaye le 118 218 !

— C'est quoi, c'est l'opératrice ?

Thérèse voulut les faire taire d'un geste agacé, mais Gégé, absorbé par des tâches plus urgentes du côté du bar, lui tournait le dos. Elle se rabattit sur Edward.

— Je vous l'ai déjà dit, ma nourrice déteste qu'on la prenne en photo. Ça lui rappelle le quai des Orfèvres.

Gégé ne s'arrêtait pas. Forcée encore une fois de crier, Thérèse avait porté la main à son sein comme une héroïne de mélodrame… Elle pensa soudain à *La Mort de Maria Malibran,* un film dont elle aimait les costumes. Il faudrait demander à Justine de chercher le DVD.

— Gégé, ne dérange pas le préfet de police, s'il te plaît, ni les pompiers, ni l'armée. Monsieur est le fils d'une vieille connaissance, nous allons régler l'affaire en famille.

En montant la voix elle manqua s'évanouir. Le fils de la Sultane… Une invention de plus ou bien la vérité ? Les révélations de Mémère ne la troublait pas. Silencieux, il la fixait et affichait toujours le même calme ironique.

Pierre se félicitait d'avoir raconté son histoire à Sofia Coppola. Il avait hésité et puis il avait pris le risque, de toute façon il n'avait confiance ni en Safir ni dans les machinations boiteuses de Janine. Il avait misé sur la vérité pour faire bouger les choses rapidement et créer un désordre propice. Sur le moment l'Américaine n'avait pas réagi. Peut-être n'avait-elle pas compris ce qu'il lui racontait, ou peut-être le prenait-elle pour un fou à ne surtout pas contrarier.

En revanche, Mémère n'était pas sourde... En l'entendant parler de sa mère elle s'était contentée de lui poser deux ou trois questions, mine de rien, mais il avait tout de suite percé qu'elle connaissait la Sultane et qu'elle en savait long sur la manière dont les deux filles s'étaient retrouvées au Yémen. Cette vieille n'était malheureusement pas du genre à lâcher la vérité, plutôt à l'extorquer aux autres, une vraie dure, à la Cazotte. Avec une insolence tranquille elle était revenue à son tarot et lui avait tiré Le Grand Jeu sous le regard boudeur de l'Américaine, dépitée de s'être fait capter sa voyante.

— Votre nourrice m'a prédit que j'allais me marier dans l'année, et comme nous sommes le 28 décembre...

Au moment même où Pierre rompait le silence pour la première fois, la jeune géante aux bras lacérés et au visage d'enfant refit son apparition. Justine, la houri du balcon, se dressait enfin devant lui, le dominant d'une quinzaine de centimètres. Sans elle, il ne serait sans doute jamais arrivé jusqu'ici. Il ne savait pas s'il devait s'en plaindre ou s'en réjouir. Quel âge pouvait-elle avoir ? Treize ans ? Un peu plus ? Elle souffrait clairement d'un léger retard mental ou alors Thérèse lui donnait une drogue très, très forte.

Thérèse saisit la jeune fille pour s'en servir d'appui. La robe rouge de l'adolescente rehaussait la pâleur de cette impératrice de la décadence pour film hollywoodien. Étrange mélange de vivacité et de faiblesse. Pierre avait déjà eu à deux ou trois reprises l'impression qu'elle allait s'évanouir sous le poids de ses bijoux et de ses atours. Elle menaçait de s'effondrer d'une minute à l'autre, statue de dieu mort ou de tyran en fuite. L'espèce de flou qu'il voyait monter dans ses yeux, des larmes ou des humeurs moins sentimentales, n'était ni de la tristesse ni de la peur. Par instants, dans ce regard qui ne cillait pas, il décelait une fixité, un effort d'attention, une lueur d'étoile mourante que l'extraordinaire chignon aux mèches cabalistiques rendait encore plus visible. Était-ce la maladie d'Alzheimer ou une autre forme de folie ? L'effet des révélations de Mémère ? La conscience semblait lanciner, les yeux n'exprimaient plus qu'une absence inhumaine.

— C'est une demande en mariage ? Ma « nourrice », comme vous serez aimable de continuer à la désigner, s'avance parfois dans ses prédictions, elle se laisse entraîner par son bon cœur et l'envie de complaire à nos invités, ou à ceux qu'elle prend pour tels.

— Fais gaffe, Marie-Thérèse, ce petit salopard a un surin dans le grimpant et une matraque dans le slibard… ou alors si c'est son chibre, c'est Jeff Stryker.

Comment Mémère connaissait-elle l'existence du vibromasseur Jeff Stryker ? La référence produit d'un des olisbos de Grisélidis ? Encore un coup de la femme de ménage. Thérèse eut presque honte, ce qui ne lui était pas arrivé depuis longtemps. Les Japonais, inconditionnels de l'acteur pornographique Jeff Stryker, une idole de plus, se montraient émerveillés… Ils ne pouvaient pas imaginer plus belle soirée, *so morbid chic* ! Thérèse sentait le monde s'enfuir sous elle. Même Justine, la solide Justine, oscillait sous la charge. Par bravacherie, Thérèse se reprit une fois de plus et le succès de cet effort lui donna de la force.

— Si vous avez l'intention de demander ma main ou, comme je le crains plutôt, celle de Justine, ma fille adoptive, ici présente, nous allons d'abord, si vous le permettez, éclaircir la situation ainsi qu'établir votre identité exacte. Pardonnez-moi, j'organise un tour d'atelier et je suis à vous. Tâchez de ne rien voler et d'éviter de rançonner mes invités.

Toujours cet œil mourant. Pierre ne put retenir un sentiment de respect devant la fermeté qu'elle affichait. Il n'était pas en présence d'une malade condamnée qui s'accroche à de faux espoirs mais d'une bête sauvage prête à se battre jusqu'au bout, coûte que coûte.

9

Une visite aux curiosités

Au bout du corridor, derrière la chambre de Mémère, dans un faux placard aux murs tapissés de vélin, il y avait un escalier secondaire, un brise-cou que Sofia adorait. Elle voulait qu'Annie Leibowitz l'y photographie pour le portrait de *Vanity Fair.* De retour du salon où elle avait ramassé quelques sbires pour la protéger des indiscrets, Sofia se faufila devant Pierre en l'évitant des yeux et supplia Thérèse d'emprunter le « colimaçon » avec des mines de chatte égyptienne. Mais au grand dépit de la petite élite regroupée autour de la cinéaste, tout le monde avait rappliqué : le chanteur âgé, la fiancée colombienne, les filles, les gouines, le chien, l'autobus de Japonais, Gégé, ses copains pharaons, le coiffeur de Justine et une piétaille de pédés en extra… Trop de lourdauds pour la fragile hélice de bois vermoulue, il fallut prendre l'escalier d'honneur aux murs ornés d'un trompe-l'œil décrépi, aux marches usées et aux lanternes.

La troupe se mit en marche. À voix basse pour relever les barricades mystérieuses qu'elle tenait à ériger entre elle et le commun, Sofia entretint alors Thérèse d'une scène d'escalier, celle de *La Dolce Vita*, avec la pauvre Nico et l'armure. À partir d'un certain niveau de notoriété, tout devient du cinéma. On multiplie les prises pour un film qui ne sera jamais monté. On ne connaît que le bonheur. Jamais de four. Pour ceux qui naissent là-dedans, comme Sofia, c'est ainsi dès le début. Il n'y avait presque plus de place en elle pour l'émotion simple, elle voyait désormais toujours le déroulement des événements comme un spectacle, un ballet, une pièce aux multiples références littéraires, cinématographiques et picturales. Un enchaînement interminable de scènes célèbres dont elle était l'héroïne.

Thérèse prit Sofia par le bras pour s'en servir de canne, elle lui répondit en l'entretenant du premier théâtre élisabéthain, celui de Marlowe ou de John Lyly où l'énergie vitale est si forte qu'elle peut trimbaler toute une armure de casseroles mythologiques, le *name dropping* d'obscurs personnages de la fable et de demi-dieux, l'érudition, les citations incessantes d'œuvres antérieures n'étant pas assez lourdes pour ralentir l'action, la circulation des sangs. Empêtré dans toute cette ferraille, le héros se transporte avec d'autant plus de pompe et de fureur que le monde moderne encore vide résonne de sa présence.

Sofia comprenait Thérèse parce qu'elle non plus n'avait pas d'autre référence que l'imaginaire. Même si elle n'entendait rien au théâtre élisabéthain, le cinéma étant toute son expérience, ces deux cérébrales s'entendaient bien depuis le début, depuis qu'André-Léon Talley, un journaliste américain, les avait présentées dans une soirée de *Vogue USA*, dix ans plus tôt.

Derrière elle, Thérèse sentait la présence de Pierre. Tous les nerfs de son dos et de sa nuque lui rendaient un rapport précis, peut-être plus juste qu'une image rétinienne. Sa masse corporelle à la fois souple, dense et légèrement balourde évoquait un puma, ou bien un plantigrade, un ours, un blaireau… Sauvagerie et lourdeur de bel animal vilipendé, le blaireau. Elle se souvint d'en avoir vu un pris au piège, à Vermandois, lorsqu'elle était enfant. Lui aussi allait se faire prendre. Sa faiblesse affleurait au premier coup d'œil : toujours ce même besoin d'amour qu'elle n'avait jamais manqué d'exploiter chez ses filles. L'idée de l'introduire dans ce qui serait peut-être son ultime protocole faisait son chemin. Par pure curiosité séductrice, et sans réaliser à quel point cette question dérangeait l'ordre de la raison et des évidences, elle se demanda à qui, d'elle ou de Justine, le piège allait l'attacher. D'abord elle avait cru que ce serait Justine, mais au fur et à mesure qu'ils approchaient du studio, des appartements de Peter Ibbetson, son Peter à elle, l'homme paraissait plus proche de la rampe de fer forgé XVIIIe siècle et donc d'elle. En s'arrêtant net devant la porte peinte en rouge sang elle crut sentir le poids de sa virilité passer près de sa main.

Et Justine, où était passée Justine ? Disparue, Justine, dévorée par l'obscurité du studio où pour pénétrer tous durent baisser la tête. Surtout elle, Thérèse, avec son mètre soixante-seize hors postiche. Même Sofia et son mètre soixante-six surélevé sur des mules hautes comme des cothurnes. Grâce à la main invisible de Justine la lumière se fit, de petites lampes vertes s'allumèrent et éclairèrent les vitrines, les objets, les suspensions, les perruques, les écorces d'arbre, la forêt de fétiches qui ouvrait l'entrée du premier corridor, avant les salles, demi-salons aux fenêtres coupées en deux à hauteur de mandragore ou de naine de cour. Rodolphe II était là, qui les attendait en saint patron de toutes les curiosités. C'est pour lui qu'elles semblaient courber la tête en révérence et qu'elles avaient couru dans le corridor comme deux jeunes oies, imitant délibérément une scène du *Marie-Antoinette* de Sofia. En dépit de son mépris pour le film, Thérèse savait faire plaisir à son Américaine.

Rodolphe II de Habsbourg était représenté sur son trône praguois, chimérique et noir devant un fond perlé gris. Un portrait d'Anton von Aachen ou de Bartholomé Spranger, on ne savait plus bien, dont le cadre de bois de cerf recouvert d'un cuir usé imitait parfaitement l'intérieur d'un sexe de femme. Sofia trouva que le souverain ressemblait à son père. Thérèse sourit de cette naïveté, elle lui raconta une légende familiale. La tradition disait que Beckford avait acquis cette peinture maudite ayant appartenu à l'occultiste anglais John Dee auprès de bohémiens nécromants, en échange d'un peu de sang prélevé à un de ses neveux. Une histoire inventée, d'après Thérèse qui avait retrouvé la trace de cette curiosité majeure de l'école praguoise en Pologne, dans les collections des princes Potocki, au milieu du XVIIIe. Selon elle l'auteur de Vathek avait dû l'acheter, peut-être à Jan Potocki lui-même, autre écrivain démoniaque avec qui il était en rapport. Rodolphe II était entouré de toute une cour d'amis d'outre-tombe, la Polignac par le peintre polonais Alexandre Kucharski, les deux Fersen en médaillon, ce pauvre Casanova vieillissant, en ombre chinoise, à l'allemande, racheté vingt ans plus tôt aux Ruspoli, et Sade lui-même, au fond, dans un rarissime portrait à la plume, œuvre d'un aliéné de Charenton qu'on aurait pu croire de la main de David, période échafaud (ancienne collection Bischoffshein). Il y avait aussi des robes par dizaines, entassées par terre, chiffonerie encore sans nom, sans apprêt et sans adresse, des tableaux de Prud'hon, de Constance Mayer et des *imités* en cire, un Amour et Psyché en cours de fabrication, où pendait encore une barbotine couleur poussière, une verge de marbre exhumée d'une villa d'Herculanum, et quelques gravures italienne de la Renaissance inspirées du *Satiricon*. L'une d'entre elles *: Le Mariage de Pannychis*, les épousailles d'une fillette de sept ans avec un Giton de quatorze, sous l'œil d'une clientèle de bordel, portait à la plume, sur un parchemin couleur d'urine, une inscription latine que Thérèse déchiffra en regardant l'homme en face d'elle dans les yeux, du moins autant que la lumière verte le lui permettait :

— *Posse taurum tollere, qui vitulum sustulerit.*

« Qui l'a porté veau, peut le porter taureau. »

10

Le tapis : suite et fin de l'histoire de la Sultane

À peine remontés du studio, après le coucher de Mémère, (définitif, cette fois, espérait-on) et le départ des Américaines, ils s'étaient assis seuls, à l'écart, dans une causeuse qui appartenait, avec le grand canapé égyptien, à l'ancien mobilier du Sphynx. Thérèse donna à Pierre l'historique de ces deux meubles. Il nota qu'elle appuyait sur les mots « bordel » ou « prostitution », manière cruelle d'amener la Sultane sur le tapis.

À leurs pieds on avait jeté un tapis turc de cette rare catégorie que l'on nomme *transylvanienne*, ces tapis de prière anatoliens Ladik ou Panderma du XVIIe siècle que les habitants des Carpates suspendaient aux murs des églises, d'où un aspect particulier, une discrétion éteinte dans les couleurs et le relief des velours, où la fumée des cierges et les larmes des pleureuses ont leur part. En connaisseur, Pierre détailla les tulipes stylisées qui ornaient la bordure inférieure du *mirhab*. Thérèse l'écoutait parler *nœuds* et *niche de prière* avec une surprise à peine ironique.

La pièce s'était vidée, il ne restait que quelques filles et des Japonais en panne de bus, attendant discrètement le véhicule de secours. Justine avait posé sur des charbons des grains d'encens qui répandaient une odeur d'église et dont la fumée montait vers le lustre. Plus que jamais à cette heure, le 13, rue de Castiglione ressemblait à un antre de magicienne, à un bordel, à un endroit où se racontent les vies ratées ou réussies, les histoires lestes et les romans milésiens. Le tapis amena Pierre à évoquer son père, un commerçant arabe très âgé qu'il n'avait pas connu, et son exil beyrouthin à la mort de sa mère. Thérèse, perplexe de voir quelqu'un maîtriser aussi bien qu'elle l'art des figures d'encerclement, convaincue maintenant qu'il s'agissait bien du fils de la Sultane, le laissa parler jusqu'à ce qu'il en arrive enfin à la question qu'il était venu lui poser.

Elle demeura alors un assez long moment silencieuse, l'air de ne pas comprendre, avec toujours cette lueur intermittente, une naïveté malsaine, ni enfantine ni adulte. Simulait-elle ou bien certaines zones de la mémoire avaient-elles été atteintes par la maladie ; Pierre restait indécis quand elle le démentit par une de ces précisions cinglantes dont elle était coutumière.

— Je l'ai rencontrée le 11 avril 1975, chez une amie commune, Françoise Altman. Franchon, euh pardon Françoise, je l'ai croisée en décembre dernier, chez Fauchon. Vous devriez essayer de la retrouver, elle a mieux connu la Sultane que moi. Je crois qu'elle gère un… ? Un petit salon de coiffure, rue Molitor.

Thérèse mit un tel mépris dans cette dernière phrase que Pierre en fut gêné.

— Mais quels étaient vos rapports avec ma mère ?

— Moi, à l'époque, je travaillais dans le réseau de Madame Claude, Claude Gruchon, la fameuse proxénète. J'étais sa première assistante, sa *sous-maîtresse*, dirait ma nourrice qui est restée *old fashion.* Votre mère s'est présentée un jour dans nos bureaux, rue Paul-Valéry. Elle ne s'est pas montrée assez… professionnelle pour travailler chez nous, mais comme elle m'était sympathique, je lui ai fait rencontrer des gens qui cherchaient des gens.

— Des gens qui cherchaient des mannequins volants ?

— On se présentait toutes comme des « mannequins volants »…

En entendant ces mots précieux dans cette bouche-là, Pierre se troubla pour la première fois. Il détourna les yeux, chercha la fenêtre, le ciel, mais le ciel restait invisible derrière les fumées, les lustres, les filles et tous les objets biscornus qui heurtaient son regard. Une tache rouge attirait son regard, Justine, mais il se refusa à elle.

Il fixa à nouveau la femme qui lui faisait face. Elle parlait trop fort, trop clair, pas avec la douceur et l'émotion qu'il attendait de ce moment. Il avait du mal à croire qu'il y avait vraiment quelqu'un, là, derrière tous ces bijoux qui cliquetaient, cette arrogance ; c'était une goule, un enchantement, du vide… S'il lui envoyait son poing dans la poitrine, il passerait au travers, Pierre en était sûr. Comment osait-elle lui parler comme ça ?

D'une manière inattendue, ce fut elle qui tendit la main, lui donnant une poussée sur la poitrine pour l'inciter à se reprendre. Ça n'avait rien d'une caresse, plutôt un geste d'instructeur à l'armée. Complicité virile. Dans sa sécheresse, il y avait mieux (ou pire) que de la compassion, un élan retenu qui pouvait aussi bien traduire sa vraie nature que la séduction la plus torve. Pierre penchait pour les deux hypothèses en même temps.

— Écoute-moi.

Le passage au tutoiement confirma ses soupçons.

— On était toutes plus ou moins mannequins, et on volait toutes plus ou moins. La Sultane n'était pas une « pute », de toute façon tu sais comme moi que ce mot ne veut rien dire.

Première nouvelle… Ce n'était pas à Pierre al-Hamdi qu'on allait apprendre ce qu'était une pute. Thérèse observa une pause. Pierre n'approuva ni ne désapprouva, il attendait la suite.

— Son sens évolue avec les époques et les mœurs. La Sultane était une fille qui couchait facilement… avec moi…

Suivit une nouvelle pause nécessaire à lui laisser le temps d'imaginer la chose.

— … avec tout le monde… et qui aimait ça…

Nouveau silence, souffrait-elle vraiment de failles intermittentes ou voulait-elle laisser à Pierre le temps de se représenter sa mère se faire prendre et « aimer ça » ?

— … c'était le contraire d'une *pute*, selon Claude. Claude qui disait toujours : « Les bons coups font les mauvaises professionnelles »…

Nouvelle pause. Les yeux de Thérèse ne quittaient plus les siens, il n'arrivait pas à déterminer si elle s'y raccrochait pour ne pas perdre le fil de ses pensées ou si elle y traquait les traces du trouble que ses paroles auraient voulu provoquer.

— Tiens, je me souviens d'une chose… Lorsque Claude lui a fait vider son sac sur son bureau, son sac à main j'entends – c'était un des tests d'aptitude pour qui voulait nous rejoindre –, on a toutes été horrifiées… C'était un fouillis innommable, il y avait des mouchoirs sales et même un noyau de pêche.

Là, elle touchait juste. Pour la première fois depuis 1977, Pierre se souvint que sa mère aimait les pêches. Il y en avait dans l'appartement, même hors saison, un luxe de fille entretenue. Il se souvint d'un panier, cadeau d'on ne sait qui, venu de chez Hédiard ou de chez Fauchon. Les larmes lui montèrent aux yeux et il se détourna pour les soustraire à ce vampire qui les aurait bues avec avidité. Derrière lui la voix poursuivit mais il décida que les salissures seraient moins fortes que le souvenir.

— La Sultane était une fille facile, pas très solide. Dans les années soixante-dix, à partir du moment où tu couchais la société te considérait comme une prostituée. Même en 75, et peut-être plus encore qu'avant, où les choses étaient plus secrètes. Alors entre se faire traiter comme une pute sans être payée et coucher pour de l'argent il n'y avait pas à hésiter.

Pierre eut un sursaut nerveux, il n'en pouvait plus d'entendre les mots « pute », « payer », « coucher » dans cette bouche pourrie. Il se retourna vers Thérèse et la regarda avec la certitude qu'il allait la tuer, lui-même, de ses mains. S'il devait *finir* une femme, une bonne fois pour toutes, ce serait celle-là. Il n'avait jamais été jusqu'au meurtre mais pour elle il ferait un effort. Il fut arrêté par ses dents. Elles brillaient d'un éclat faux, pitoyable. Il avait toujours été gêné par les prothèses dentaires dans les bouches des femmes mûres. Une image lui vint, celle des noyaux de pêche qu'il ramassait enfant, l'été, quand il s'amusait à fouiller la terre devant la maison de campagne où il passait ses vacances. Ces granules terreux, morts, qui mettaient en temps infini à se décomposer, lui paraissaient infiniment moins tristes qu'une bouche pleine de fausses dents. En jouant sur les plages, il trouvait parfois des noyaux de fruits auxquels étaient encore attachées de minces particules de chair. Le sable qui y adhérait désignait à l'œil de l'enfant la trace de la chair sucrée ou de la salive qui s'y était mélangée. Certains cadavres qu'il avait vu déterrer à Beyrouth traînaient eux aussi leurs franges sableuses mouillées d'humeurs, tendons glaireux où adhéraient de menues particules de terre nourricière.

Le contraste entre les bridges, les couronnes, objets facturés plusieurs milliers d'euros chez les meilleurs dentistes californiens, allemands ou suisses, et ces yeux irréparables dont l'âme fuyait sans cesse pour revenir parfois le narguer le temps d'une flammèche ne donnait pas envie de finir le travail. Mieux valait la laisser s'éteindre dans la bouillie que tous les fétiches et les chignons du monde n'arriveraient pas à endiguer.

— Il y avait beaucoup de semi-professionnelles. Ce n'est pas la peine de dire des choses comme « Ma mère était une pute », ça ne sert à rien, sinon peut-être à impressionner tes amis. Mais non, tu n'impressionneras personne, aujourd'hui toutes les filles sont des « putes » au sens où on l'entendait à l'époque. N'est-ce pas, Jellybean !

« Pauvre naïve, si tu crois que j'ai des amis et que je leur parle de ma mère en ces termes », pensa-t-il, et elle lut dans ses yeux un tel dégoût qu'elle s'effraya, comme si elle venait de s'apercevoir qu'elle avait oublié une tache d'urine au milieu du salon blanc, visible par tous. Sa langue ne l'avait-elle pas trahie, comme sa vessie ? Pour se sauver d'une confrontation qui commençait à la mettre à mal, elle se tourna vers Jellybean, une Asiatique que Pierre avait reconnue, c'était la même qui s'était donnée en spectacle avec Grisélidis sur les tables du restaurant clandestin. La fille rit, l'air gêné. Au fond, Thérèse attristait tout le monde…

Pierre profita de cette faiblesse pour attaquer la vraie question, et elle lui répondit plus bas sans quitter sa nouvelle trouvaille des yeux.

— Je n'ai aucun lien avec son voyage au Yémen. Nous avions cessé de nous voir plusieurs mois plus tôt.

Pierre lui dit qu'elle mentait. Il se souvenait parfaitement que le dernier jour où il l'avait vue, sa mère avait prononcé le nom de Vermandois.

— Tu dois confondre. Tu avais quel âge, à l'époque ?

— Quand elle est morte ? Huit ans.

— Un peu moins, tu es né le 5 septembre 1969.

— Comment le savez-vous ?

Elle ne bougea pas pour si peu.

— Une petite Vierge, ascendant Scorpion…

— Mais comment le savez-vous ?

Jellybean éclata de rire après que Thérèse lui eut glissé un mot à l'oreille. Pierre se sentait mal : l'encens, l'impression écœurante d'être manipulé depuis le début. Qui était cette femme ? comment connaissait-elle sa date de naissance ? Quelle intimité pouvait-elle bien avoir avec sa mère ? Thérèse chassa Jellybean d'une tape en lui recommandant de « bien choisir sa tenue ».

— Nous allons vous offrir un petit spectacle. Un concert ou un ballet, je ne sais pas encore… Ça ne te dérange pas d'être filmé ? Tu sais, je travaille sans arrêt, c'est le défaut des vieux artistes… Jeune qui veille, vieux qui dort…

Il l'interrompit.

— Comment connaissez-vous ma date de naissance ?

— … C'est la mort. Je suis un peu sorcière.

Il comprit qu'il n'en tirerait rien pour l'instant. Il se rappela une parole de Grisélidis sur les fausses confidences et les aveux truqués.

— Si vous n'êtes pas mêlée à sa mort, ça ne vous a pas empêchée d'en faire un scénario et de gagner de l'argent sur son dos une fois de plus…

— La manière dont je gagne de l'argent ne te regarde pas. Elle est beaucoup trop compliquée pour toi. Jusqu'ici, le film de Sofia Coppola m'a rapporté une avance de 200 000 dollars pour le scénario, laquelle m'a été payée en fonds de pension par un producteur en déroute qui n'a même plus les moyens de s'offrir une chambre d'hôtel quand il vient à Paris. Des Amaranth funds, autant dire de la roupie de sansonnet. Demande à ton amie Sofia...

Elle fit mine de compter sur ses doigts et Pierre aperçut un papier roulé sous son bracelet. Un mot doux ? Non, un chèque plutôt... Il se demanda si Justine allait hériter de tout cet argent... Sûrement pas, Thérèse était trop vicieuse, bien que... S'il y avait quelqu'un d'autre à léser...

— À part ça, Sofia m'a offert un sac Marc Jacobs d'une valeur de 1 500 euros et l'intégrale des films de son père, d'une valeur de 150 euros. Depuis qu'elle est arrivée, elle m'a coûté dix fois ça, rien qu'en nourriture et alcool. Quant à ta mère, lorsque je l'ai présentée à Colomba, le patron du Brummel, il m'a offert une coupe de champagne Bollinger, d'une valeur de 17 euros en francs constants dans un bar équivalent aux Champs-Élysées... Voilà ce que m'a rapporté la mort de ta mère, dont je ne suis pas responsable. Ce n'est pas moi qui lui ai présenté les Yéménites. Cela a été établi au cours de mon procès.

À ces mots, Pierre se pencha vers elle et, à sa surprise, elle aussi s'approcha à quelques centimètres.

— À cause d'elle, j'ai fait deux ans de prison pour proxénétisme à Clairvaux. Juste parce que six mois plus tôt elle m'avait suppliée de lui présenter Colomba, le patron d'un bar à putes des Champs-Élysées. C'est une salope bridée qui m'a dénoncée. Il faut se méfier des Eurasiennes, n'est-ce pas, Jellybean ? Si tu dois en vouloir à quelqu'un, c'est à Victor Colomba.

— Il est mort.

— Tu vois, je suis plus généreuse que toi. Tu es en quelque sorte l'héritier moral d'une personne qui m'a envoyée en prison par ses imprudences. Je considère que tu ne me dois pas ces deux ans, d'une valeur inestimable aujourd'hui au prix de ma cote, parce que j'ai toujours fait en sorte de tirer partie des aléas de l'existence et de n'en vouloir à personne de mes soucis passagers.

Pierre restait saisi par son aplomb. En la dévisageant, il s'aperçut que son attention s'était à nouveau enfuie. Elle luttait, tout son corps frémissait sous l'impulsion d'une volonté incontrôlable.

— Justine ! ! ! Va chercher le psaltérion et la petite verge de fer… La guitare, aussi. Demande de l'aide aux filles. J'ai envie d'offrir un concert à notre nouvel ami pour finir la soirée. Prends les partitions, Rameau, par exemple, et arrête de trébucher sur tes bottes comme une demeurée. Mets tes pantoufles molles et ta blouse transparente, emmène Janine, Jellybean, Samara et Safir dans le vestiaire, prenez les tenues de la scène 66.6 dite du *grand foutoir rose*, quelque chose de frais… Attention à ce que les filles ne volent rien.

L'effort l'avait vidée. Elle se retourna vers Pierre, posa la main sur la sienne et il sentit pour la première fois cette peau, la sécheresse, le poids des bagues et des ornements. Impossible de définir l'effet que lui faisait ce contact, répulsif ou attractif.

— Quand je suis sortie de prison, la solitude là-bas et ma peur des détenues m'avaient transformée. J'étais devenue une autre. J'avais toujours su que j'aurais une seconde vie mais jusqu'à un certain âge j'ai fait comme toi, le fauve. À l'époque de Claude j'avais rencontré le docteur Ferdière, un médecin psychiatre qui avait soigné plusieurs artistes célèbres, Antonin Artaud, Hans Bellmer, d'autres aussi. Il était fétichiste, avec mon pied j'attirais toujours ce genre de client. D'ailleurs ils ont fini par me passer leur marotte. Ferdière est le premier qui m'a initiée à l'art. Après Clairvaux j'ai voulu le revoir mais il était mort. Plus tard, j'ai offert des œuvres à sa famille. Quand j'ai commencé ma première série de poupées, les *sleeping beauties*, des petites filles endormies en cire et en tissu, le succès est arrivé tout de suite. Je le dois à Ferdière, et un peu à ta mère, aussi.

Elle semblait le considérer presque tendrement, à moins qu'il ne s'agisse encore d'un défaut d'électricité neuronale, d'une panne de méchanceté ? Dès qu'elle parlait d'art, son ton gagnait en sincérité ; pour elle, les jeux valaient bien plus que les souffrances, et Pierre songea qu'elle n'avait pas tort. L'argent était là qui en témoignait. Son sentiment pour elle changeait, était-ce la promesse d'une récompense possible ? Un dû qu'elle lui rendrait, comme aux enfants du médecin ? À supposer qu'elle dise la vérité... Cette idée qui n'était pas à écarter parvint à son cerveau moins vite que d'habitude mais Thérèse y pensait pour lui... Il se laissait prendre, jamais il n'avait été confronté à un être aussi accompli. Les points communs qu'il se découvrait avec elle l'effrayaient, ce goût des parures, de l'artifice ou des coiffures… Ses faiblesses aussi le touchaient, parce qu'elles participaient à une sensibilité plus générale qui la mettait au-dessus de l'amour de soi ou de la peur des autres. Tout à l'heure, il avait compris que la pitié qu'il ressentait la révulsait davantage que l'envie de meurtre, l'effet d'un crucifix sur une âme morte. Comme lui, elle était d'une sensibilité insupportable. Il se trouvait face à quelqu'un de si renseigné sur ses goûts, et qui poussait si loin son avantage en ce domaine, qu'elle créait une familiarité seconde, supérieure, l'ascendant du factice. C'était une mère au sens magique du terme, une magicienne, une fée, une figure invoquée, un démon qui pouvait à volonté lui faire croire qu'ils se connaissaient depuis toujours. Mais qui lui avait donné sa date de naissance ?

Il regarda autour de lui pour essayer de se calmer, dans cet appartement personne ne paraissait normal. Rien n'échappait à l'empire de cette femme. Une maladie rôdait, laissait traîner des miasmes dans l'espace. Le premier symptôme était une sensation de déréalité. L'art, l'argent, les objets… Rien ne semblait vrai, tout était là pour nier le monde extérieur. Il se souvint qu'il avait ressenti le même vertige devant Grisélidis, au restaurant clandestin. Enfant, après la mort de la Sultane, il était resté silencieux pendant plusieurs semaines, et les discours que l'on tenait autour de lui produisaient le même genre d'effet. Les paroles volaient dans les airs comme des esprits malsains. Il fallait casser le sortilège, ne pas se laisser prendre à la magie.

— L'art n'est pas du travail, c'est de l'escroquerie.

— Parole d'orfèvre... Décidément, tu les collectionnes : « Ma mère est une pute, l'art c'est de l'escroquerie... » Les mères sont les mères et l'art est l'art. Les dénigrer ne t'assurera aucun empire sur eux. Au contraire, il faut te donner à eux pour les dominer. C'est vrai qu'il y a dans l'art un côté masculin, donc escroc : la frime, le jeu social, la possibilité de se montrer avec des filles plus jeunes, de vivre comme les riches... Mais il y a aussi une part féminine, plus laborieuse, que tu ignores et que tu devrais découvrir : la cueillette, l'ouvrage, le jeu intime, la capacité de s'isoler toujours plus grande qu'on développe, et le bien que l'on fait aux autres en leur montrant que l'on n'a pas besoin d'eux. Quand j'ai commencé à gagner de l'argent, j'étais si heureuse... Je croyais que l'art justifiait tout. Il me donnait tous les droits, tous les plaisirs, et en plus il m'occupait... Et puis, à mesure, la source s'est arrêtée. Pas l'argent, mais l'obligation réelle d'accomplir. J'avais usé ma réserve de souvenirs et de rêveries dont je m'étais servie jusque-là. Je ne pouvais pas m'arrêter, je n'étais pas encore riche, je ne le suis que depuis deux ans. Alors j'ai fait comme tout le monde dans le métier, j'ai provoqué dans la réalité des situations qui me donnent matière à travailler.

— C'est ce que tu appelles les « protocoles »...

— Pourquoi prends-tu une tête de maître chanteur pour me parler de mes protocoles ?

— En Amérique centrale, dans les services de sécurité, ce mot était employé pour définir l'ensemble des procédés de « coercition » par lesquels on amenait les suspects à collaborer avec la police. À travers ce que m'a dit votre ex-petite amie ou votre fille adoptive, je ne sais plus très bien quel est votre lien exact (vous non plus sûrement), j'ai cru comprendre que vous utilisiez le mot protocole dans le même sens, pour définir des relations sadomasochistes.

— Tu travailles pour la police ? Tu parles comme les flics, avec des mots savants. C'est vrai que les macs font toujours un peu les mouchards… Alors soyons précis : Grisélidis n'a jamais été adoptée, elle est partie avant, ma fille adoptive, et mon héritière, jusqu'à nouvel ordre, c'est Justine…

D'instinct, Pierre eut la conviction qu'elle lui tendait un piège grossier… Il s'écarta d'elle pour se protéger.

— Justine ! Il faut que tu appelles Natacha sur son portable thaïlandais. Pense aussi, quand tu auras le temps, à ranger les menottes et les tenailles à cochon sur le nécessaire, dans la *chambre des filles*, et ramasse le casse-tête avant que le dogue le dévore complètement.

Thérèse avait remarqué le mouvement de recul de Pierre, elle mesurait la distance qui les séparait comme si elle se préparait à faire un bond.

— Le mot protocole ne vient pas de là, je ne connais pas le jargon des escadrons de la mort. À la différence de ce pauvre Peter Orlowsky et de toi, je ne suis allée qu'une fois au Brésil, à São Paulo, pour une rétrospective, et je n'ai pas traîné dans les commissariats. Si tu veux tout savoir.

Pierre saisit une nuance d'ironie insolente.

— En 78, quand je suis sortie de Clairvaux, Claude était en prison, je n'avais plus un sou. Avant sa mort, Ferdière, qui voulait que j'arrête le tapin, m'avait donné en cas de besoin le numéro d'un laboratoire médical où l'on rémunérait les cobayes, où on les défrayait, plus exactement. Il s'agissait d'essayer de l'aspirine ou des médicaments pour l'hypertension. Je me souviens que le laboratoire se trouvait rue de la Tour, dans le XVIe, car j'avais une fiancée pas loin, chez Jean-Claude Pellerin, un producteur belge, rue Pergolèse, c'était une danseuse de Patrick Hernandez, la star du disco, pas ma copine Madonna, une autre. La nuit, je m'évadais du labo pour la rejoindre. Tu vois, mon protocole à moi est plus innocent que le tien.

— Jean-Claude Pellerin ! J'en ai connu un, à Marcinelle.

Justine mettait son grain de sel. Thérèse n'avait pas besoin de regarder Pierre pour comprendre ce qui allait se passer. De mémoire d'homme, on n'avait jamais vu la petite se refuser à quelqu'un. Incapable de dire non…

— Le doigt de Grisélidis, c'était une expérience médicale ?

— Grisélidis est atteinte d'un trouble mental qui la pousse à se mutiler quand elle boit ou qu'elle se drogue. Or comme tu as sûrement pu le remarquer, elle a tendance à faire les deux en même temps ! Elle s'est tranché le doigt avec un ciseau à ongles elle-même et moi je me suis contentée de l'emmener à l'hôpital. Et si on parlait d'autre chose ? Tu connais Natacha Kampusch ? Tu as envie de la rencontrer ?

Entrèrent à cet instant Justine, Janine, Safir, Jellybean et une autre fille que Pierre ne reconnut pas.

Janine tenait une guitare à la main, Justine un instrument étrange, une petite mandoline triangulaire qu'elle manipulait avec une baguette de fer rouillée. On avait confié un tambourin à Safir. Les deux autres s'acharnaient sur une flûte de Pan et une basse électrique non branchée dont le fil traînait telle une queue annelée entre les jambes de la concertiste. L'instrument vernis, d'un noir très profond, pailleté d'argent, arborait un manche en acier en forme de faucille ou de croissant de lune qui menaçait de décapiter ou d'éborgner toute personne passant à portée. L'adolescente qui la brandissait semblait tout à fait inconsciente du poids de l'instrument. À ses yeux, Pierre vit qu'elle était bourrée de drogue, les autres aussi d'ailleurs. Justine, qui tenait à la main un curieux masque de cuir armé d'une mâchoire métallique, étendit très soigneusement sur un vieux lutrin tordu un vieux bouquin tout déchiré orné de la photo d'un punk à cheveux longs.

— Elle est bizarre, ta partition de Rameau.

— Rameau ? J'avais compris que vous vouliez les Ramones… Oh non, ça fait deux heures qu'on répète !

— Deux heures ! Je veux bien avoir l'esprit troublé mais quand même… Si deux minutes se sont écoulées depuis la dernière fois que je t'ai vue traîner ici… Chers amis, Justine a décidé inopinément de changer le programme du divertissement. Nous écouterons donc des morceaux des Ramones.

— Et des Crystals…

— Et des Crystals… Tu n'as pas mis ta blouse transparente ?

— Non, j'avais froid. Par contre j'ai pris le masque de pénitence.

— Je vois. Comme je te l'ai déjà signalé à plusieurs reprises, Voltaire interdit l'usage de *par contre*, il lui préfère *en revanche*, nous réglerons tout ça plus tard, pendant la *revanche* ou le *contre*... Allez-y les filles, on vous écoute.

Précédé par un fou rire de Justine, trop droguée pour enfiler son impressionnant masque de cuir, le concert commença dans une sorte de cacophonie très lente et très basse, entrecoupée de rires. Cela rappela à Pierre le temps où il vivait dans un grenier à Los Angeles, au-dessus d'une secte satanique... L'époque des chemises *Nudie*... La flûtiste, particulièrement libre, attaqua une danse effrénée qui n'avait pas grand-chose à voir avec la rythmique alentie de cette interprétation de *I wanna be your boyfriend.*

Le désordre s'installa avec le morceau suivant que ni Pierre ni personne, pas même les Japonais, pourtant experts en composition des Ramones, n'arriva à identifier. Au lieu de jouer de leurs instruments respectifs, Janine et Safir avaient commencé à s'embrasser dès le premier morceau et elles continuèrent sur les deux suivants.

En abordant le répertoire des Crystals, la petite bande retrouva un semblant d'unité. Chantant a capella dans un vieil ampli à lampes, les voix formaient une manière de *wall of sound* qui, quoique fêlé, ne manquait pas de charme. *Da doo ron ron* connut un avatar malheureusement déformé, ondulant comme un mur pour un intoxiqué au LSD, mais le morceau suivant, *I love you Eddie*, sembla à Pierre une merveille d'instants offerts et de respiration contrainte. Justine, qui avait ôté son masque de cuir, le fixa en chantant d'une voix inoubliable le couplet *Do you love her, Eddie, or do you love me ?*

L'harmonie fut atteinte avec *He hit me (It felt like a kiss)*, un hymne à l'algomanie. Rejointe par Janine emportée par l'émulation, Justine se livra à des assauts de charme masochistes, jouant la surdominante avec Pierre et peut-être Thérèse, qui s'était rapprochée de lui. Le concert s'acheva sur cette note sublime et les têtes des musiciennes en sueur se penchèrent jusqu'au sol pour le baiser en grâce des applaudissements.

— Merci les filles, la fin était très réussie… Et si vous veniez tous à Vermandois, tout de suite ? J'aime le lever du jour dans la campagne, l'hiver, et mes bois sont beaux et profonds. La maison est triste mais je vous fais confiance pour l'égayer. Justine ! Commande les trois Hummer à Donatien. Il doit bien y avoir moyen de louer un autocar à cette heure-ci ; demande aux Japonais, ils doivent savoir.

Justine tira Pierre par la main vers le fond de la pièce. Thérèse resta seule, le salon se vidait sans se vider. Cela bougeait comme un banc de poissons dans un aquarium mais cela ne la concernait plus, elle avait tant de plaisir à regarder Jellybean, la bassiste à la faux, l'Ankou du girl's band de tout à l'heure, trop fatiguée pour se relever, qui jouait au casse-briques sur son portable en riant de temps en temps, comme une enfant.

Question du jour indice 147 : Quelle est la date de naissance de Peter ?

Réponse : ? ?

Question du jour indice 147bis : Quelle est la date de naissance de Peter ?

Réponse : Le vrai le seul. Peter Santo Spirito devenu Pierre al-Hamdi puis, vraisemblablement, s'il ne ment pas, Peter Orlowsky par le jeu des adoptions et des morts violentes est né à Paris, à la clinique du Belvédère le 5 septembre 1969. C'est une Vierge ascendant Scorpion.

Question du jour indice 147 ter : Comment suis-je au courant ?

Réponse (pour moi) : Parce que la Sultane m'avait demandé de lui faire son thème astral le jour où nous avions rendez-vous avec les Yéménites.

Réponse (pour lui) : Parce que je suis sa vraie mère.

Question du jour indice 148 : Qui était son père ?

Réponse : Le Saint-Esprit, comme son état civil l'indique. En l'occurrence Juan Santo Spirito.

Question du jour indice 149 : Pourquoi l'avoir confié à la Sultane ?

Réponse : Le mari de la Sultane, un richissime Libanais d'origine saoudienne, était impuissant, Juan était marié, je n'aime pas les enfants. La Sultane n'était pas encore une pute.

Question du jour indice 150 : Quel est le héros de la légende thébaine qui épousa sa mère après avoir tué son père ?

Réponse : Narcisse ? Non… Jocaste ? Non… Jocrisse ? Non… Ulysse ? Non… Hercule ? Non… Ugolin ? Je ne crois pas… Je donne ma langue au chat, ce nom m'échappe toujours.

Question du jour indice 151 : Es-tu sûre que ce soit bien vrai tout ça ?

Réponse : Dans mon état il est difficile de démêler le vrai du faux, le roman du réel. Tout peut toujours servir. Et puis, comme on disait autrefois proverbialement : « Il faut marier Justine », c'est-à-dire finir l'histoire… non, le roman.

Question du jour 152 : « So what », comme dirait Jackie ?

Réponse : Who cares ?

— Jellybean !

— Oui ?

— Viens près de moi…

— Oui.

11

Justine au balcon

Dehors, sur le balcon, on aurait dit que le jour ne se lèverait jamais. Il devait être entre quatre heures et huit heures et demie. Pierre demanda à Justine à quelle distance se trouvait Vermandois mais elle ne répondit pas. Elle chantonnait d'une jolie voix fêlée. Elle le dépassait d'une bonne tête et ressemblait à un oiseau de nuit, un grand-duc avec son ombrageux maquillage, et sa coiffure relevée à base de mèches laquées, dressées autour d'écorces d'arbre qui les tuteuraient. Elle avait l'air pur de certaines actrices porno, Draghixa ou Marilyn Chambers, elle était timide, elle ne le regardait pas. Lui non plus, il ne la regardait pas, ils observaient sans les voir les taxis, les gens qui marchaient dans la rue, les lumières de la nuit. Elle soupira, se dandina d'un pied sur l'autre, quelque chose semblait la tourmenter, ou quelqu'un.

— Vous en pensez quoi d'India Oxenberg ?

Pierre répondit qu'il ne savait pas de qui elle parlait.

— Hum, et Violet Hesketh, vous la connaissez ?

Pierre fut bien forcé de se répéter. Il avait beau faire travailler sa mémoire, il ne connaissait pas ce nom, même s'il se doutait qu'il devait s'agir de quelqu'un de célèbre, au moins un peu.

— Hum, et sa sœur Anna Hesketh, non plus ? Et leur mère, Catherine Guinness ? Non ?

Ils étaient côte à côte sur le long balcon qui avait fait naître tous ses espoirs, à distance respectueuse. Entre eux, les roses de Noël ressemblaient toujours à des fleurs de nénuphar. Le silence durait, elle toussota. Il lui demanda si elle avait froid.

— Non, j'ai mal aux pieds. Je peux enlever mes chaussures ?

Sans attendre la réponse, elle commença à se dépouiller d'une de ses bottes molles très talonnées. À l'intérieur, les pieds étaient nus et la doublure collait. Elle dut se pencher, se coincer le talon dans les balustres, s'y reprendre à plusieurs fois. Pierre remarqua qu'elle tremblait et que son pied était blessé. Elle prit une grosse voix caverneuse, du genre de celle de Grisélidis au restaurant clandestin.

— *Attention, quand Simon Cochon enlève ses chaussures à la cantine, tout le monde s'évanouit.*

Elle le regarda pour la première fois depuis qu'ils étaient sur le balcon. Pierre prit ce regard comme un éloignement. Elle avait des yeux très pâles, d'un bleu presque blanc.

— C'est une citation des Crados. Vous ne connaissez pas ? J'adooore les Crados. D'ailleurs j'avais un T-shirt Simon Cochon quand j'ai rencontré maman pour la première fois, au parc Wallibi Schtroumpf.

Elle commençait à bouger ses orteils comme des marionnettes.

— Et le parc Wallibi Schtroumpf, vous y êtes déjà allé ? Non. Hum… et Charlotte Casiraghi, vous en pensez quoi ?

— Elle est jolie.

Pierre se sentait de nouveau désespéré. Le même sentiment que la veille, mais pire. Cette fois, il était monté jusqu'en enfer. Le vide qui le séparait d'elle le rendait encore plus seul que la solitude chez Cazotte, le matin quand il fallait partir recruter. Ce sentiment-là ne pouvait être qu'inguérissable. Le ciel vide ne viendrait jamais à son secours, ni la beauté de ce scapulaire qui tremblait sous l'effort qu'elle fournissait pour extraire l'autre pied de l'autre botte et où s'entremêlaient l'or, le daim, la soie, le sang, les dentelles fines et colorées, une image de la Vierge et quelques points de cire à cachet rouge vif. Rien ne viendrait à son secours. Il était un acteur qui a oublié son rôle dans une pièce qui lui déplaît et dont il ignore jusqu'au moindre rebondissement. Un bip prévint Justine d'un message. Elle le lut en remuant les lèvres.

— Vous savez quoi ? Maman veut faire venir Natacha Kampusch à Vermandois… Il y a un vieil aérodrome militaire dans le parc de la maison, mais c'est impossible, aucun avion ne peut atterrir là-bas. Il faut que je prévienne la production, qu'ils aillent à Soissons, à l'aérodrome civil. Vous ne connaissez pas Soissons non plus ? Quelle heure est-il en Thaïlande ? Vous savez ? Non ?

Puis, s'adressant au petit poney en peluche accroché à la dragonne d'un sublime téléphone Boucheron incrusté de pierres précieuses :

— Tu vois, Hermie, Peter, il trouve que Charlotte Casiraghi, elle est belle. C'est déjà bien. Peter, je vous présente Hermie, le poney d'Hermès. Moi je voulais le XXL grand comme ça… mais maman m'a acheté le small-small alors je l'ai accroché là.

Les diamants, les rubis, les émeraudes brillaient sous la lumière de l'éclairage public et des faux lustres. Le vrai, le grand était éteint.

Elle jeta un coup d'œil à la vitre derrière laquelle on devait la guetter.

— Vous connaissez Natacha Kampusch ? Oui ! ! ! Ah oui, bien sûr, vous lisez la presse, comme tout le monde. Maman est amoureuse de Natacha Kampusch, elle veut lui proposer un rôle dans le film de Sofia. Je dois appeler son staff pour les prévenir qu'il faut détourner l'avion sur Soissons.

Sans la moindre hésitation, Justine commença à aboyer en allemand, puis en italien et en anglais. De temps en temps, elle faisait un signe de la main à Pierre, pour ne rien dire, pour garder le contact.

Elle était encore au téléphone lorsque trois Hummer firent une entrée militaire dans la rue de Castiglione. Une véritable escorte qui venait les chercher. Les carrosseries en métal brut avec soudures apparentes, les vitres teintées au mercure luisaient sous les lanternes.

Le temps que passait Justine au téléphone renforçait l'insécurité de Pierre. Il se sentait tout à fait à découvert et il lui revenait ses réflexes de Beyrouth. Le moindre éclat de lumière, le plus petit cliquetis métallique, une voix trop forte dans la rue le mettaient sur ses gardes. C'est à peine s'il ne guettait pas la présence d'un tireur embusqué derrière les balcons, en face. Justine jacassait maintenant dans une langue étrangère, du hollandais, du flamand peut-être. Pierre eut la surprise de la voir fouiller l'intérieur de son scapulaire et en sortir une cigarette à bout filtre et un briquet Bic. Elle lui jeta un regard assez doux et interrompit sa conversation un instant pour lui chuchoter en français :

— Il faut bien que l'art serve à quelque chose !

Puis elle recommença à donner des ordres dans son bijou sonore à un million d'euros comme un soldat en opération. Pierre remarqua ses mains, très abîmées, celles de quelqu'un qui aurait beaucoup fait la vaisselle dans une eau trop chaude ou qu'on aurait torturé à l'acide. Elles pelaient, par endroits la peau desquamée était à vif. Ses poignets portaient des traces de brûlures. Les bras étaient lacérés de cicatrices, comme ceux de Grisélidis, les plus fraîches gardaient même quelques croûtes. Sous prétexte de prendre le briquet pour allumer sa cigarette, Pierre ne put s'empêcher d'effleurer une des plus saignantes, quand Justine lui saisit les doigts avec une prestesse d'oiseau et pencha sa bouche vers eux, les honorant d'un baiser furtif, baissant la tête dans un geste de soumission infinie. Elle continua de téléphoner un bon moment puis elle raccrocha et resta à contempler les arcades de la rue de Castiglione.

Pour la première fois de toute son existence, Pierre ne trouvait rien à dire à une fille. Il finit par se lancer comme on se jette dans le vide.

— Vous savez, je vous ai vue hier soir, sur ce balcon…

Elle l'interrompit.

— Vous savez, on va faire une photo de vous et moi… je vais la forwarder à Sofia, elle va adorer. Thérèse aussi. Vous connaissez Sofia Coppola ?

— Oui.

— Et vous en pensez quoi ?

— Elle est gentille.

Le téléphone à la main, Justine étendit le bras et se blottit contre Pierre. Elle tremblait, Pierre aussi, la photo aurait dû être ratée, mais non.

Lorsqu'elle se fut encore approchée de lui pour regarder le fruit de leur effort commun, il sut qu'il pouvait l'embrasser. Mais comme s'il se méfiait de lui-même, il s'éloigna de cette présence si chaude et si lointaine.

— Pourquoi vous blessez-vous ?

Justine se durcit. Elle n'était plus elle-même. Pierre sut que ce n'était pas à cause de sa question mais parce qu'il ne l'avait pas prise dans ses bras, là, tout de suite, maintenant. Elle s'était tournée vers l'appartement et adressa un signe d'amitié à quelqu'un à l'intérieur, un ami, un démon.

— Ça ne vous ennuie pas si on rentre, j'ai un peu froid. Vous parlez de mes *scares* ? C'est un concours, on s'amuse avec Lindsay et une autre fille que vous ne connaissez sûrement pas non plus, Allegra Fortuny. On joue à celle qui aura le plus de scares.

Ça terrifie tous le monde mais en fait, c'est doux, un peu comme de se pisser dessus.

Et elle écrasa la cigarette sous son pied nu.

— Hommage à Marlon Brando !

Elle allait ajouter quelque chose comme *Vous connaissez Marlon Brando ?*

Mais il l'en empêcha.

Villers-Cotterêts, 2009.

Table

Première partie

Deuxième partie

Troisième partie

Composition et mise en pages

NORD COMPO
multimédia

CET OUVRAGE
A ÉTÉ REPRODUIT
ET ACHEVÉ D'IMPRIMER
SUR ROTO-PAGE
PAR L'IMPRIMERIE FLOCH
À MAYENNE EN JUILLET 2009

N° d'édition : L.01ELJN000202.N001. N° d'impression : 74267.
Dépôt légal : août 2009.
(Imprimé en France)